김 석 준
평 론 집

박찬일 시세계의 본질
상징에의 저항

박찬일 시세계의 본질

상징에의 저항

김 석 준

역락

책머리에 : 글쓰기란 무엇인가

다섯 번째 비평집을 낸다. 늘 어떻게 글을 써야하는지에 대하여 고민하고 있고 또 어떤 문체를 견지할 때 아름다운 에세이가 될지를 궁구하고 있다. 쓴 글의 배면에 불만이 자리하고 있다. 나에게 있어서 글이란 불만이나 결핍에 대한 대리보충적인 성격이 농후하다. 그렇다. 늘 무엇인가 새로운 것을 추동하기 위하여 노력했고, 그것을 위해 일생을 바칠 각오가 되어 있다. 글을 쓰는 내내 불행했고 답답했다. 무엇인가 더 완벽한 것을 언어 속에 육화시키고 싶었지만, 항상 모든 글들은 실패한 글이거나 절망의 심연으로, 추락으로 이끈다. 추락하지 않기 위해 또 글을 쓴다. 늘 최준 시인이 쓴 비평문이나 산문의 아름다운 글들 앞에 추락하고 절망한다. 그처럼 미문을 쓰고 싶다. 최준 시인은 문우이자 내 글쓰기의 운명이자 화두이다.

어쩌면 글이란 운명일지도 모른다. 아니 분명 나에게 있어서 글을 쓰는 행위는 일종의 구원과 불행 사이를 종주하는 이중의 힘 작용인지도 모른다. 때론 정전이라고 불리는 언어의 제국에 도전하면서, 때론 저 언어의 정전으로 간주되는 말의 제국 앞에 절망도 하면서, 우리는 너나 할 것 없이 글을 쓰고 있다. 다시 절망이 밀어닥친다. 아니 더 정확하게 말해서 글이 글쓴이를 조롱하고 기롱하면서 더 나은 글을 쓰기를 종용한다. 다시 미문 앞에 절망하고, 위대한 말의 논리 앞에 절망한다. 내게 글쓰기가 운명인 이유가 바로 여기에 있다. 반복적 글쓰기이지만, 그 반복 내부에 차이를 기입하고 싶었다. 또 실패다. 아니 글쓰기는 늘 그렇듯이, 실패의 반복이다.

이번에 상재한 『박찬일 시세계의 본질―상징에의 저항』은 애초의 기획 의도가 실패한 것이거나 역으로 새로운 기획의 소산인지도 모른다. 왜냐하면 처음에 글을 쓰게 된 의도는 들뢰즈의 『의미의 논리』나 바흐찐의 『도스토예프스키 시학의 제 문제』와 같은 저서들에 언표된 철학적 문학론이었기 때문이다. 절반은 성공했지만, 나머지 절반은 실패했다고 말하는 것이 타당하다. 약간의 위안거리가 있다면, 박찬일 시세계의 본질을 상징의 눈으로 바라보면서 일관되게 서술했다는 점이다. 그렇다. 분명 그 점은 이번 글쓰기에서의 새로움이거나 글이 주는 유일한 위안이다.

허나 다시 글 앞에 절망하게 된다. 나의 글이 시학이고 미학이기를 원했기 때문이다. 시학도 아니고 미학도 아닌 어정쩡한 위치에 『박찬일 시세계의 본질―상징에의 저항』이 자리한 까닭에 이 글은 분명 정체성이 모호하다고 말할 수도 있다. 아니 분명 모호했고 실패한 글쓰기라고 말해야만 한다. 항상 글쓰기란 글쓴이 자신의 의도를 비껴가, 글 앞에 절망하고 글의 의도 앞에 절망하게 된다. 글이란 이중의 절망이다. 역으로 절망이 아니고서는 글이 아니고, 글이 될 수도 없다.

또 쓴다. 행복이나 희망을 배우기 위해서 쓰는 것이 결코 아니다. 절망을 기록하고 절망을 체화시키기 위해서 쓴다. '쓴다'는 '쓰리고 아픈'이다. 아니 역으로 쓰리고 아픈 그 자리에 말의 순결한 결정체가 있고, 언어의 고운 숨결이 존재한다. 분명 그런 것이 글이고 언어의 마법이다. 절반의 만족이 절반의 절망으로 휘어져 또 글을 쓰게 만든다. 나는 절망한다, 고로 글을 쓴다. 나는 저항한다, 고로 신기원이다. 글은 늘 그렇다.

그것이 글의 속성이고 글의 본질이다. 저 미지의 길을 찾아가는 고난 속에 말의 세계가 있고, 인간학적인 열도가 고스란히 기입되어 있듯이, 우리는 절망과 실패의 체화된 경험 속에서 새로운 말의 제국을 추동하게 된다.

다시 말하건대 『박찬일 시세계의 본질—상징에의 저항』은 내 글쓰기의 밑거름이 되어 리좀적 운동으로 확산되리라고 믿는다. 맞다. 확산이라야 마땅하다. 절반의 성공이 다음 글쓰기를 추동하는 것이 아니라, 절반의 실패와 절망이 보다 완성된 글쓰기를 유혹하듯이, 우리는 저 반복적 실패 위에 새로운 언어의 탑을 축조하게 된다. 왜냐하면 실패와 절망이 자리한 곳에 언제나 말의 새로운 길이 예비 되어 있기 때문이다. 쓰리고 아픈 그 자리로 치고 들어가 달콤한 말의 체취에 도취되는 저 패러독스 같은 운명의 자리에 언어가 있고 글쓴이의 운명이 고스란히 기입되어 있다.

쓴다, 쓰고 또 쓴다. 실패나 절망을 두려워하지 않는다. 쓴다. 시리고 아픈……

상업적 속물주의가 판을 치는 어려운 상황에 비평집 출판을 허락해주신 이대현 사장님과 역락 식구들에게 고마운 말 전하고 싶다.

2011. 3. 7. 남산에서
粹然 金析準

차례

박찬일 시말의 문제적 국면 – 상징의 위치

　한 시인의 시적 궤적을 총체적으로 살펴본다는 것은 그리 간단한 문제가 아니다. 특히 박찬일 시인의 경우, 그의 행보는 범상치 않을 뿐만 아니라 이해의 바깥쪽으로 점점 휘어져 가고 있다. 하여 그의 시말들은 심정으로만 이해되지 정작 그 말들이 어디로 향하는지를 정확하게 지시하는 것은 불가능하다. 따라서 시인의 시말들은 인간학적인 사태의 내포와 외연을 동시에 포착하면서 말할 수 없는 절대의 저 드높은 지점을 응시하고 있다. 마치 인간학 전체를 "불길한 생각"들로 가득 채우면서 "절멸로 가는 길"(「햇볕의 시대에」 일부, 『나비를 보는 고통』) 끝에 선 갈릴레오처럼, 시인은 인간학적 심연에 도달하고 있다. 불길흥- 혹은 절망의 나락. 고통이 음습한다. 고통은 시인의 삶-시간-세계 전체를 갉아먹어가 끝내는 차안과 피안의 경계를 착종시키기에 이른다. 하여 시인에게 고통은 시말의 선험적 조건이자 생에의 형식을 굴복시킨 절대적인 그 무엇이다. 따라서 고통은 해결이 불가능한 그 무엇으로 표상되는 인간학적 속박이지만, 시인 박찬일은 고통의 이쪽과 저쪽의 경계면에 위치하는 시말의 표징들을 아슬아슬하게 예인하면서 시말의 절대적 준거점에 이르고 있다.

허나 음습하는 고통. 허나 결코 사라지지 않는 고통. 왜 시인 박찬일은 고통의 지대에 스스로를 위치시키면서 절망에 이르는가. 시말을 찾기 위해서인가, 시말의 가능적 근거에 위치하고 싶기 때문인가. 대저 시말이 무엇이건대, 아니 일고에 쓸모라고는 전혀 없는 시말의 위의가 무엇이건대, 박찬일은 리처드 로티의 '대척적 행성인'과 같은 가공의 상상적 인물로 자처하면서 인식의 순환에 이르는가. 박찬일의 시적 사유는 말할 수 없는 말들로 점점 휘어져가는 역동적인 운동인데, 그것은 이 세계가 아닌 세계에 위치하는 시말이다. 따라서 시인의 시살이는 가장 선구적인 미래의 시말을 담보로 외줄을 타는 광대에 다름 아니다. 허나 불안 불안하다. 허나 앞으로도 갈 수 없고, 뒤로 물러설 수도 없다. 어쩌면 박찬일의 시말길은 아무도 내어놓은 적이 없는 외길로 휘어진 숙명의 길인지도 모른다. 비록 "대지가 나의 최선이었다"(「180도刑」 일부, 『하느님과 함께 고릴라와 함께 삼손과 데릴라와 함께 나타샤와 함께─이후 『하느님과 함께』로 줄임)고 선언하고 있기는 하지만, 시인의 시살이는 이쪽이 아니라 저쪽을 향하고 있다.

전인미답 혹은 최후의 인간. 어쩌면 박찬일의 시말운동은 과거나 현재에 응결된 인간학적 태도 전체를 가볍게 논파시키면서 미래의 시말을 예인하고 있는지도 모른다. 왜냐하면 시인의 시말들은 인간이 말해서는 안 되는 쪽으로 휘어진 시말운동이기 때문이다. 마치 리처드 로티가 『철학 그리고 자연의 거울』에서 비유적으로 표현한 가공의 인물인 대척적 행성인처럼, 시인의 시살이는 미지의 새로운 세계를 가정하고 있는지도 모른다. 물론 박찬일적 사유가 하나의 허구로 판명이 날지도 모른다. 아무도 가지 않았고, 아무도 시도한 적이 없기에 박해받고 수난받은 갈릴레오처럼, 박찬일 시인의 시말길은 아무 의미를 득동시키지 못하는 것으로 존재하거나 진짜 신기원에 도달한 그야말로 위대한 시말운동으로 판명이 날지도 모른다. 따라서 박찬일의 시말은 미래의 시말이자, 시말의 미래를 걸머진 그야말로 운명의 노래인지도 모른다. 허나 천천히 미동도 하지 않고 혹은 추호의 흔들림도 없이 우주를 건너는 법에 도달하고 있음에 틀림없다.

본 저서는 박찬일 시인의 일련의 시적 궤적을 점검하면서 그가 지향했던 시적 위의를 되살리는 작업이다. 시인이 한 세계를 독이적(獨異的)인 의식으로 시말화할 때, 혹은 인간학의 내포와 외연을 동시에 아우를 때, 우리는 박찬일의 시말운동을 통해서 무엇을 깨닫게 되는가. 아니 박찬일 시학이 겨냥하는 저 지고한 의식 세계를 우리는 말해질 수 있는 말로 언표 가능한가. 시말의 신기원 또는 새로운 형이상학의 정초. 과연 우리는 시말로서 한 세계를 건설할 수 있는가. 마치 하이데거가 "언어는 존재의 집"이라고 말한 것처럼, 시인이 시말로써 존재의 역사 전체를 비판적으로 성찰할 때, 시말은 과연 어떤 몫을 담당한다고 말할 수 있는가.

세계 상징과의 대결 혹은 존재의 시원으로의 회귀. 우리는 진정 어느 쪽으로 휘어질 때, 가장 완벽한 시말을 예인하는가. 박찬일의 시적 노림이 저 거대한 상징과 맞서 싸우면서 인간학의 위치를 점검할 때, 그것은 가능한가. 박찬일 시인의 시를 대하면 늘 곤혹스럽다. 아니 그의 시말길 전체는 말할 수 없는 금기 쪽으로 휘어져 사유의 극한을 요구하는데, 그것은 인간학의 바깥이거나 인간이 결코 말할 수 없는 영역에 다름 아니다. 박찬일 시학의 제 문제들은 바로 이 지점에서 생성된다. 문제는 인간 너머에 있다. 우리는 그 문제를 알 수 없을 뿐만 아니라, 결코 물어서도 안 된다. 그런데 시인 박찬일은 그 문제를 총체적으로 회의하면서 존재론적 난경들을 하나하나 헤쳐 나아가고 있다.

물론 인간학 전체가 상징의 포로인 것만은 분명하지만, 시인은 그 상징이 욕동하는 지대를 응시하면서 상징의 구조 전체를 논파시키고 있다. 허나 저 거대한 상징의 논리를 거부한다는 것은 가능한가. 아니 우리 인간은 애초부터 상징의 심급이 만든 피조물이거나 상징 앞에 굴욕을 당하는 자가 아닌가. 그런데 시인 박찬일은 1995년 상재한 첫 시집인 『화장실에서 욕하는 자들』부터 최근 2009년에 상재한 『하느님과 함께 고릴라와 함께 삼손과 데릴라와 함께 나타샤와 함께』에 이르기까지 일관되게 상징의 위치를 점검하고 있다. 허나 박찬일의 그것은 문화인류학적이지도 않고, 그렇다고 종교학적이지도 않다. 시인의 상징은 바로 상징에 저항하면서 새로운 상징을 정초하는 데 있다. 따라서 박찬일의 시말길 전체는 상징으로부터 시작해서 다시 상징으로 회귀하는 절대 운동이다.

허나 이러한 시말운동은 부정성으로 귀결하는 운동이 아니다. 아니 시인의 시살이 전체는 삶―시간―세계에 대한 긍정적인 인식이거나 부정성의 포월이다. 니체가 『권력에의 의지』에서 이제까지의 형이상학을 니힐리즘으로 논파시켜 새로운 형이상학의 정초를 열망했던 것처럼, 시인 박찬일도 시말의 제국을 통해서 새로운 형이상학을 정초하고 있다. 하여 시인의 시말은 니체의 그것보다 더 격렬하기까지 한데, 그것은 옛 창조신화의 거부인 동시에 새로운 창조신화를 정초하는 모순의 운동이다. 마치 옛 상징을 새 상징으로 상쇄하는 동어반복적인 인간학적 운동처럼, 시인은 삶－시간－세계에 도사린 운명의 함수를 상징 아래로 복속시킨 후, 새로운 상징으로 삶－시간－세계를 복원하고 있다.

순환하는 상징 혹은 상징의 재귀적 용법. 우리는 결코 상징의 심급 밖으로 벗어날 수 없다. 우리는 상징의 요구대로 살다 절망에 이른다. 상징은 죽음에의 유혹이다. 상징은 인간학적 인식으로는 절대로 건널 수 없는 지점에 위치해 있다. 아니 우리는 상징이 만든 저 현란한 기호에 현혹되어 시니피에를 망각하게 되는데, 그것은 바로 「갈릴레오 9」에서 언급한 브레히트의 다음과 같은 전언이다. "진리를 모르는 자는 바보일 뿐이나 진리를 알고도 그것을 거짓이라고 하는 자는 범죄자이다." 허나 진리에 기만당한 채 소멸하는 브레히트, 허나 점점 더 삶－시간－세계를 유혹하고 기망(欺罔)하는 상징. 우리는 진리－상징에 속는 바보이거나 진리－상징을 알았더라도 거짓을 말하는 범죄자이다. 우리는 절대로 상징의 그물망을 벗어날 수 없다. 마치 노자의 천망(天網)처럼, 상징의 그물은 성기고 너무 그물코가 커 모든 것이 빠져나가는 것 같지만, 우리는 상징의 그물코에 사로잡혀 옴짝달싹하지 못한다.

그런데 시인 박찬일은 그 상징의 형식에 관하여 총체적으로 문제 삼는다. 왜냐하면 인간학적 현실이란 그 자체로 알레고리이기 때문이다. 다시 말해서 인간학이란 삶－시간－세계에 기입된 알레고리적 욕망이지 결코 상징일 수 없다. 우리는 저 부유하는 기표의 제의이지 의미 확정된 기의일 수 없다. 따라서 우리는 상징을 모른다. 아니 우리는 상징의 구조가 만든 덫에 빠져 아포리아에 이르게 된다. 저 지고한 것으로 인식되는 상징, 삶―시간―세계를 옥죄어오는 상징. 허나 역설적이게 상징은 인식될 수 있는 모든 것이나 인식될 수 없는 모든 것, 즉 이중성으로 존재하는 그 무엇이다. 상징은 A=B가 아니라 A=B인 듯하다가 이내 C나 D 등등으로 변하는 가변적 실재이다. 상징은 존재를 압박하는 비존재이다.

그런데 박찬일은 그 상징의 형식에 도사린 기만적 현실성을 알레고리적 시선으로 응시하면서 스스로를 상징의 위치로 고양시키는 미묘한 패러독스를 연출하고 있다. 마치 모든 언어를 시말로 승화시키기를 열망하는 시인의 욕망처럼, 자연인 박찬일은 상징적인 박찬일로 고양된다. 알레고리적 자연에서 신화적 상징의 위치로의 고양. 인간학이란 욕망이지, 결코 이성이 아니다. 우리는 한 세계를 상징의 신화로 건너는 것이 아니라, 그 상징을 신화로 재건하는 그 곳에 위치한다. 박찬일의 시말길 전체가 알레고리적 욕망의 순순환적 구조 위에서 생성되다가, 그 욕망의 구조를 교묘하게 조정하여 시말―사태를 상징의 차원으로 이끌어가게 되는데, 그것이 바로 상징이 위치하는 지점이다.

역으로 우리는 상징을 사는 것이 아니라, 상징에 의해 조종당한다. 왜냐하면 상징은 심급의 심급, 즉 최종 심급이기 때문이다. 상징은 바깥의 바깥이 아니다. 그렇다고 안의 안쪽은 더더욱 아니다. 상징은 안의 바깥이고 바깥의 안이다. 상징은 이중으로 매개된 그 무엇인데, 그것은 항상 정의가 불가능한 표상작용이다. 마치 우리가 '바로 지금 여기'라는 시공간의 지평 위에 존재하면서 '저기'라는 피안을 열망하는 것처럼, 상징은 현재를 욕동시키는 삶의 초상이자, 그 모든 현재의 위치를 교묘하게 소거시키는 미래의 운동이다. 하여 상징은 전위방적 시공간에 위치하는 절대의 표징이자, 그 상징의 절대적 벡터값을 이내 무력하게 만드는 불확정적 양자의 운동이다. 하여 상징은 위치 없는 곳에 위치하는 동시에 위치 자체를 거부하는 위치에 위치해 있다.

따라서 박찬일의 시말운동은 상징의 가변적인 위치를 추적하면서 상징의 현학성을 솔직담백하게 논파시키고 있다. 허나 이러한 시적 노림은 하나의 커다란 함정을 준비하고 있는데, 그것은 바로 언어 자체가 빠지는 함정이거나 언어가 상징을 해석학적으로 전유하는 방식에서 비롯한다. 다시 말해서 우리는 상징을 정확하게 인지 통찰하는 자가 아니라, 저 심오한 상징을 해석하는 자로 존재하기 때문이다. 하여 우리는 상징이 발화하는 의미의 순환에 빠진다. 우리는 상징의 덫에 허우적거리다가 소멸하는 흔적이다. 그런데 시인 박찬일은 상징의 저편으로 내달려 스스로가 상징이기를 열망한다. 아니 시인의 상징에의 저항법은 이제까지 통용이 되는 상징 전체를 무력하게 폐기처분한 후, 새로운 상징을 추동하고 있다. 마치 신의 죽음을 선언하는 니체처럼, 시인 박찬일은 상징의 죽음을 선언한 후 새로운 상징체계를 정초하는 놀라운 시적 경지에 도달하고 있다.

시인이 의도했건, 의도하지 않았건 상관없이, 이러한 일련의 시말 전체는 알레고리적 현실을 치밀하게 그려내다가 삶―시간―세계에 도사린 상징의 비밀을 응시하게 되는데, 그것은 역설적이게도 상징에 기만당한 삶의 단면도이거나, 상상계적 삶을 거부하는 시인의 태도에 다름 아니다. 하여 시인 박찬일에게 있어서 새로운 형이상학의 정초는 필연이다. 비록 시인이 언표한 시말의 표현 층위가 인간학적인 알레고리 위에서 욕동하고 있는 것만은 분명하지만, 하여 시말—사태에 노정된 총체적인 국면이 삶—시간—세계에 대한 인간학적인 태도인 것 또한 사실이지만, 시인의 시말운동은 그 사태의 배후에 작동하는 상징의 원리로 향하고 있다. 허나 이러한 시인의 논리에도 불구하고 상징을 논파시키면서 상징으로 휘어진다는 것은 가능한가. 사실 이 지점이 박찬일 시학이 뿜어내는 가장 큰 매력인 동시에 가장 이해하기 어려운 지점이다.

상징의 기만적 조종력을 논파시키면서, 스스로가 다시 상징 위에 군림한다는 것은 그 자체로 아이러니가 아닌가. 알레고리적 일상성 위에 펼쳐지는 삶—시간—세계의 단편들을 통해서 상징에 저항한다는 것은 애초부터 불가능한 것이 아닌가. 우리는 아무런 표정도 짓지 않고 이 세계를 길항시키는 상징의 위의를 알 수 없을 뿐만 아니라, 그 조정력에 순종하면서 생을 마감하는 인간형이 아닌가. 대저 우리는 왜 상징을 논파시켜야만 하는가. 아니 우리는 저 거대한 상징 앞에 무력한 자이거나 결국에는 무릎 꿇고 애걸복걸하는 자가 아닌. 그런데 시인 박찬일은 그 상징의 위용 앞에 전혀 주눅이 들지 않는다. 왜 그는 상징 앞에 당당한가. 왜 그는 인간학적 운명의 함수를 거부하면서 새로운 상징을 열망하는가. 상징 위에 서서 상징을 조롱하고 굽어본다는 것은 상징에의 저항이 아니라, 새로운 상징으로 이 세계를 정초하는 것이 아닌가.

엄밀히 말해서 박찬일 시학은 불가능에의 도전이나 마찬가지이다. 왜냐하면 인간학이란 자고이래로 차이를 살되 그 모든 것들이 반복으로 수렴하는 무한운동이기 때문이다. 반복과 차이를 유혹하여 삶을 살아가게 만드는 상징. 상징은 현혹하는 힘이다. 잔혹극이 벌어지는 실재계의 현실을 망각으로 이끌면서 상상계적 욕망을 부추기는 그것이 바로 상징이다. 하여 우리는 상징을 벗어날 수 없다. 우리는 상징이 이끄는 대로 살고 상징의 심급 안에서 사유하게 된다. 사랑의 묘약이자 삶의 위약인 상징. 우리는 속는다. 아니 우리는 속고 또 속아 스스로를 기만하게 되는데, 그것이 바로 상징이 취하는 교묘한 전술이다. 헌데 그러한 인간학적인 한계상황에도 불구하고, 우리가 상징을 정면으로 대면하면서 그것을 부정한다는 것은 가능한가.

박찬일의 시말이 놀랍고 당황스러운 점은 상징의 기만적인 전략과 전술에 농락당하지 않는 데 있다. 이를테면 삶−시간−세계에서 벌어지는 무자비한 불행과 고통을 응시하면서 시인은 상징이 펼쳐내는 그 모든 것이 거짓임을 예증하고 있다. 어쩌면 박찬일이 바라본 이 세계의 자화상이 맞을지도 모른다. 왜냐하면 이 세계는 한 번도 상징의 기획대로 실현된 적이 없기 때문이다. 허나 상징은 자신의 교묘한 담론적 조종력을 이용하여 자신의 기획을 미래 쪽으로 투사시킨다. 말하자면 상징은 자신의 모습을 영원한 미래를 표상하는 그 무엇으로 변신시켜 자신의 존재론적 층위를 시간의 구조 속에 편입시킨다. 현재의 희생 위에 미래를 담보하는 상징. 상징은 현재의 전언이 아니라 미래의 전언이다. 하여 상징은 차연에의 욕망이다. 마치 현재를 야금야금 좀먹어가면서 미래에 모든 것이 이루어지를 열망하는 시간의 본질적인 운동처럼, 상징은 현재의 기투가 아니라 미래의 기투이다. 던져진 존재를 미래 쪽으로 예인하여 현재를 기망하는 상징. 정오의 철학을 설파하는 차라투스트라처럼, 시인 박찬일은 현재를 문제 삼으면서 '바로, 지금, 여기'라는 현재적 시공간이 유토피아가 되기를 염원하고 있다. 그는 상징의 조종력을 믿지 않는다. 그는 미래 쪽으로 모든 것을 응고시킨 상징에 맞서 싸우면서, 상징을 현전의 운동으로 치환시키고 있다.

> 하늘 높이 던져 올린 帽子
> 하늘에서 붙잡히지 못했다
> 하늘이 비어 있었다
>
> 전출 신고도 안 하시고 하느님이 이사 가셨다
> 하늘 찾으러 떠나는 일
> 요즘 내 모자가 계속 하는 일이다
>
> 하늘을 찾아야 어머니도 찾는다
>
> 「하늘이 이사 가셨다」 전문, 『하느님과 함께』

　박찬일의 「하늘이 이사 가셨다」는 절대로 말할 수 없는 것을 시말 속에 재현하고 있는데, 그것은 말해진 말인가, 말해질 수 없는 말인가. 도대체 우리는 박찬일이 조어해낸 저 거대한 알레고리적 시말성을 통해서 어떤 의미적 본질을 사유하고 예인하는가. 상징에의 도전 혹은 상징의 소멸. 상징에의 저항은 하늘 상징과 맞서 싸우는 가장 극렬한 운동이다. 사실 박찬일의 시를 대할 때 늘 당혹감을 느끼곤 하는데, 그것은 시인의 시말들이 결코 말해져서는 안 되는 곳을 건드리기 때문이다. 하여 박찬일의 시말은 형이상의 세계를 인간학의 내접면으로 사유하면서 형이상의 세계 전체를 전도시키는 미묘한 역설을 연출하고 있다. 도대체 박찬일의 시말들은 왜 그런가. 왜 그는 미학적 원리를 시말 내부에서 내쫓아 말의 원상을 형이상학적으로 사유하는가. 아니 역으로 박찬일은 그러한 시말을 통해서 무엇을 겨냥하고 있는가. 인간학과 우주에 관한 미적 거리를 일거에 무너트리면서 시인은 어떤 시미학을 정초하는가. 아니 시인 박찬일은 이제까지 형성된 인간학과 신학적 우주론에 입각한 미적 체계를 총체적으로 문제 삼으면서 어떤 미적 지평을 창조했는가.

사실 박찬일의 시의 어려움은 시말 그 자체에서 뿜어져 나오는 언어적 아우라에서 비롯하는 것이 아니라, 시말 그 자체가 겨냥하는 지점을 정확하게 기술할 수 없는 언어적 한계에서 비롯한다. 하여 우리가 말할 수 있는 말은 '모른다'와 '알 수 없다'와 '난감하다'라는 말밖에 없다. 우리는 말하는 존재가 아니라 말할 수 없는 존재이다. 왜냐하면 "하늘이 이사 가"고, "하느님이 이사 가"고, "하늘을 찾으러 떠나는 일"의 정체를 해명할 수 없기 때문이다. 우리는 왜, 어떤 일로 "하늘과 하느님"이 이사를 갔는지를 말할 수 없다. 하여 박찬일의 시적 사유는 인간학적 이해가 도달할 수 없는 바깥이다. 시 「하늘이 이사 가셨다」는 말할 수 있는 말이 아니라, 말할 수 없는 말의 지대를 가볍게 주파해가면서 상징적인 말―한계를 가볍게 논파시키고 있다. 도대체 박찬일은 어떤 상징적인 말을 했는가. 우리는 박찬일의 너무도 자명한 시말 속에서 어떤 말의 상징을 깨우쳤는가. 난감하다. 알 것도 같고, 모를 것 같기도 하다. 우리는 박찬일의 고도의 수사적 전략에 휘말려 아무것도 말할 수 없는 말의 절대성을 사유하고 있는지도 모른다. 상징의 운동 전체를 말―상징으로 상쇄 전도시키면서 시인 박찬일은 상징의 의미적 층위를 현전의 언어로 되살리고 있다.

상징에의 저항은 현재라는 시간의 의미를 되살리는 지극히 인간적 태도에서 비롯하는 근원적인 문제이다. 시인의 이러한 시적 태도는 현재라는 시간의 영원한 향유이거나 모든 의미적 층위를 현전의 언어로 되살리는 운동이다. 시간의 향유를 가로막는 상징, 하여 모든 인간학적 욕망을 무(無)의 지대로 되돌려 보내는 상징. 상징은 회귀로 휘어진 반복의 순환 운동이다. 인간학 전체가 상징의 덫에 걸려 넘어질 수밖에 없다는 사실을 인정하는 한, 우리는 결코 인간학적인 잠에서 깨어날 수 없다. 시인이 상징을 믿지 않는 이유가 바로 이 지점인데, 그는 자신의 앎에의 의지를 통해서 상징의 절대성을 인간학적 견지에서 논파시키고 있다.

허나 그럼에도 불구하고 우리는 박찬일의 시말운동을 동의할 수 있는가. 엄밀히 말해서 우리는 상징의 포로가 아닌가. 아니 인간이 처한 운명의 함수는 상징의 등가곡선 위를 질주하다가 소멸에 이르는 운동이 아닌가. 상징과 맞서 싸운다는 것은 애초부터 불가능에의 도전이다. 우리는 상징이라는 마물의 언저리를 배회하다가 스스로를 기만하는 존재이다. 우리는 자승자박이다. 우리는 생의 외접 면으로 치달아가다가 내접 면에 기입된 상흔으로 인해 침몰하는 자이다. 우리는 절대로 절대를 말할 수 없다. 허나 박찬일이 감행하는 일련의 시살이는 그 성격 여부를 떠나서 가장 문제적인 삶으로 휘어진 심혼의 형식이라고 말하는 것이 마땅하다. 왜냐하면 우리는 존재방식의 다양한 차이에도 불구하고 항상 한쪽으로만 휘어지는 생령들의 처절한 운동이기 때문이다.

박찬일의 상징에의 저항법은 니체의 아포리즘적 전복 이후 가장 극렬한 시말운동을 전개하고 있다. 그가 어느 길로 휘돌아갈지 예단하는 것은 불가능하지만, 우리는 이제까지 시인이 실천했던 범상치 않은 시살이에 경의를 표해야만 한다. 전인미답의 새로운 시말길을 찾아 떠난다는 것은 분명 간단치 않은 생명의 형식이기 때문이다. 마치 모리스 라벨이 낭만적 서정의 아름다운 선율로 탄주한 「볼레로」의 점층하는 반복적 리듬 속에 응고된 전복적 운명의 귀결처럼, 박찬일의 상징과의 대면은 그가 운명의 시인임을 예증하고 있다.

고통이라는 마물에 투시된 시말 혹은 인간학의 위치

문제는 상징이다. 모든 문제는 상징의 심급 속에 도사린 기만성으로 인하여 비롯한다. 우리는 상징의 구조 속에서 사유하고, 상징의 심급 밑으로 가라앉는다. 삶―시간―세계를 길항시키는 상징 혹은 알레고리적 인간학 전체를 욕동시키는 상징. 이 세계가 상징의 구조 속에 파생된다고 간주할 때, 인간은 그 자체로 축복받은 행복한 존재인가, 저주받은 불행한 존재인가. 어떤 삶―시간―세계를 살아낼 때, 우리는 행복하다고 느끼고 불행을 인식하는가. 천재 여성 시인이자 만인의 동경의 대상이었던 실비아 플라스처럼, 우울증적 자살로 생을 스스로 종결짓게 될 때, 그것은 행복한 죽음인가 불행한 죽음인가. 대저 삶은 무엇이고 죽음은 무엇인가. 아니 삶과 죽음이 반복 교체하는 이 세계 속에서 시말은 도대체 어떤 인간학적 문양을 깊이 아로새기고 있는가. 특히 생을 고통으로 인식하는 시인 박찬일의 경우, 그의 삶은 행복한가, 불행한가. 고통의 지대를 헤매며 고통의 수인에 갇힌 시인. 자고르 시인이란 고통을 노래하는 자라고 말해야만 하는가. 시인이 스스로를 "모멸을 좇는 자"이자, "최대로 같이 아픈 (또는 아플 수 있는) 자"(「나비를 보는 고통 2」 일부, 『나비를 보는 고통』)로 인식할 때, 그 고통의 함수는 대저 무엇인가. 박찬일이 삶–시간–세계 속에서 인지 체험한 고통은 개인적인 차원을 넘어선 그 무엇으로 인식될 수 있다. 아니 더 정확하게 말해서 시인의 고통은 지극히 인간학인 개인적 차원을 의미하는 동시에 상징의 심급이 만든 생래적 고통이기도 한데, 그것은 인간학에 내재한 선험적 표징이거나 이 세계를 투시하는 존재론적인 마물에 다름 아니다.

따라서 시인에게 고통은 피히테 식으로 말해서 새로운 세계를 응시할 수 있는 '이식된 눈'인데, 그것은 어쩌면 "우리의 바깥에서 우릴 보는/제3의 존재"(「천지인 해석」, 일부, 『나비를 보는 고통』)인지도 모른다. 왜냐하면 시인의 시말길은 고통의 변곡점 위를 통과한 그야말로 신기원에 해당하기 때문이다. 하여 박찬일의 시적 시선은 고통이라는 마물을 통과한 순간, 새로운 인간학적 포즈를 취하면서 새로운 인간 이해를 요구하게 된다. 아니 역으로 박찬일 시인의 시말은 이해할 수 없는 것이거나 이해를 거부하는 그 무엇으로 휘어진 절대 표상인 까닭에, 우리는 그의 시말 속에 육화된 의미의 지대를 온전하게 이해하지 못할지도 모른다. 고통이라는 마물을 통과한 시말의 오묘한 운동 혹은 존재의 의미를 휘감는 상징의 운동. 시인 박찬일에게 있어서 고통은 절대에 이르는 첫 번째 통과제의인데, 그것은 운명과 마주선 시인의 초상이거나 운명의 시인으로 변이되는 시인만의 독특한 체험이다.

스멀스멀 기어 나오는 고통이라는 마물. 시인에게 고통은 탈혼 망아 상태에 이르거나 접신의 경지로 나아갈 수 있는 유일한 통로이다. 고통은 존재의 위치이다. 고통은 나의 지대에서 너의 지대를 응시하고 그것을 통해서 인간학적 변신을 하게 되는 빈 지대이다. 하여 고통은 너와 나의 겹치는 장소이거나 너와 나를 아우를 수 있는 존재의 접이지대이다. 삶도 고통이고 죽음도 고통이다. 그런데 문제는 존재의 과정이 점점 죽음의 과정으로 의미를 탈색시켜 가는 바로 그 지점에 위치해 있는 상징의 작용에서 비롯한다. 마치 메피스토펠레스가 청춘을 담보로 파우스트를 유혹했던 것처럼, 시인은 자신의 존재론적 고통에 저당 잡힌 채 생의 후면경을 지배하는 은밀한 상징을 유혹하여 삶─시간─세계의 구조 내로 불러들인다. 이 얼마나 멋진 발상인가. 이 얼마나 유혹적인 장면인가. 어쩌면 박찬일에게 있어서 고통은 상징과 대면하는 첫걸음이자 상징의 본성을 알아채는 첫 국면일지도 모른다. 왜냐하면 고통이란 그 자체로 상징의 양가적 본성의 한 측면이기 때문이다.

다시 말해서 상징은 결핍과 충만의 변증법적 운동처럼, 고통과 희열이라는 이중적 구조 위에서 연탄(連彈)되는 상호 모순의 지대 위에서 욕동하기 때문이다. 마치 모르핀이나 헤로인처럼, 상징은 중독성이 심한 위악적인 쾌락이거나 위선적인 고통이다. 충만의 의미와 행복으로 생을 유혹하는 상징. 허나 이러한 상징의 화려한 앞면에도 불구하고 상징은 불쾌한 고통을 삶의 뒷면에 배치하고 있는데, 그것이 바로 생을 유혹하면서 죽음을 욕동시키는 이중의 전략이다. 하여 우리는 상징의 플라시보(placebo) 효과에 기만당한 채 삶─시간─세계가 고통으로 수렴한다는 사실을 망각하게 된다. 그런데 시인 박찬일은 정신과 육체 속에 음습하게 도사린 고통의 내밀한 구조를 응시하면서 상징 내에 인간학적 위치를 세밀하게 투시하고 있다.

마음대로 불러올 수 있는 것 중의 하나가 통증이다. 통증을 두려워하면 통증을 불러온다. 기억을 두려워하면 기억을 불러오듯이. 통증을 벗어나는 것은 마음대로 안 된다. 오는 것은 금방이지만 가는 것은 어렵다. 순식간에 오지만 더디게 간다.

통증을 무서워하니까 통증이 자주 온다. 통증 밖에 있는 시간보다 통증 안에 있는 시간이 더 많다. 통증이 될 날이 머지않은 것. 그러면 통증을 벗어나는 걸까. 그 다음에는 무엇을 두려워하게 될까. 무엇이 될까. 그럴 수 있을까.

「통증 2」 전문, 『나는 푸른 트럭을 탔다』

시인에게 무엇보다도 "통증"이 문제(「통증 1」 일부, 『나는 푸른 트럭을 탔다』)적인데, 그것은 결코 사라지거나 종료되지 않는, 하여 늘 일상적인 삶을 제대로 살아갈 수 없게 만드는 그 무엇으로 작용한다. 시인이 평생 시달리는 두통은 줄리아 크리스테바가 『사랑의 정신분석』에서 말한 것처럼 '억압된 사고가 신체 기관 내로 회귀하는 현상'과 같은 것인지도 모른다. 왜냐하면 그의 두통은 그의 인생의 파멸의 원인이자, 시인의 삶을 결정짓게 되는 근본 원인이기 때문이다. 이를테면 시인에게 통증을 유발하는 두통은 공포의 권력과 같은 무엇으로 표상된다. 아니 더 정확하게 말해서 시인에게 일어나는 일련의 통증들은 시인을 새로운 세계로 이입시켜 환시나 환청을 보고 듣게 만드는데, 그것은 시말의 새로운 국면이거나 박찬일 특유의 시말공간에 해당한다. 하여 시인에게 고통은 양가성을 띤 객관적인 실체인데, 그것은 말할 수 있는 육체의 징후를 말할 수 없는 말의 지대로 이끄는 마법의 장소이다. 맞다. 시인에게 통증이나 고통은 시냅스의 전기장의 교란에 의한 도파민이나 세로토닌의 결핍의 징후이지만, 시인은 그 감각의 혼돈을 시말공간으로 치환시켜 시말이 비등하는 장소, 즉 크리스테바의 세미오틱적 코라와 같은 작용을 하게 된다. 왜냐하면 시인에게 두통을 일으키는 통증과 같은 고통의 장소는 기성의 시말문법을 파괴하면서 새로운 시말을 정초하기 위한 근원적인 용기(춈器)에 다름 아니기 때문이다.

따라서 박찬일의 시말운동은 결코 해결이 불가능한 육체적 통증이라는 마물을 정신의 작용으로 역동시킨 것에 다름 아니다. 하여 시인에게 고통은 시말의 선험적 가정이다. 통증에 사로잡힌 삶 혹은 황폐화 된 육체 또는 시말의 비등점. 시인은 고통을 사는 자다. 시인은 불현듯이 밀어닥치는 두려운 통증과 마주대하면서 "무엇이 될까"를 고민하는 자이다. 하여 시인에게 통증은 인간학적 고통을 인식하는 최초의 원인이자, 상징의 구조를 응시하는 첫 번째 계기이다. 따라서 고통의 외연과 내포적 의미를 총체적으로 형상화하고 있는 아래의 인용 시는 시인 박찬일에게 있어서 고통이 무엇이며 또 그것이 어떠한 지점에 위치하는지를 정확하게 지시하고 있다는 점에서 중요한 작품이다.

　　　내가 시를 쓰는 것은 머리가 아프기 때문이었다 시에 있으면 적이 안심이 된다 머리가 아프다고 시가 나무라지 않는다 머리가 아프다고 시가 해고하지 않는다

　　　시에서는 머리가 아프다고 얘기할 수 있다 머리 아픈 것도 世界다 머리 아픈 세계도 詩라고 말할 수 있다

　　　시에 있다고 머리 아픈게 사라지는 것은 아니지만 머리 아픈 게 사라졌으면 좋겠다

　　　　「마음에 대한 보고서 2—詩에 대하여」 전문, 『나비를 보는 고통』

　고통과 마주선 시인. 하여 "고통의 비밀 통로의 처음을 찾"아 "통증에 고스란히 몸을 맡기는"(「알 수 없는 고통」 일부, 『나비를 보는 고통』) 시인. 애초부터 시인은 행복한 자가 아니라 불행한 자이다. 시인은 고통을 자기 업으로 생각하면서 그것과 친숙해지는 그야말로 아이러니적 존재이다. 시인은 불행을 분해 발효시켜, 이 세계를 아름답게 노래하는 자이다. 시인은 고통의 늪에 빠진 채 저주받은 운명을 고스란히 감내하는 자이다. 특히 박찬일의 경우가 그 적확한 예인데, 우리는 여기서 시와 고통의 상관관계를 논증해야만 한다. 왜 시말혁명과 고통이나 불행은 늘 동일선상에 위치하는가. 행복한 삶은 진정 시말혁명의 주체일 수 없는가. 도대체 시인에게 영혼을 감화시키는 아름다운 시말은 왜 고통의 심연을 통과한 자에게만 허여되는 형식이어야 하는가.

　분명 박찬일 시인의 경우, 자신의 존재론적 운명 전체를 불행이나 고통에 응고시켜 자신을 투사하는데, 그것은 어느 쪽으로 휘어진 시말 ─사태인가, 시말혁명인가, 추락하는 자의 초상인가. 대저 박찬일은 어떤 고통의 지대를 통과해가면서 저 거대한 시말의 위의를 몽상하는가. 허나 시인의 시말은 "머리 아픈 세계"를 통과한 "아픈" "머리"의 구성물이다. 역으로 그것은 시인의 고통이 치환된 그야말로 인간학적 모습이 시말로 고양 승화된 양태이기는 하지만, 고통은 해소되지 않은 채 여전히 남아 시인을 괴롭힌다. 이를테면 시인에게 고통은 선험적 가정이자 시말의 소생점이다. 하여 고통은 시인의 시살이의 출발점이자, 실존적 삶을 황폐화시키는 양가성을 띤 마성적 마물에 다름 아니다.

　시 「마음에 대한 보고서 2─詩에 대하여」는 시인이 처한 존재적 위치이자, 그가 시를 쓰는 이유를 고통의 함수에 대입하여 형상화한 작품인데, 그것은 바로 시에 대한 시인의 인식이거나 시말의 존재론적 위치이다. 다시 말해서 박찬일에게 있어서 시이라는 함수는 다음과 같은 수식을 성립시킨다. '시=고통(X)+마음(Y)+C(세계라는 상수)'이다. 시인에게 시란 고통과 마주선 세계이거나 마음으로 여과한 고통의 언어이다.

① 의자의 고통은
　앉았던 사람이 있었던 것.
　앉았던 사람의 고통은
　앉았다는 것. 고통 중의 고통.
　존재한다는 것.

　　　　　　　　　　「가르시아 로르카」 전문, 『나비를 보는 고통』

② 아내는 도망칠 것이다. 나 혼자 더러운 아들을 키워야 할 것이다. 아들은 커서 더러운 여자를 만나 더러운 아이들을 낳고 기뻐할 것이다. 더러운 아브라함은 더러운 이삭을 낳고 더러운 이삭은 또 더러운 야곱을 낳고 인간은 전혀 새로운 족속의 조상이 될 것이다.

　　　　　　　　　　「더러운 야곱」 일부, 『화장실에서 욕하는 자들』

③ 아, 알 수 없는 소리로밖에 해소될 길 없는
　그 꿈의 내용은 무엇인가.

　화장실에서 소릴 지르게 하는 것이 없으면, 나는 깃발, 알 수 없는 바람, 알 수 없는 자유. 宇宙가 생겨난 이래 꼭 한 번 일어난 우연의 긴 歷史. 사라지는 것을 지켜보는 눈이 없으면

　　　　　　　　「화장실에서 욕하는 자들」 일부, 『화장실에서 욕하는 자들』

시인에게 고통은 자기 내적 상호 관계 속에 드러나는 이중의 표상방

식이다. 물론 크리스테바 식으로 고통은 억압과 신체의 상호작용이 만들어낸 결과로 인식될 수도 있다. 허나 박찬일의 고통은 이보다 더 근원적이다. 시인의 고통은 개인적인 차원을 지배 통어하는 인간학적인 측면에서 비롯하고 있다. 하여 시인의 고통은 생래적이다. 육체와 영혼의 형식에 총체적으로 부과된 고통. 우리는 고통을 피할 수 없다. 인간에게 고통은 그 자체로 하나의 필연적인 기제이다. ①에서 시인은 고통의 상호관계성을 직시하고 있는데, 그것은 이 세계 전체가 고통의 함수 안에 갇혀 있다는 것을 암시하고 있다. "의자의 고통"과 "사람의 고통"을 상호 유비 추론하면서 시인 박찬일은 존재의 심연에 자리한 "고통 중의 고통"을 총체화시키고 있다. 하여 시인의 고통은 뇌의 전두엽에서 발생하는 시냅스의 전기적 장애가 아니라, 존재 그 자체에서 비롯하는 현상이다. 마치 예수의 수난 상징이 존재론적 죄를 대속(代贖)하는 고통들이 예정되어 있는 것처럼, 시인 박찬일은 존재 속에 새겨진 고통의 함수를 들여다보고 엿보면서 존재 그 자체가 고통임을 증명하고 있다. 따라서 시인에게 고통은 하이데거적인 존재, 즉 현존재가 감내해야만 하는 운명의 절대함수이다. 역으로 우리가 생명의 형식인 한 고통에 관한 인식은 필연적이다. 고통은 존재로부터 온다. 우리는 고통을 피할 방법이 없다. 고통은 너의 것인 동시에 나의 것이다. 고통은 나에게서 비롯하여 너에게로 간다. 고통은 존재의 뒷면에 들러붙어 존재를 괴롭힌다. 하여 존재 그 자체가 고통이다.

②는 그러한 존재론적인 고통을 인간의 계보학과 맞닿게 만드는데, 박찬일의 고통은 뿌리 깊은 역사를 가지고 있을지도 모른다는 추측이 가능하다. 인간의 계보학이 "더러운"이라는 형용사의 수식을 통해서

기술될 때, 혹은 서구 기독교에 내재된 사랑의 역사가 기실은 더럽고 추악한 르쌍띠망으로 점철된 역사로 기록될 때, 삶—시간—세계는 행복한 기록이 아니라, 고통의 기록이다. 아니 보다 정확하게 말해서 시인에게 인간학 전체는 더러운 역사일 뿐만 아니라, 두려운 것이기도 한데, 그것은 어쩌면 존재의 불행한 역사를 가정하고 있는지도 모른다. 왜냐하면 이제까지의 역사는 죽음본능이 만들어낸 추하고 더러운 역사에 다름 아니기 때문이다. 따라서 더러운 것이 더러운 것을 낳아 인간의 역사 전체를 더럽게 훼손시킬 때, 이 세계는 더러운 족속이 새로운 인류의 조상으로 등극할 것이다. 시인의 역사에 대한 부정적 인식이 바로 인간학이 위치하는 지점이자, 그가 생래적으로 고통을 감내하는 자임을 인정하지 않을 수 없는 대목이다. 우리는 "더러운" 자다. 우리는 더러운 역사를 쓰고 기록하는 고통의 산물이다. 시인의 고통에 관한 의식적 층위는 뿌리 깊을 뿐만 아니라, 해결이 불가능한 아포리아와 같다. 하여 시인의 고통은 모든 차이를 지워버리는 반복이다. 동일한 것의 반복 혹은 고통을 고통으로 상쇄시키는 역사. 우리는 한 번도 행복한 적이 없다. 우리는 불행한 역사를 쓰게 되는데, 그것이 바로 시인이 이 세계에서 투시한 고통의 인간학적 깊이이다.

  인간이 고통을 견딜 수 있는 이유는 우리에게 아직도 꿈이 남아있기 때문이다. 꿈은 이상과 현실을 상호 매개시켜 현실적 고통을 완화시킨다. 비록 그것이 위약으로 판명이 날 것임이 명약관화하지만, 우리는 현실의 고통을 잠시라도 망각하기를 열망하게 된다. ③은 꿈과 현실 사이에 놓인 간극을 "화장실"이라는 특정 공간을 통해서 해소시키고 있는데, 그것은 우리가 살아가는 현실 공간이 억압으로 가득 차있기 때문이다. 절망 혹은 희망 없음. 화장실에서 욕하는 자는 고통스러운 현실을 감내하는 자이거나 인간학적 희망이 거세된 그야말로 무력한 소시민이다. 물론 시인 박찬일은 "－없으면"이라는 가정적 태도 하에 "깃발", "바람", "자유", "歷史"에 관한 긍정적 자세를 피력하고 있기는 하지만, 현실은 시인의 기대와는 반대로 욕하고 소리 지르는 절망의 공간이다. 고통이 엄습한다. 우리는 절망이다. 하여 우리는 저 절망의 심연으로 추락하여 고통 속을 헤매는 자이다. 마치 인간학적 욕망의 체계가 희망의 반대 사실을 지시하는 것처럼, 우리 바람과 자유와 깃발 밑에 가라앉은 저 고통이라는 함수를 정면으로 응시하지 않을 수 없다. 우리는 고통이다. 우리는 고통으로 인해 추락하고 가라앉는 절망의 존재이다. 따라서 우리는 고통이라는 마물에 사로잡힌 수인이다. 물론 이 모든 사태가 벌어지는 궁극적인 원인을 "우연의 긴 歷史"라고 시인이 말하고 있기는 하지만, 그 우연은 모든 고통이 발생하는 필연이다. 우리는 우연의 덫에 걸려 상징에 고통을 당하는 일개 피조물에 지나지 않다. 우리는 상승하는 깃발이 아니라, 추락하여 고꾸라지는 깃발이다. 우리는 절대로 고통에서 벗어날 수 없다. 비록 우리가 화장실에서 욕을 해대지만, 하여 그 뇌까리는 욕설을 통해서 잠시라도 위안을 얻는 것 또한 사실이지만, 우리는 근원적인 고통을 해소할 방법이 없다.

저는 연료를 뿜으며 전진하는 로켓이 아니라 로켓의 부속품이었습니다. 부속품을 만지는 손가락이었습니다. 기술자였습니다. 의사였습니다. 돈 없으면 굶어 죽어야 하는 브레인이었죠. 창녀였습니다. 처분만 바라는 하수인 가엾은 병사 영문도 모르고 죽은 총잡이 달나라로 향하든 히로시마로 향하든 상관 않는 개뻑다귀였죠.

한마디로 저는 지식을 정치가 군인 부르주아들에 팔아넘긴 겁니다. 그것을 그들이 어떤 일에 사용하든 그것은 그들 맘이었습니다. 저 같은 사람이 학문의 대열에서 계속 용납된다면 그건 제 책임입니다. 서로 태어난다면 저는 학설을 철회하지 않을 거라 맹서합니다. 맛있는 쇠고기 오래된 포도주를 단념합니다. 연료를 뿜으며 전진하는 로켓에 올라탈 겁니다. 그들이 왼쪽으로 가라 하면 오른쪽을 생각하고 그들이 오른쪽으로 가라 하면 왼쪽을 생각하겠습니다. 이제부턴 내가 결정합니다.

「갈릴레오의 참회」 전문, 『화장실에서 욕하는 자들』

「갈릴레오」 연작은 시인의 시살이의 시발점이자, 박찬일이 시를 쓰는 이유가 총체적으로 노정되어 있는 문제적인 작품들이다. 욕망 또는 현실. 진리 혹은 기만. 우리는 어떤 삶으로 휘어진 운동인가. 아니 우리는 어떠한 태도를 지닌 채 이 세계를 만나 정의하는가. 사실 박찬일의 「갈릴레오」 연작은 우리가 생각했던 것보다 심각한 문제를 노정하고 있는데, 그것은 우리가 믿고 의지했던 진리의 형상들이 어쩌면 기만이고 허위일지 모른다고 추측하게 만든다. 아니 박찬일의 시말들은 우리가 전유 언표한 진리값이 논점을 선취한 주관성이거나 거짓임에 틀림없다는 확신에 이르게 만든다. 왜냐하면 우리는 한 번도 진리를 말한 적이 없기 때문이다. 따라서 우리가 찾아낸 진리값은 정답이 아니라 해답이다. 우리는 진리를 모른다. 비록 우리가 온 열정을 다 받쳐 "불같이 살"고 "불타 죽"(「갈릴레오 7」 일부, 『화장실에서 욕하는 자들』)더라도 우리는 저 적멸 같이 완벽한 객관의 세계에 이를 수 없다. 육체의 형식으로 태어나 삶―시간―세계를 향유하는 자들은 절대로 진리에 도달할 수 없다. 우리는 진리를 말하는 자가 아니라 거짓을 말하는 자이다. 상징의 논리 혹은 담론의 질서. 우리는 철저하게 상징화된 아비투스에 복종하게 되는데, 시인 박찬일은 아비투스적 상징의 질서 바깥쪽에 서서 상징적 질서를 논파시키고 있다. 비록 시인이 갈릴레오의 인간적인 고통을 연민의 시선으로 응시하고 있지만, 그는 상징적 질서의 기만성을 세세하게 밝혀내면서 올바른 진리를 재구해내기를 열망하고 있다.

허나 우리는 진리를 모른다. 아니 우리가 상징적 질서에 기만당하는 한 우리는 절대로 진리를 말할 수 없다. 왜냐하면 진리란 상징의 구조적 체계처럼 항상 차연되는 그 무엇으로 존재하기 때문이다. 따라서 우리는 진리에의 접근이 불가능할 뿐만 아니라, 진리가 어떤 문양을 하고 있는지조차 알 길이 없다. 앎에의 의지 혹은 진리에의 열망. 허나 설령 우리가 그러한 인간학적 한계를 인정하는 운명으로 휘어질 때조차, 우리는 진리 쪽을 응시하고 진리를 말하기를 열망하는 절대운동이다. 우리가 시시각각으로 시행착오를 겪으면서 수많은 오류들을 범하는 것 또한 사실이지만, 우리는 삶ㅡ시간ㅡ세계를 반성하는 자이다. 우리는 "갈릴레오의 참회"처럼, 절대 진리로 휘어진 역동적인 운동이다. 비록 "정치가 군인 부르주아" 등에게 압제를 받고 지식을 파는 경우도 있지만, 시인에게 지식은 온전한 진리를 추구하는 행위에 다름 아니다. 「갈릴레오」 연작들을 총체적으로 갈무리하면서 자신의 진리관을 피력한 「갈릴레오의 참회」는 참된 학자적 양심을 피력하면서 우리 사회의 뒷면에 도사린 기만적 관행을 비판적으로 응시하고 있다. 시인의 시적 태도는 개연적 사태에 대한 참 거짓에 대한 진술이 아니라, "이제부터는 내가 결정"하는 절대 주체를 가정하고 있다. 따라서 "오른쪽"에 위치한 진리를 "왼쪽"으로 전도시키고, 그 역 또한 성립시키면서, 시인은 자신을 절대적 위치로 고양시킨다. 이제 시인은 세계의 바깥에서 세계를 응시하는 제3의 존재로 전환된다.

　그런 의미에서 볼 때, 박찬일의 「갈릴레오」 연작들은 시인의 현재적 시살이는 물론이려니와 미래의 삶 또한 예단하게 만든다. 다시 말해서 시인에게 있어서 "갈릴레오"는 상징의 바깥에 위치하면서 새로운 삶-시간-세계의 질서를 정초하는 초인이다. 마치 정오의 철학을 설파하는 차라투스트라처럼, 시인은 갈릴레오에게서 미래의 질서를 보게 된다. 허나 고통이 스멀스멀 기어 나온다. 허나 점점 더 거세게 밀려오는 고통으로 인해 정신과 육체는 황폐화 된다. 어쩌면 시인의 고통에 대한 인식적 층위는 세계고를 짊어진 시인의 운명에서 비롯한 것인지도 모른다. 왜냐하면 갈릴레오가 천체의 운동에 관한 인식론적 전회를 이룩했던 것처럼, 시인 자신도 상징의 질서를 논파시키면서 시말혁명을 추동하고 있기 때문이다. 허나 추락한다. 허나 추락하여 미망의 세계에 도달하게 된다.

　　+
　　승용차가 강물에 추락하면
　　상수원이 오염됩니다
　　그러니 서행하기 바랍니다

　　+
　　나는 차를 돌려 그 자리로 가
　　난간을 들이받고
　　강물에 추락하였습니다.
　　기름을 흘리고
　　상수원을 만방 더럽혔습니다

+

밤이었습니다
하늘에 글자가 새겨졌습니다
별의 문자 말입니다
승용차가 강물에 추락해서
상수원이 오염되었습니다
서행하시기 바랍니다

+

내가 죽은 것은 사람들이 모릅니다
하느님도 모릅니다

「팔당대교이야기」 전문, 『나는 푸른 트럭을 탔다』

　인간학이 고통으로 수렴하게 될 때, 인간은 자신의 존재를 걸고 상징에의 저항을 감행하게 된다. 그것은 일종의 존재론적 게임이다. 이율배반 혹은 패러독스. 존재라는 말과 게임이라는 말은 상호 결합이 불가능한 말이다. 이를테면 존재론적 게임이라는 말은 그 자체로 모순개념이거나 자기 목숨을 담보로 한 무모한 생존 게임이다. 왜냐하면 존재는 그 자체로 무거운 개념, 즉 인간학적 사태가 기투된 생과 사의 변증법적 개념이기 때문이다. 따라서 존재는 모든 한계를 넘어선 지점에서 작동하는 그 무엇으로 존재한다. 반면 게임은 호이징하나 카이유와가 말한 것처럼, 그 자체로 하나의 놀이다. 실제의 삶으로부터 벗어나 자유를 향유하는 놀이는 그 자체로 일탈적 유희다. 그런데 헤라클레이토스는 그러한 존재의 특성을 놀이와 절묘하게 결합시켜 이 세계 전체를 게임의 왕국으로 만들어 버린다. 놀이하는 아이인 Aion. 이 세계를 유희하는 삶-시간-아이. 헤라클레이토스는 단편 B52에서 존재를 작동시키는 삶-시간을 일종의 보드게임으로 인식하면서 이 세계 전체를 놀이의 왕국으로 만들어버린다. 그리고 헤라클레이토스와 그의 계승자인 니체의 놀이적 유희는 생을 향유하는 동시에 이 세계 전체를 예술적 향기가 피어나는 유미적 공간으로 예술화 한다. 허나 가장 극적인 게임은 존재론적 게임이다. 그것은 존재를 거는 운명에의 도전이자, 삶-시간을 죽음으로 초극하는 무모한 도전인지도 모른다. 러시안 룰렛을 감행하는 킬링필드의 칠흑같이 어두운 저 광막한 공간. 존재론적 게임은 자기 보존 본능이라는 생명의 법칙에 대한 위반인 동시에 생에의 의미를 주체화하는 천형성을 내포하고 있다. 도발하는 고통 혹은 시련. 게임은 필연이다.

삶이란 어쩌면 도발적인 게임인지도 모른다. 이때 이 도발은 이것과 저것 사이 혹은 너와 나 사이 또는 신과 인간 사이에 가라앉은 인간학적 충동이다. 도발은 펄럭이는 강렬한 기표들의 의미적 읽기인데, 그것은 우연을 가장한 필연이다. 삶이란 그 자체로 우연 속에 기입된 의미의 흔적들인데, 그 흔적은 영원한 청춘을 담보로 파우스트를 유혹하는 메피스토펠레스이다. 생은 언제나 기표화된 흔적들의 유혹에 넘어가게 되어 있다. 생은 언제나 말과 말 속에 기입된 질서의 위반으로 향하게 되어 있다. 들뢰즈가 『매저키즘』에서 인간학적 삶의 성향을 아주 주밀하게 살폈던 것처럼, 삶은 새디즘적 가학이 주는 저 압제적 쾌락으로 향하는 것이 아니라, 스스로를 옭아매는 피학의 계약으로 수렴하게 된다. 이때 이 피학을 유혹하는 계약 조건들은 인간학적 한계의 도전이거나 인간과 신의 형이상학적 거리로 환원된다. 따라서 인간-시인의 이 계약은 존재를 거는 가장 극한적인 게임, 즉 러시안 룰렛이 된다.

　　박찬일 시인의 「팔당대교이야기」는 고통으로 가득한 이 세계와의 대면을 통해서 가장 극적인 인간학적 게임을 벌이고 있다. 신과 인간 사이를 교묘한 고딕체 문장들이 질주하면서 혹은 약간의 휴지기(休止期)를 둔 연 배치를 통해서 시인은 존재를 거는 인간학적 태도의 심연을 반추하게 만든다. 존재를 걸라고 유혹하는 문자. 죽음 쪽으로 모든 시선을 응고시키라고 말을 거는 문자. 이 세계는 고통의 기록이다. 우리는 고통의 수인으로 갇힌 채 아무것도 할 수 없다. 그래서 시인 박찬일은 그 강렬한 문자에 유혹되어 존재를 거는 인간학적 결단에 이르게 된다. 타나토스. 실재계와 상징계 사이를 유랑하는 상상계적인 삶. 어쩌면 삶이란 그 자체로 부유하는 기표들이 만들어 낸 허상인지도 모른다. 그런데 박찬일은 그 허상 같은 상상계적 삶을 삐딱하게 바라보는 것이 아니라, 그 삶의 존재론적 실태를 정관하면서 문자의 배후로 인간학적 사태를 내접시키고 있다. '그래, 삶이란 그 자체로 무엇인가를 걸어야만 하지. 그래, 삶이란 제로섬 게임으로 향하는 러시안 룰렛이지.' 허나 박찬일의 존재론적 게임은 70~80%의 생존확률을 지닌 러시안 룰렛이 아니라, 죽음본능의 실현, 즉 제로이다. 상징이 만들어낸 고통과 맞서 싸울 수 있는 유일한 방법은 바로 죽음이다.

　　말과 의미의 전도. 교묘히 전환되는 의미. 박찬일은 문자 사이를 종횡으로 가로질러가면서 인간학적 잠에 이르는데, 그것은 영원한 무(無, Nichts)일 뿐이다. "내가 죽은 것은 사람들이 모릅니다/하느님도 모릅니다". 어쩌면 삶이란 그 자체로 무의미한 것이거나 나(시인 자신)와 무관한 그 무엇으로 짜여 있는지 모른다. 왜냐하면 시인의 의식 속에 존재론적 게임이 벌어지는 장 전체, 즉 시인－세계－신의 관계는 단절된 그 무엇으로 인지되기 때문이다. 말하자면 「팔당대교이야기」를 관통하는 존재론적 게임은 인간 세계의 상징적 규범은 물론 저 초월적 신의 영역을 침범하는 프로메테우스처럼 운명을 기투하는 존재론적 결단의 순간인지도 모른다. 허나 승리하는 죽음본능. 허나 영원한 무에게 이르게 만드는 무성(無性). 항상 존재론적 게임을 이기는 쪽은 승부를 건 자가 아니라, 게임의 타자이다. 승부를 건 자는 반드시 죽어 소멸하게 되어 있다. 저 무시무시하고 광폭한 실재계의 엄존성. 우리는 왜 이 시간, 이 공간 속을 살아 움직여야 하는가. 왜 우리는 죽음에 이르는 병에 걸려 넘어져 적멸에 이르는가.

박찬일의 「팔당대교이야기」는 고통의 함수에 갇힌 인간학적 한계성을 총체적으로 사유하면서, 인간의 운명을 응시하게 만드는 뼈아픈 시말운동을 전개하고 있다. 하여 소름이 끼칠 정도로 무시무시하다. 자신의 머리에 총구를 겨누면서 방아쇠를 당기고 있다.

> 方法이 없다
> 昭陽 1橋에서 뛰어내리는 것이다
> 더러워 버리는 것이다
> 하느님 같은 것이 말리실 리가 없다
> 받아주시지도 말라
> 물고기 밥이 되겠지
> 썩는데 한참 걸리겠지
>
> 떨어지는 순간만 견디면 되겠지
> 물에 충돌하는 순간만 견디면 되겠지
> 허우적대는 순간만 견디면 되겠지
> 물이 숨구멍을 틀어막는 순간만 견디면 되겠지

예수님은 십자가에서 6시간 견디셨다는데

아프리카에 가지 못한 것이 억울하다

「아프리카」 전문, 『하느님과 함께』

　박찬일의 시에는 항상 어떤 아픔 같은 것이 너무도 깊이 아로새겨져 있다. 아니 박찬일의 시말운동 전체는 고통의 기록이자, 그 고통과 맞서 싸우는 처절한 운동이다. 만약 박찬일의 이러한 시에 관한 태도를 수용한다면, 시란 그 자체로 아픔에 대한 기록이거나 아프지 않으면 시가 되지 못하는 것으로 인식하여야만 한다. 마치 키에르케고르의 시인의 운명에 관한 전언처럼, 시인의 삶이란 고통의 육화과정이다. 허나 소년 같이 해맑은 영혼을 소유한 박찬일 시인. 지천명의 나이를 훌쩍 넘어섰는데, 그는 아직도 아프리카를 꿈꾸고 그리워하고 있다. 아니 아프리카를 그리워하는 것이 아니라, 아프리카로 떠나지 못했던 과거의 삶을 반성하면서 스스로를 죽음의 자리에 위치시키고 있다. 왜 그런가. 왜 박찬일은 소양 1교에 뛰어 내려 죽기를 자초하는가. 아프리카에 갈 방법이 없기 때문인가, 아니면 아프리카를 구원할 길이 없기 때문인가. 이도저도 아니면 세계고를 짊어진 시인의 운명 때문인가.
　사실 박찬일의 시 「아프리카」가 펼쳐내는 시말의 독설은 두렵고 무섭다. 니체가 『차라투스트라는 이렇게 말했다』에서 신의 죽음을 선언(Gott ist tot)했던 독설보다 박찬일의 "하느님 같은 것"이라는 말 속에 새겨진 신의 방관자적 태도에 대한 비난적인 어조가 더 안타깝고 두렵고 무섭다. 어쩌면 박찬일의 신의 부재에 대한 냉소적인 언명이 맞을지도 모른다. 아니 가장 완벽한 상징적 실재로 인정되는 신에 관한 독설은 금기위반이나 다름없는데, 그것은 말할 수 없는 영역이다. 파스칼이 말한 것처럼 인간은 신의 존재 여부에 관하여 내기를 걸 때, 부재 쪽보다는 존재 쪽에 거는 것이 유리하다. 왜냐하면 신이 존재하면 천국에 가고 부재하면 그만이기 때문이다. 그런데 박찬일은 "하느님 같은 것"이라고 단호하게 언명한다. 왜 그런가. 왜 박찬일은 무시무시한 독설을 퍼붓는가. 대저 시인 박찬일은 이 세계에서 무엇을 보고 느낀 것인가. 우리는 말할 수 없는 것에 관하여 침묵하는 편이 더 낫지 않은가.

지구 한편에선 기아, 온갖 질병의 창궐, 내전, AIDS. 지구 반대편에선 사치, 향락, 유희. 서로 조화를 이루거나 나누지 못하는 지구. 박찬일은 분명 상생의 미학이 존재하지 않는 이 세계를 문제 삼고 있음에 틀림이 없다. 그러나 박찬일의 어조는 단호하다. "하느님 같은 것", 즉 절대성의 부정 혹은 절대자의 사물로의 치환 또는 금기의 영역으로의 비상. 시인은 세계고를 죽음의식으로 떠짊어진 채 훼손되지 않는 사막과 광대한 초원을 몽상하고 있는지도 모른다. 아니 시인에게 "아프리카"는 신생이 가능하거나 삶-시간-세계의 신기원을 이룩할 수 있는 가능적 질료이다. 허나 점점 더 견고해지는 상징의 질서 혹은 관습화된 아비투스. 이 세계를 구원할 방법이 없다. 이 세계는 고통이다. 이 세계는 고통과 착취의 기록이다. 따라서 박찬일이 죽기를 자초하는 행위는 진짜 자살하겠다는 것이 아니라, 그러한 시적 의식을 통해서 이 세계의 부조리와 모순에 항거하는 방법적 전략이다. "하느님 같은 것." 이 세계를 구원할 방법이 없는 삶을 살아가야만 하는 시인. 시인 박찬일이 할 수 있는 유일한 일은 독설을 내뱉으면서 이 세계에 도사린 고통과 맞서는 일뿐이다. 결국 문제는 상징이다.

인식의 전회 혹은 이항대립의 해체

　생 전체를 고통의 함수로만 채운다면, 그것은 그 자체로 저주받은 삶이라고 말해야 마땅하다. 비록 시인의 삶이란 것이 고통을 자양분 삼아 아름다운 시말을 예인하는 그야말로 패러독스적인 삶으로 수렴하는 운동인 것만은 분명하지만, 시인 박찬일은 고통 속에 스스로를 위치시키면서 그 고통의 절댓값을 형질 전환시켜 새로운 의식의 전회를 이룩하게 된다. 박찬일의 시가 위대한 점은 바로 이 때문인데, 그것은 시인의 인식적 카테고리를 무한히 확대하면서 동시에 말할 수 없는 심연의 깊이를 응시하고 있다는 점에서 그러하다. 말하자면 시인의 시말운동은 의미의 내포적 심층을 헤아리면서 그것을 거대한 우주론적 외연으로 확장하는, 이중으로 휘어진 절묘한 절대 운동이다. 하여 시인의 시말들은 극한을 살아낸 흔적들이다. 삶의 이편과 저편을 동시에 응시하면서 이쪽과 저쪽의 경계를 지워버리는 그야말로 장자철학의 요체인 정체대원의 세계의 열망하면서 인간학 전체를 새롭게 혁신시키고 있다.

말하자면 인간학의 갱신은 고통을 지워버리는 운동인데, 그것은 시인의 존재론적 층위에 관한 의식적 전회를 통해서 새로운 인간학을 정초하는 행위에 다름 아니다.

우리는 늘 이것과 저것 사이에서 하나를 선택하도록 길들여져 있다. 우리는 이것도 아니고 저것도 아니다. 우리는 이것인 동시에 저것이고 저것이 아닌 동시에 이것도 아니다. 우리는 타자다. 우리는 자기에게서 출발하여 너를 부르고, 너를 통해서 나를 아는 존재이다. 새로운 의식의 눈. 분명 박찬일의 시말길 전체는 새로운 인식의 운동으로 휘어진 절대운동인데, 그것은 마치 칸트가 인식적 전회를 통해서 철학하기의 의미적 층위를 혁신시켰던 것처럼, 그는 삶―시간―세계에 대한 내포와 외연을 새로운 눈으로 응시하게 된다. 말할 수 없는 것으로 휘어지기 혹은 말할 수 없는 말을 말로 언표하기. 시인 박찬일에게 있어서 휨은 절대다. 마치 상대와 절대의 경계를 허물어트려 모든 의식적 사태를 굴절시켜가듯이, 시말길 전체는 평면기하학적 토포스를 와해시키면서 초공간적인 의미의 지대를 정초하고 있다.

고차원으로 이 세계를 응시하기, 하여 시말을 말할 수 없는 지대로 휘어가기. 인식의 전회는 이항대립의 해체로부터 비로소 시작하게 된다. 니체가 이제까지의 모든 인식적 성과물들을 니힐리즘으로 전도 와해시켰던 것처럼, 시인 박찬일은 이제까지의 인식적 층위를 이항대립의 구조로 환원 정의하면서, 그것을 제3의 눈으로 논파시키고 있다. 선악의 피안 혹은 인륜적 가치의 해체. 이제 시말은 상징적 의미의 안쪽에서 요동치는 파동운동이 아니라, 전혀 새로운 인식 토대 위에서 구축하는데, 그것은 바로 이제까지 생성된 의미관계의 역전이거나 관계 자체를 부정하는 운동이다. 따라서 시인에게 있어서 휨은 필연이고 절대이자, 해체론적 사유의 전조이다. 허나 시인의 해체는 데리다적이지도 않고 아도르노적이지도 않다. 아니 시인의 해체적 사유는 역설적이게도 건설이다. 사유의 황무지를 응시하기 혹은 완전한 무의 지대로 재귀하기. 하여 시인의 시말은 상징의 원상도 아니고 그렇다고 새로운 상징에의 열망은 더더욱 아니다. 어쩌면 시인에게 시말운동은 제3의 눈을 발견하는 운동인지도 모른다. 왜냐하면 시인에게 허여된 유일한 운명은 말에 의해 포괄되는 운명이기 때문이다.

> 땅 속에 계신 하느님들이 맹렬히 솟아오르고 있다
> 부활이다
>
> 매년 매년 부활하는 하느님들
> 가장 잔인한 것은 삼월 末부터 시작한다
> 사라지는 것은 사라지는 것이 아니라는 것을 보여주시는 하느님들
>
> 사라져서 다시 돌아오지 않는 사람들
> 땅 속으로 들어가서 다시는 땅 위로 올라오지 못하는 내 사랑
>
> 하느님들을 비통하게 바라보아야 하는 사람들
> 기적을 보여주시는 하느님들
> 기적을 비통하게 바라보아야만 하는 사람들
>
> 가장 잔인한 것은 삼월 末부터 시작한다
>
> > 「삼월末」 전문, 『하느님과 함께』

삶−시간−세계는 수많은 차이들로 이루어져 있다. 만약에 차이가

존재하지 않는다면 이 세계는 그 자체로 무료하거나 권태로울지도 모른다. 이를테면 차이란 그 자체로 욕동하는 삶의 표징이자, 살아 있음에 대한 인간학적 증거이다. 차이를 다른 말로 표현하면 다름에의 욕망인데, 그것은 삶−시간−세계 전체를 다른 차원으로 혁신시켜 공간과 공간이 만들어낸 그 모든 사태를 향유하게 만든다. 허나 거시적인 차원에서 볼 때 이루 헤아릴 수 없이 많은 차이란 것도 따지고 보면 반복의 흔적이거나 반복의 기획 내에 놓여있는 시간의 다른 모습이다. 말하자면 차이는 반복적 동일성 내부에 기입된 의미적 행위인데, 그것은 가능적 사태의 현현이다. 따라서 차이란 동일성을 논파시키는 역동적 행위이자, 시간의 흔적을 역사성으로 수렴시킨다.

생명 현상은 동일성을 유지하는 반복적인 사태인가, 차이를 산출하여 새로운 종의 신기원을 이룩하는 진화적인 사태(차이의 기록)인가. 박찬일의 「삼월末」은 생명 현상 전체를 사유하면서 논리의 바깥으로 무한히 탈주하고 있다. 현상과 실재 사이를 초논리적인 신적 원리로 가로질러가면서 시인 박찬일은 생명이 펼쳐내는 반복적 "부활"의 참모습을 응시하고 있다. 허나 반복은 모든 것이 소멸한, 따라서 사라진 빈 지대 위에 꽃피는 무한반복인데, 그것은 삶−시간−세계 속에 어떤 의미를 지니는가. 순환인가, 기적인가. 혹은 부활인가, 잔인함인가. 불모의 지대를 초록으로 물들이기 시작하는 "삼월末"의 시간과 공간을 응시하면서 박찬일은 이 세계를 제3의 눈으로 응시하고 있다. 엘리어트와 하느님 사이에 이 세계가 있다. 엘리어트와 하느님 사이에 부활이 있고, 비통함도 있고, 그 비통함을 바라보는 시인도 있고 잔인함을 견디어낸 수많은 생명들 또한 존재한다. 그렇다면 생명에의 현상은 차이인가, 반복인가. 아니면 반복이 기입된 차이 현상인가. 시인은 제3의 눈을 통해서 생기하는 이 세계의 본질적 의미를 응시하고 있다.

　욕동하는 생에의 본능. 불모의 지대를 푸름으로 치환시키는 저 아름다운 생명. 허나 사라진다. 허나 사라져 소멸한다. 만약에 사라져 소멸하는 것이 없다면 생명은 그다지 신비롭지도 않고, 경이롭지도 않다. 소멸과 부활 사이에, 혹은 비통함과 기적 사이에 수많은 차이와 반복이 존재한다. 분명 박찬일은 동일성이 가하는 폭력적 행위를 반복과 차이 속에 기입하고 있다. 그것은 역으로 생명운동 전체를 지배하는 동일성의 광폭함에 관한 인간학적 고백인지도 모른다. 왜냐하면 시인은 반복적 동일성에 기입된 흔적, 즉 "돌아오지 않는 사람들"과 "땅 위로 올라오지 못하는 내 사랑"이라는 의식적 지평 위에서 부활과 반복을 노래하고 있기 때문이다. 그것은 삶－시간－세계가 동어반복적 사태의 연속적 현상임을 예증하는 동시에 반복을 이끌어가는 궁극적인 주체가 저 현상적 차이임을 나타내는 것이기도 하다. 하여 박찬일의 「삼월末」은 동일율과 반복을 인간학적 사태로 치환시켜 차이를 차이 나는 반복 속에 응축시키고 있다. 기적과 비통 사이에 수많은 생명이 있고, 차이들이 존재한다. 차이란 그 자체로 잔인한 "삼월末"에 욕동하는 생명들의 찬란한 향연이다. 따라서 이 세계에 존재하는 그 모든 것들이 "하느님"이다. 마치 대상이 인식을 구성하는 것이 아니라, 인식이 대상을 구성할 수 있는 칸트의 눈처럼, 시인 박찬일은 차이와 반복의 오묘한 마법적 작용 속에서 또는 절대적 하느님을 상대화 하면서, 이 세계를 바라보는 제3의 눈을 키워가고 있다.

수많은 複寫의 세계였다. 별이 죽어야 우리는, 정말 마지막으로, 사라
지는 것은 사라진다 노래해야 하리.

별까지 가면 다 가는 것 별까지 갈 수 있지 않을까
하늘을 손으로 만지는 날 그것이 종말일지라도 아아 그것이 종말일
지라도 다 이루었다 외쳐야 하리
그때까지 우리는 죽음에 이르는 병
별은 죽음에 이르는 병, 아 별아

「트럭 운전사의 푸른색?」 일부, 『나비를 보는 고통』

극한 혹은 도달할 수 없는 것에의 도달. 박찬일의 시말의 놀라움은
인간학적 사태를 절대의 시선으로 응시하고 있다는 점이다. 말하자면
시인의 시선은 볼 수 없는 것을 보고 말할 수 없는 것을 말하는데, 그
것은 상징이 만든 의미적 관계를 해체시키는 혁명적인 운동에 다름 아
니다. 이를테면 통념적인 의미의 "별"의 상징성을 소멸이나 "죽음"으
로 해체 추락시키면서 시인은 이제까지의 관념적 층위를 가볍게 무화
시킨다. 별이 사라져 완전한 소멸에 이르기. 하여 종말의 지점에 가닿
기. 어쩌면 박찬일의 시들은 가장 완벽한 시말혁명을 추동하고 있는지
도 모른다. 왜냐하면 그것은 금기 위반, 즉 결코 말해져서는 안 되는
그 무엇인가를 누설하고 있기 때문이다. 따라서 박찬일의 시말은 육체
의 형식이 아닌 곳에서 발화되거나 인간학을 초과한 절대 형식이다.
시 「트럭 운전사의 푸른색?」은 인간학 전체를 "?"에 이르게 만들어
미궁에 빠트리는데, 인간은 그 "별"을 진짜 "죽음에 이르는 병"으로 인
지해야만 하는가. 더 나아가 시인의 말대로 "하늘을 손으로 만지는 날"
이 다가올 때, 우리는 진정한 "종말"에 이르러 "다 이루었다"라고 선언

할 수 있는가. 대저 시인 박찬일은 저 칠흑 같은 고통의 세계를 주유하면서 어떤 진리의 실체를 체득했는가. 더 나아가 박찬일의 시말은 무겁다 못해 두렵기까지도 한데, 그것은 인간학 전체를 어떤 층위로 욕동시키면서 그 어디에 도달하기를 열망하는가. 물론 「트럭 운전사의 푸른 색?」에 형상화된 인간학적 사태는 극한적인 고통 체험이 만든 죽음에의 향성을 지니고 있기는 하지만, 시인의 시말길은 인간학적 죽음 너머로 의식의 층위를 이월시켜 인간이 아닌 영역으로 휘어지고 있다. 그곳이 어디이고 어디에 도달하는지 정확하게 모르지만, 시인의 지향점은 완벽한 의식의 전회를 통해서 새로운 세계에 이르고 있다. 무섭고 두렵다.

허나 그러한 시인의 지향성에도 불구하고 시인의 시말길은 이 세계에서 벌어지는 사태에 대한 비롯한 것에 다름 아니다. 물리학적인 초공간 혹은 이상향의 건설. 부정적인 관점에서 보면 시인의 시살이는 "현실에 불만을 가진 자"의 초상이고, 긍정적인 관점에서 보면, 초월적인 이상향을 지향하는 "낭만주의자"의 모습을 띠고 있다. 비록 시인이 응시한 세계가 저 절대라고 불러질지 모르는 미지의 시간과 공간 속으로 이입되는 것만은 분명하지만, 시인의 소망은 "수많은 複寫의 세계" 저 너머로 도달하고 있다. 시인이 어떤 극한의 지점에 도달하는지는 정확하게 지시하고 말할 수 없지만, 그가 인간학적 초상 전체를 부정적 상승의 힘으로 지양 극복하면서 미지의 절대값을 예인하는 것만은 분명하다.

그렇다면 우리는 상징 너머의 세계로 도달할 수 있는가. 아니 보다 정확하게 말해서 우리는 상징의 심급 안에 존재하면서 상징의 작용 전체

를 논파시키는 것은 가능한가. 비록 시인 박찬일이 우리가 계보학적으로
살아왔던 이 세계 전체를 상징이 만들어놓은 "수많은 複寫의 세계"라고
언명할 때조차, 우리는 상징의 작용 밖으로 탈주할 수 있는가. 아니 엄밀
한 의미로 말해서 상징의 작용으로부터의 탈주란 생명을 건 투쟁이 아닌
가. 시 「트럭 운전사의 푸른색?」은 물리적 세계와 인간학적 소멸 사이
에서 빚어지는 현상을 예리하게 통찰하면서 상징의 현상적 의미를 "종
말"이라는 시말 속에 응고시키고 있다. 대저 우리가 "다 이루었다"고
외치는 순간에 우리는 진정 어디에 도달하는가. 알 것도 같고 모를 것
같기도 하다.

> 사진을 찍을 때 사람이 사각형의 정가운데 서 있으면 나는 약간 옆으
> 로 자리를 옮긴다 세상을 이등분하는 것을 막기 위해서다 사람 뒤에 나
> 무들이 서 있으면 정말 바쁘다 이리저리 자리를 옮기며 이등분하지 않
> 으려고 애쓴다 내가 중심이 되지 않으려고 애쓴다 이런 나를 보고 사람
> 들은 내가 사진을 꽤나 잘 찍는 사람으로 안다
>
> 「마음에 대한 보고서 7」 전문, 『나비를 보는 고통』

인간의 인식의 세계를 새롭게 정의한 피히테의 '이식된 눈'처럼, 시
인은 이 세계를 다르게 보는 "제3의 존재"와 같은 부류의 인간형으로
정의된다. 시인은 인간이 만든 인류적 산물 전체를 원점에서 사유 길항
시키는 제3의 눈을 가진 존재이다. 하여 시인의 시말길 전체는 신비로
휘어진, 그야말로 인간의 감각층위로는 절대 포착이 불가능한 그 무엇
인가를 응시하고 있다. 비록 그것이 인간의 이해관계에 의해 만들어진
고통으로 점철된 인간학적 한계상황인 것만은 분명하지만, 시인은 분

절화되고 파편화된 이 세계를 불식시키기 위해서 이항대립적인 세계를 가볍게 무화시킨다. "반을 나누"고, "본인을 세상의 중심에 놓"고, 본인이 "감당"(「나무가/무섭/다」 일부, 『나비를 보는 고통』)하는 그 모든 분할적 행태를 비판적으로 바라보면서 시인은 분할이 없는 원환적(圓環的) 세계를 꿈꾸고 있다. 어쩌면 시인 박찬일은 지독한 이상주의자인지도 모른다. 왜냐하면 그는 분별지가 만들어내는 파편화된 세계를 거부할 뿐만 아니라, 우공이산(愚公移山)의 우화에 나오는 인물처럼, 주어진 직분을 충실히 수행하면서 "중심이 되지 않으려고 애쓰"는 그야말르 평등의 이념적 실체이기 때문이다.

보는 관점에 따라 인간 박찬일은 가장 어리석은 자이거나 가장 현명한 자 둘 중 하나이다. 인간적인 욕망의 관점에서 보면 아둔한 자이고, 인간학 너머를 겨냥하는 제3의 눈을 가진 자, 즉 제3의 존재적 관점(혹은 대척적 행성인의 관점)에서 보면 가장 현명한 자이다. 무엇이 옳고 무엇이 그른지 정확하게 판가름할 수 없지만, 시인 박찬일은 섹터화된 분할의 세계를 경계하고 있는 것만은 분명하다. 마치 겸애를 이 세상의 지고한 인륜적 가치라고 주장하는 묵자처럼, 시인은 이 세계를 주유하면서 "세상을 이등분하는 것을 막"고 있다. 시 「마음에 대한 보고서 7」은 마음 밖의 세계를 마음으로 통어하면서 시인의 마음 같은 세계를 순결하게 그려내고 있다. 인식의 전회 혹은 이항대립의 해체. 시인의 시말길은 완전성으로 휘어진 전일한 의식의 혁명을 추동하면서 인간 세계 전체를 평등과 평화가 실현되는 공간으로 인지하고 있다. 시인이 위치한 마음의 자리가 아름답고 위대하다.

어쩌면 박찬일이 지향하는 제3의 눈은 권력담론의 바깥에 위치하는 눈이거나 권력담론의 기만성을 목격하는 눈인지도 모른다. 왜냐하면 시인이 언표한 제3의 눈은 이 세계를 인지 통찰하는 심안(心眼)이기 때문이다. 마치 소크라테스의 등에 달라붙어 진리와 이성을 교설하도록 강요하는 등에처럼, 시인 박찬일은 이분법이 지배하는 중심으로부터 이탈하여 이 세계를 다촛점 렌즈로 투시하여 이항대립의 원칙을 가볍게 논파시키고 있다.

① 다시는 배우지 않으리
　다시는 별을 보지 않으리
　다시는 理性을 믿지 않으리
　캄파냐의 농부가 되리
　캄파냐의 농부의 소가 되리
　캄파냐의 농부의 소를 출랑출랑 따라다니는
　개새끼가 되리

　　　　　　　　　　「갈릴레오 9」 전문, 『나는 푸른 트럭을 탔다』

② 저, 혀를 낼름거리는 공간 무서운
　저, 끝없이 이어지는 시간 무서운
　독립하고 싶다
　혼신의 힘을 다해 좌절하고 싶다
　무덤이고 싶다

　무덤 속의 꿈이고 싶다 무덤을 벗어나려는
　저, 혀를 낼름거리는 공간으로
　저, 끝없이 이어진 시간으로

　　　　　　　　　　「나비의 꿈」 전문, 『나는 푸른 트럭을 탔다』

③ 병을 고치기 위해 다른 하늘에서 온 자들
　인류라고 하는 것
　병을 고치지 못하고 병을 전파하고 가는 자들,
　우주의 가로가 짧고 세로가 긴
　가장 큰 병원균

　행성에 병세가 깊도다
　속도가 점점 빨라지고 있도다
　또 다른 하늘을 찾아 떠나야 하는 그들
　불치의 병인 줄 모르는가

「인류」 일부, 『하느님과 함께』

　박찬일 시인이 궁극적으로 지향하는 인식의 전회나 이항대립의 해체는 이 세계에 대한 부정적인 인식이 빚어낸 결과인데, 그것은 부정성을 긍정적인 인식으로 휘어 폐허 위에 신세계를 재건하기 위한 시인의 욕망에 다름 아니다. 부정적인 인식 내부에서 욕동하는 신세지. 우리는 흰다. 우리는 부정을 휘어 완벽한 파멸에 이른 후 신세계를 건설하게 된다. ①은 세 번의 부정적 결의와 세 가지의 소박한 인간학적 소망을 이접시켜 스스로를 변신시키는 신생에의 의지를 피력하고 있다. 물론 시인은 괴테의 로마 근방의 "캄파냐" 여행 모티브를 시말 속에 응고시켜 기성 가치에 대한 총체적 회의 과정을 시말화하고 있지만, 시인은 자신의 인간학적 형상 전체를 "농부→농부의 소→개새끼"로 변이시키면서 존재론적 탈바꿈을 시도하고 있다. 의식의 전회는 바로 존재의 전회이다. 세 번의 "다시는"이라는 결의적 태도를 통해서 이제까지 인간에게 속해 신성한 가치를 부여받았던 지식, "별, 理性" 등을 무가치한 것으로 전락시킨다. 마치 니힐리즘의 관점에서 기성가치를 파괴 전도시킨 니체의 형이상학처럼, 시인 박찬일은 기성의 가치를 해체시키는 새로운 인간형으로 거듭 태어나고 있다. 이를테면 세 번의 "다시는 ~ 않으리"와 세 번의 "되리"를 통해서 시인은 존재론적 전회는 물론이려니와 진정한 혁명의 주체가 된다.

허나 그러한 시인의 의식적 층위에 불구하고 어찌 인간의 몸으로 배우지 않고, 별을 보지 않으며, 이성을 믿지 않을 수 있겠는가. 허나 어찌 시인이 농부의 소가 되고 개새끼가 될 수 있겠는가. 어쩌면 시인은 의식의 전회를 극한으로 몰고 가 자신의 존재론적 양태 또한 변신시키고 있는지도 모른다. 마치 카프카의 『변신』에 형상화 된 벌레 알레고리처럼, 시인 박찬일은 이 세계에 존재하는 기성의 모든 가치를 기롱하고 비판하면서 인류적 가치 전체를 파괴하는 모험을 감행하고 있다. 이제까지의 관념 전체를 무(無)로 되돌려 보냈던 니체나 데리다의 기획처럼, 시인은 새로운 인간학적 정체성을 형성하면서 진정한 의식의 혁명에 이르고 있는지 모른다. 허나 우리는 공간의 내부에 존재하면서 시간을 살아내는 운명이다. 우리는 부정을 통해서 소망충족에 이르는 모순이다.

②는 앞의 시보다 더 극적이다. 앞의 시가 부정성과 긍정적 소망 사이에서 비등하는 존재론적 전회를 지향한다면, 「나비의 꿈」은 시간과 공간에 관한 이제까지의 관념을 일거에 해소시키면서 모든 의식적 층위를 "독립, 좌절, 무덤, 꿈"이라는 시말 속에 응결시키고 있다. 그리고 시인 박찬일은 "무서운"이라는 형용사 내부로 시간과 공간에 관한 의미의 층위와 그 모든 사태를 수렴시키는데, 그것은 공간과 시간의 부정적 인식인가, 새로운 시간과 공간의 창조인가. 사실 장자의 호접몽을

비롯한 나비 알레고리는 허망한 생에의 형식을 직관적으로 서술하고 있는 반면, 박찬일의 그것은 좀더 양가성을 띤 그 무엇으로 표상된다. 다시 말해서 시인에게 나비는 "독립"이면서 "좌절"이고, "무덤"인 동시에 "꿈"으로 표상되는데, 그것은 시간과 공간에 관한 의식을 양가성을 띤 태도로 포섭하면서 인간학을 통념의 바깥으로 탈주시키고 있다. 하여 시인이 지향하는 시간과 공간은 부정적인 그 무엇으로 표상되는 것이 아니라 그야말로 새롭게 창조된 시간과 공간에 다름 아니다.

　말하자면 시인에게 있어서 상징에의 저항은 공간과 시간에 대한 새로운 인식의 정초로부터 비롯하게 된다. 비록 그것이 "하늘 가장 안쪽"과 "바깥"(「비」 일부, 『나는 푸른 트럭을 탔다』)을 넘나드는 "눈물" 흘리는 고통 속에서 체득한 경지인 것만은 분명하지만, 시인에게 나비는 인식의 전회를 완결시키는 그 무엇으로 표상된다. 상징의 이편과 저편을 동시적으로 떠올리고, 혹은 이 양자 또한 매개시키면서 박찬일은 상징의 기만적 전술을 알레고리로 논파시키고 있다.

　시인의 상징에의 저항을 촉발하는 인식적 전회는 인류에 더한 사유로 최종 결정된다. 인류는 르쌍띠망의 원인이자 상징이 이 세계에 견고하게 뿌리내리게 만든 근본원인이다. ③은 그러한 경우의 적확한 사례인데, 박찬일은 인류를 "벌레 인류" 혹은 "새 인류"(「벌레 인류」 일부, 『나는 푸른 트럭을 탔다』)라고 비유 명명하고 있다. 하여 시인에게 인간은 벌레다. 인류는 마치 벌레처럼 "밟혀 죽"고, "차여 죽"고, "잘려 죽"는 그야말로 나약한 존재이다. 병약한 인류, 소멸로 휘어진 인류. 이제 인류는 넘어서야 할 대상이거나 극복할 그 무엇으로 표상될 뿐이다. 마치 니체가 정오의 철학을 설파하는 짜라투스트라를 요청했던 것처럼, 하여 인간학 전체를 새롭게 정의하기를 열망했던 초인처럼, 시인 박찬일은 "병원균"으로 표상되는 추악하고 불길한 인류를 지양 극복하면서 새로운 세계에 도달하기를 열망하고 있다. 추락하고 몰락하도록 예정되고 위치 지어진 인류. 시인에게 있어서 초극의 대상은 자신과 자신을 둘러싼 욕망하는 세계에 위치하는 다양한 인간 군상들의 가볍고 초라한 모습인지도 모른다. 상징에 굴복하면서 노예의 도덕을 실천하는 비루한 인간들. 시인의 상징에의 저항은 묘하게도 초인의 요청으로 휘어지게 된다. 물론 시인이 인식의 전회를 통해서 상징의 본질을 직관하는 경지로 나아가기는 하지만, 그것은 새로운 인간형의 요청에 다름 아니다. 허나 갇힌다. 허나 우리는 우리가 생존하는 시간과 공간 안에 갇힌 채, 새로운 삶-시간-세계를 직관하기에 이른다.

> 살아서 겨우 살아 있는 척하다가
> 죽어서 죽어 있는 것
> 하루살이가 참 길게 쫓아온다
> 하느님이 하루살이와 같은 것은
> 살아서 겨우 살아 있는 척하는 것
> 다른 것은 죽어서 살아 있는 척하시는 것?
>
> 죽어서 살아 있는 척하시는 것?
> 덕유산 香積峰 정상
> 朱木이 참 많다
> 죽어서도 천년이라고 하는 것
>
> 「덕유산 香積峰」 전문, 『하느님과 함께』

유구한 세계와 사멸 사이에 생에의 흔적이 있고, 세상 또한 있다. 세상은 인간에 의해서 늘 전유된다. 말하자면 전유된 세상은 '척'이다. 전유된 세상은 진짜가 아니다. 전유된 세상은 항상 왜곡된 그 무엇이거나 진리 전체를 훼손시킨다. 허나 삶은 그 자체로 가장 완벽한 전유이다. 생은 척이다. 살아있다는 것 모두는 그 자체로 모두 척하다가 죽는다. 비록 시인 박찬일이 덕유산 향적봉(香積峰) 정상에 있는 주목의 형상을 통해서 삶과 죽음이라는 존재론적 사태를 형상화하고 있기는 하지만, 시인의 시적 태도는 절대와 상대를 왕래하면서 이 세계의 세계성 자체를 문제 삼고 있다.

하루살이와 하느님을 동일한 존재론적 층위에 놓고 삶과 죽음이라는 사태를 '척'으로 착종시킬 때, 삶이 척인가, 죽음이 척인가. 삶인 동시에 죽음이 척인가, 죽음인 동시에 삶이 척인가. 척은 분명 삶과 죽음 사이에 인간학적 결단을 내리지 못하는 우유부단한 상태이거나 기만적 사태를 말하는 것 같은데, 박찬일은 이 척을 통해서 무엇을 달하는가. 만약 시인의 말처럼 하루살이와 하느님이 같은 것이라고 가정할 때, 상호 이질적인 의미를 함의하고 있는 두 척(살아서 겨우 살아 있는 척과 죽어서 살아 있는 척) 사이에 어떤 진리 함수를 내파시키고 있는가. 분명 시인의 시적 태도는 죽어서도 천년을 사는 주목의 경이로운 생명력에 찬사를 보내는 것 같은데, 그렇다면 하루살이와 하느님을 동일한 차원으로 환원시킨 박찬일의 시적 의도는 무엇을 겨냥하고 있는가. 사실 시 「덕유산 香積峰」은 그 의도를 명확하게 드러내놓고 있지 않다. 쉽게 잘 이해되는 시인 것 같지만, 사실 그 어떠한 이해의 범주적 사유를 한참 비껴가는 고도의 상징성이 하루살이와 하느님과 척 사이에 매개되어 있음에 틀림없다. 마치 우리가 상징의 의미를 알아버린 척하는 것처럼,

우리는 "하루살이"와 "朱木" 사이에 매개된 상징의 의미를 정확하게 모른다.

깨달음의 영역 내에서 조오현의 「아득한 성자」가 보여주는 하루와 천년의 동일적 지평을 훨씬 벗어나는 박찬일의 「덕유산 香積峰」에 관하여 아는 척하기가 쉽지 않다. 분명 주목과 천년과 하루살이와 하느님 사이에 척하는 삶(혹 죽음)이 아니라 그 너머에서 작동하는 그 무엇인가를 사유 예인하고 있는 것 같은데, 그것을 정확하게 언표한 척하기가 정말 쉽지 않다. 그냥 대충 넘어가는 척하면서 덕유산 향적봉 정상을 넘어가야겠다. 허나 그 척 뒤에 남는 것은 언제나 살아 있는 듯 죽어 있고 죽어 있는 듯 살아 움직이는 생에의 흔적들이 의미를 발산하고 있다. 「덕유산 香積峰」엔 삶과 죽음의 경계가 심어져 있다. 저 거대한 상징계의 오묘한 시간성의 본질을 응시하면서, 시인 박찬일은 상징 밑에 가라앉은 존재의 비밀을 통찰하고 있다.

> 얼마나 더 돌아야, 그만 돌라고 하겠느냐
> 그만 돌아도, 되겠다고 하겠느냐
>
> 그만 외로워도, 되겠다고 하겠느냐
>
> 그만 멸망해도 되겠느냐, 당신!
>
> 「自轉」 전문, 『나는 푸른 트럭을 탔다』

그래도 지구는 영원히 돌 수 있을까. 태양의 헬륨 폭발이 지금보다 강력하게 커질 때, 그래도 지구는 존재할 수 있는가. 만약에 태양계의 물리학적인 운동이 아인슈타인의 일반상대성이론의 수식으로 환원이 된다면, 혹은 에너지의 운동이 빛과 질량과의 상호작용에 의한 엔트로피 법칙임이 증명될 때도, 지구는 돌고 돌아 영원으로 표상될 수 있을까. 물론 우리는 일반상대성이론에 의거해서 50억년 후의 지구가 종말을 맞이하게 될 모습을 상상할 수 있다. 태양계의 몰락 혹은 블랙홀로의 응결. 박찬일의 예언은 맞다. 우리는 "멸망"하게 되어 있다. 허나 멸망의 시간은 현재가 아니라 50억년 후의 일이다. 우리는 다만 예측할 수 있을 뿐, 그것이 어떻게 실현될지 정확하게 모른다.

그런데 시 「自轉」은 물리학적인 소멸에의 운동이 아니라 그 몰락과 멸망에의 의지를 인간학으로 치환시켜 그 모든 의미를 "당신"이라는 미지의 타자에게 하회(下回)를 요청하고 있다. 상징계에 위치한 당신 또는 실재계에서 벌어지는 현상적 사태. 물론 허락을 요청하는 어감이 약간은 하대를 하는 것처럼 느껴지기도 하지만, 멸망의 주체는 시인에게 속한 것이 아니라 당신에게 속해 있다. 따라서 네 번의 "그만 ~하겠느냐"는 점층하는 소멸에의 욕망이자 멸망의 필연성을 강조하는 시인의 태도에 다름 아니다. 마치 인류의 종말이 필연적이라고 인식했던 것처럼, 시인은 세계의 종말을 예감하면서 상징계에 속하는 당신이라는 타자에게 우주의 미래적 운명을 묻고 있다.

하여 시인에게 당신은 앞서 말했던 "제3의 존재"와 같은 그 무엇으로 표상될지도 모른다. 왜냐하면 당신은 우리에게 속한 운명이 아니라 우리의 운명을 좌지우지하는 그 무엇으로 표상되기 때문이다. 따라서 당신은 이 세계의 바깥이다. 당신은 이 세계를 조망 통어하면서 인류의 미래뿐만 아니라, 우주가 어디에 도달하는지를 정확하게 아는 존재이다. 상상계적인 욕망과 실재계의 현실을 완벽하게 장악하면서 삶-시간-세계 전체를 지배하는 절대적인 대타자가 바로 "당신"의 존재론적 위상일지도 모른다. 왜냐하면 당신은 볼 수도 없고 말할 수도 없는 그 무엇으로 표상될 뿐만 아니라, 이 세계의 안과 밖을 동시에 지배하는 보이지 않는 힘의 실체임에 틀림없기 때문이다.

　라캉이나 지젝의 의미 해석적인 측면에서 볼 때, 시「自轉」에 언표된 "당신"에 관한 어조는 저항적이다. 마치 시인의 시말운동 전체가 상징에의 저항을 예비하고 있는 것처럼, 네 번의 "~냐"는 상징적 실재인 당신에게 묻는 것이 아니라 당신을 조롱하고 기롱하는 농락에의 태도이다. 시인에게 상징에의 저항은 필연이자, 우주의 생성과 소멸이 걸려 있는 존재론적 기투이기 때문이다.

> 하늘 바깥에서 하늘을 보는 자도 있다
> 하늘 바깥에서 하늘의 안쪽을 보는 자도 있다
> 하늘이 어떻게 생겼는지 가장 모를 곳에 있는 나를
> 보는 자도 있다
>
> 그가 나에 대해 헐떡거리고 있는지 모른다
>
> 　　　　　　　　　　「하늘과 나비」 일부, 『나는 푸른 트럭을 탔다』

　박찬일의 인식의 전회는 존재의 전회로 종결된다. 마치 칸트와 비트겐슈타인의 의식과 언어의 전회처럼, 시인은 존재의 전회를 통해서 새로운 인간형을 제시하게 된다. 왜냐하면 새로운 존재만이 새로운 세계를 건설할 수 있기 때문이다. 따라서 시인은 일련의 나비 알레고리를 통해서 장자적 세계관을 넘어선 의식의 지점에 스스로를 위치시키게 되는데, 그것은 바로 봄(Seeing)을 통한 존재의 비약에 다름 아니다. 하여 시인에게 보는 행위는 단순한 시각적 인지과정이 아니라 극한에 도달할 수 있는 의식의 지점이다. 마치 『모자나무』의 「나비」 연작에서 보여주었던 나비의 초월적 도달처럼, 시인은 인간학으로 인지될 수 있는 극한 너머로 의식을 추동한 후, 말할 수 없는 것을 누설하고 있다. 시 「하늘과 나비」는 그러한 의식의 단초를 보여주고 있는데, 그것은 봄(Seeing)을 통한 의식의 변이인 동시에 존재론적 위치를 새롭게 응결시키는 것이기도 하다. 차원변이 혹은 새로운 세계.

시인 박찬일의 나비 알레고리는 시인을 포함한 인간 전체의 숙명에 관한 표상이다. 하여 나비는 시인의 삶-시간-세계에 새겨진 허망한 일장춘몽과 같은 꿈을 표상하는 동시에 그 꿈을 실현시키는 유일한 실재임에 틀림없다. 나비는 이중성 위에 꿈과 현실을 욕동시키는 시인의 분신이기 때문이다. 따라서 나비는 이 세계의 안과 밖을 동시에 포착하면서 세계-내-고통을 소멸시키는 존재에 다름 아니다. 시인의 존재의 전회는 "하늘 바깥에서 하늘을 보"면서 "하늘 바깥에 또 하늘이 있"(「나비를 보는 고통」 일부, 『하느님과 함께』)다는 선언으로 종료하게 된다. 다시 말해서 시인은 이제까지 도달한 인간학적 전체를 "헛고생"으로 만들어 버리면서 "또 하나의 세계"를 발견 정초하는 니체적 초인과 같다. 가치의 전도 혹은 새로운 가치의 창조. 시인 박찬일은 니체의 니힐리즘처럼, 이제까지 형성된 존재-형이상학적 인식 전체를 와해시키는 혁명적 사태를 연출하게 되는데, 그것은 나비 알레고리 속에 형상화 된 시인의 정신적 징환일지도 모른다. 나비의 저 광대하고 위대한 도달 혹은 새로운 형이상학의 정초.

하늘 안쪽에서 하늘을 좇는 나
하늘 바깥에서 하늘을 보는 자 나를 보는 자
나와 그를 다 보고 있는 자 (그도 헐떡거리는지)
그리고 나비가 있다 하늘하늘 날아가는
나비가 있다

「하늘과 나비」 일부, 『나는 푸른 트럭을 탔다』

허나 나비의 여행은 불안불안하다. 왜냐하면 시인의 나비는 이제까지 언표된 나비 알레고리를 초극하면서 아무도 모르는 신세계로 비상하고 있기 때문이다. 그래서 시인 박찬일에게 불안은 선험적 가정이거나 시인의 시살이를 지배하는 궁극적인 지배인자인지도 모른다. 생 옆에 들러붙어 인간의 삶-시간-세계를 옴짝달싹하지 못하게 불안이 인간학을 지배하게 된다.

불안은 어디서 오는가 - 그 존재적 의미와 양태

산다는 것 그 자체는 늘 자신도 모를 덫에 걸려 넘어질 수밖에 없다. 그것이 불안이나 죽음과 같은 한계상황일 경우에 더더욱 그러하다. 박찬일 시인의 작품집 『모자나무』는 그 불안과 죽음에 관한 의식의 기록이다. 그의 의식은 키에르케고르의 단독자와 유사한 면모를 형상화하기는 했지만, 의식의 지향점은 본질적으로 다르다. 케에르케고르의 단독자는 불안과 절망에 이르는 자아의 운명성을 신과 마주대하여 그 불안한 운명을 어떻게 극복할 수 있는가를 고민하는 인간형이다. 그러나 박찬일의 단독자는 철저하게 현세적 삶을 긍정하는 방향으로 나아간다. 시인에게 있어서 삶은 원초적인 생에의 의지도 죽음에 이르는 병도 아니다. 시인의 삶은 초월이나 저편을 기약하지 않은 채, 다만 '바로 지금 여기'에 두 발을 딛고 서 있는 것이다. 그런데 문제는 그러한 긍정적 삶의 태도가 카뮈의 부조리한 현실성과 야스퍼스적 한계상황 앞에 불안한 의식으로 역전된다. 시인의 삶을 옥죄는 죽음에 관한 의식과 실존성의 문제는 융적인 의미의 대극합일을 이룩하지 못한 채 늘 대립반목 중이다. 시인의 자아는 불안정한 모습을 첨예하게 드러내고 있다. 그러한 까닭에 박찬일의 시적 언어는 늘 화해의 언어가 아니라 니체의 『짜라투스트라는 이렇게 말했다』에 나오는 외줄 타는 광대의 모습과 같은 불안한 언어 위를 질주하고 있다. 더 나아가 그의 시말은 모순된 현실성과 양가감정 위에서 탄주되는 불안한 리듬을 전달한다. 시는 한 치의 여유를 주지 않은 채 불안한 운명의 외길로만 향한다. 시인은 그 외길을 따라 질주해보지만, 그 길은 막혀 있고 닫혀 있다. 갈 곳이 없다. 그래서 시인은 늘 불안하다. 산다는 것의 귀결은 더 이상 질주할 수 없는 막다른 골목이다.

시인의 의식적 지평은 「수리산에서－노자의 가르침 5」에서 말한 것처럼 철저하게 현존의 문제에 천착하고 있지만, 삶의 앞면이 아니라 그 삶의 뒷면을 궁극적으로 지배하는 하데스의 정령 앞에 늘 무력할 수밖에 없다. 아마 노자시편들은 불안과 죽음에 대한 양가감정의 표현인지도 모른다. 죽음에 관한 불안은 모든 인간이 부여안은 숙명이기에, 레테의 강을 건넌 자들만이 해결할 수 있는 문제이다. 만약에 인간이 신 앞에 자기라는 의식을 무장해제할 수만 있다면 인간에게는 불안이 존재하지 않는다. 그러나 박찬일은 신을 찾지 않고 노자의 가르침을 쫓는다. 이승과 저승의 세계를 별개의 세계로 인식하면서 철저하게 현존의 공간을 살아간다. 그런데 그 실존성은 죽음이라는 덫에 걸려 넘어진다. 그는 아포리즘 6에서 '왜 죽으려느냐, 갈 곳이 없다'라고 선언하는데, 그것은 어쩌면 낳음과 죽음의 이분법적 경계를 온몸으로 거부하는 몸짓일지도 모른다. 이 테제는 시인의 불안을 파생시킨 근본원인이다. 생사의 근원을 묻는 '왜'라는 질문은 그 누구도 정답을 내지 못한 물음이다. 그런데 시인은 그 아포리아에 관하여 묻는다. 그것은 시인의 특권인가, 아니면 미궁에 빠져 있기 때문인가. 물론 그 의미는 명확하지 않다. 그러나 미루어 짐작컨대 시인은 생 이후의 존재론적 지평을 무의 공간으로 상정했기 때문이리라. 다시 말해서 시인에게 있어서 사후세계는 없다. 그러므로 죽음 이후에 인간이 갈 곳은 없다. 시인은 아포리즘 9에서 더욱더 단언적 어조로 다음과 같이 말한다. '죽음을 의식하며 사는 것은 죽음과 對面하며 사는 것이므로 죽음에 반항하는 태도이다.' 아마 이 반항적 태도는 신과 내기를 거는 도스토예프스키 소설 『악령』의 주인공 스따브로긴의 그것과 유사하다. 신에게 반항하기 위하여 자신의 머리에 권총을 들이대는 어리석지만 위대한 몸짓이 죽음을 의식하고 죽음과 대면하는 태도가 아니겠는가. 그러나 죽음을 의식하는 것과 죽음을 대면하는 삶은 필연적으로 불안할 수밖에 없다.

박찬일의 『모자나무』 전체는 불안과 죽음의 변주곡을 탄주하고 있지만, 그의 시적 지향점은 그 불안과 죽음을 노자적으로 해소하는 데 있다. 물론 그것이 가능할지는 그 다음 문제이기는 하지만, 그의 무의식의 어딘가에는 물컹거리는 생에의 역동적인 에너지가 꿈틀거리고 있다. 왜냐하면 문자의 앞면에서 반복적으로 죽음과 불안을 이야기한다는 것은, 문자의 심연 속에 늘 생의 형식을 고뇌하고 있다는 반증이기 때문이다. 그러므로 그의 시적 언어는 부조리한 현실 지평의 극한점을 달려간다. 그 극한의 지점으로 삶이 달려간 순간, 시인이 깨달은 것은 죽음과 갈 곳이 없음 뿐이다. 그렇다면 인간에게 있어서 삶이라는 괴물은 무엇이며 어떤 의미를 지니는가. 박찬일은 이 물음에 대한 답을 까뮈

식으로 말하면 부조리로, 야스퍼스 식으로 말하면 한계상황으로 인식하고 있는 것 같다. 그러므로 박찬일의 시말운동 전체는 현실의 부조리와 인간적 한계상황에서 비롯한 죽음의 한 형식이거나 생래적 불안을 첨예하게 드러내고 있다.

> 쓰레기 버리기는 한 순간
> 자연환경 복구는 한 평생
> — 바르게살기운동 금정동 위원회
>
> 웃긴다
> 내 인생의 평생 수칙은 규칙 규율 위반이었다
> 바르게 살지 않는 것이라면 바르게 살지 않는 것이었다
>
> 계속 금정동에서 살아야겠다
> 금정동의 규율 규칙을 삼켜야겠다
>
> 쓰레기 버리자가 아니다
> 바르게 살지 않는 것이다 비스듬히 사는 것이라면
> 비스듬히 사는 것이다
> 이렇게 말하는 것이다

「금정동 예술가」 전문, 『하느님과 함께』

시인은 생래적으로 불안을 인정하지 않을 수 없는 자이다. 왜냐하면 시말운동 전체가 위반의 법칙 위에서 욕동하기 때문이다. 하여 예술가의 운명은 주어진 운명을 용납하거나 승인하지 않는 데 있다. 말하자면 예술가는 자신이 예술가가 될 불안한 운명을 승인하면서, 역사의 안쪽에서 요구하는 질서에 반항하면서 자신의 삶 전체를 바깥에 위치시키

는 반항적 인간형이다. 상식의 바깥, 질서의 바깥, 제도의 바깥, 규범의 바깥. 바깥은 상징의 소외이자, 스스로를 소외시키는 인간학적 전회의 순간이다. 그러나 이때 이 소외는 정신의 자기 운동처럼 스스로가 스스로를 소외시켜가면서 시간의 안쪽에서 벌어지는 그 모든 사태를 초연히 응시할 수 있는 소외이다. 하여 바깥은 안쪽에서 벌어지는 기만과 허위와 억압을 가볍게 초극해가면서 이 세계를 삐딱하게 바라본다. 비스듬히 서기, 삐딱하게 보기, 바르게 살지 않기, 규칙위반 하기. 시인은 불안에 적극적으로 위치하면서 상징적 질서를 삼키는 자이다.

예술은 위반이다. 예술은 우기기이다. 예술은 질서의 바깥이다. 예술은 정언명령을 허위로 되돌려 보내기이다. 예술은 귀를 자른 고흐의 자화상이다. 예술은 기행이자 불안이다. 예술은 끊임없이 밖으로 탈주하는 광기의 극한이다. 예술은 영악하고 교활한 고은이 아니라, 치기어린 우수에 젖은 채 생을 마감한 박인환이다. 예술은 차이다. 예술은 비동일성이다. 예술은 반복의 거부이다. 예술은 절대성을 허위로 치부하면서 스스로가 절대화되어 가는 과정이다. 하여 예술은 상징에 저항하면서 새로운 시말문법을 정초하는 위반의 제의이다. 박찬일 시인의 시「금정동 예술가」는 예술이 창작되는 오묘한 순간의 마법적 떨림을 응시하고 있는데, 미란 규범과 질서의 내부에서 움터오는 평화를 비스듬히 세우면서 질서의 바깥으로 내달리는 상징적 질서의 거부행위이다. 따라서 미란 위반이 펼쳐내는 아름다움이다. 질서에 빗금을 치면서 질서 밖으로 모든 의식을 탈주시킬 때, 예술의 창조적 지평은 새롭게 현시된다. 박찬일의 「금정동 예술가」는 위반을 예술의 창조적 심급으로 바로 세우면서 일탈이 펼쳐내는 예술적 금기의 세계로 빠져드는 아이러니적 상황을 절묘하게 연출하고 있다.

모든 예술은 어기기이고 궤도이탈이다. 불만족과 욕구불만. 파열하고 해체되는 주체. 이때 예술가는 기존의 미적 가치로 인해 정신착란을 일으켜 광기의 세계에 돌입하게 된다. 볼 수 없는 것을 보고 말할 수 없는 것을 말하는 광기. 광기는 위반의 시작이자 미적 창조가 발생하는 동인이다. 시인 박찬일은 금기와 규율을 삼켜버리고 깨트리면서 새로운 미의 전범이 창조되는 예술의 운동성을 알레고리적으로 표현하고 있다. 위반과 정전 사이에서 빚어지는 예술의 즉자-대자적인 운동성 말이다. 허나 그럼에도 불구하고 우리는 미적 전범의 실체를 정확하게 모른다. 불안이 엄습한다. 시인에게 불안은 미적 동시에 인간학적이다. 왜냐하면 미적이든 인간학적이든 상관없이, 이 세계는 상징의 심급이 만들어낸 절대에 현혹되어 미혹에 빠지거나 존재론적 불안에 이르기 때문이다.

> 예를 들어, 검찰 청사에서 일하는 사람치고
> 그 집을 짓는 데 벽돌 한 장 나른 사람이 없다면
> 유럽에 모두 비유럽인들이 산다면
> 우리나라에 아메리카 사람들만 있으면
>
> 자기가 집을 짓고 거기 들어가 산다면?
>
> 김호식씨처럼 자기 집을 (자기가) 짓자마자
> 몹쓸 병에 걸려
> 죽으면?
>
> 「부조리」 전문, 『나비를 보는 고통』

앎이 불안의 원인인가, 모름이 불안의 원인인가. 혹은 소유가 부조리한 불안을 도발하는가, 무소유가 불안의 궁극적 원인인가. 이 세계 도처에 부조리한 불안이 내재되어 있을 때, 불안은 대저 어디서 오는가. 상징의 기만술 혹은 이중적 태도에 의한 불안의 조장. 모든 불안은 상징의 교묘한 전술, 즉 이중적 태도에서 온다. 왜냐하면 상징은 그 쓰임새가 파르마콘처럼 작용하기 때문이다. 마치 상징은 시 「햇볕의 시대에」에 언표된 것처럼, "불길한 생각"이면서 "실마리"로 작용하기도 하는데, 그것은 온전한 의미의 "절멸"로 휘어진 인간학적 운명에 관한 거부의 운동이다. 유예되는 불안 혹은 불안의 망각. 우리는 점점 상징의 덫에 휘말려 자기 자신을 볼 수 없게 된다. 사실 상징의 그물망에 걸려 존재 망각에 이르는 것이 분명 편하고 안온한 삶을 향유할 수 있는 방편임에 틀림없다.

허나 이 역시 불안을 조장하기는 마찬가지이다. 아니 생은 그 존재 방식의 유무와 상관없이 생에의 형식인 한, 불안의 존재이다. 질주도 탈주도 불가능한 삶—시간—세계. 우리는 태어날 때부터 불안에 사로잡힌 존재다. 하여 존재는 부조리다. 어쩌면 박찬일이 겨냥하는 상징에의 저항은 시 「부조리」에 언표된 모순적 상황에 대한 거부인지도 모른다. 왜냐하면 상징이 모순적인 상황으로 휘어진 이해 불가능한 절대운동이듯이, 이 세계는 부조리로 가득 찬 절명(絶命)의 운동이기 때문이다. 생이 부조리한 모순이듯이, 죽음 역시 모순이다. 우리는 그 자체로 모순의 운동이다. 비록 우리가 가정법 위에서 이 세계의 현사실적 사태의 의미적 층위를 예단해보지만, 그것 역시 부조리하기는 마찬가지다. 하여 시인의 인간학에 관한 태도는 부조리의 극복에 있다.

허나 점점 더 미궁에 빠져 존재론적 불안으로 이끄는 이 세계. 우리는 이 세계를 정확하게 알 수 없을 뿐만 아니라, 부조리한 불안에 휩싸여 온전한 자기에 도달하지 못한다. 상징의 덫에 빠져 허우적거리는 인간들. 박찬일 시학의 제 문제들은 상징의 심급이 펼쳐내는 현상학적인 사태들에 관한 환원의 결과들이 빚어내는 태도에 다름 아니다. 인간학적 사상 자체로 되돌아가기, 하여 상징의 기만성과 허위를 폭로하기. 시인 박찬일은 불안과 맞서 싸우면서 상징의 부조리한 측면을 역설적인 방식으로 드러내고 있는데, 그것은 인간학의 회복이자, 해결이 불가능한 인간학적인 잠으로의 초대에 다름 아니다. 시 「부조리」가 가정법 현재 위에서 미래의 의식적 사실들을 욕동시켰던 것처럼, 시인의 시말길은 상징적 부조리를 가볍게 논파시키면서 미래의 새로운 질서를 예인하고 있다. 고통이든 불안이든 상관없이, 시인의 모든 시말길은 과거나 현재의 사실이 아니라, 과거나 현재의 사실을 인간학적으로 휘어 미래를 투시하는 데 있다.

알 수 없는 영역과 알 수 있는 영역이 있다. 알 수 없는 영역이라고 하면 그만이다. 아버지의 이발사가 웃었던 것 같기도 하다. 아, 그 모습 영락없는 하느님이거나 아버지이다.

「아버지의 이발사」 일부, 『모자나무』

불안과 우울은 주체의 불안과 우울이다. 주체가 없으면 불안과 우울도 없다. '주체 부정'은 '병'의 치유에 도움이 된다

「아포리즘 32」, 『모자나무』

박찬일의 시말은 미래의 욕동이다. 그것이 설령 아포리아 같은 현세

적 난경 속을 헤매고 있을 때조차, 시인의 시살이의 전체는 '바로 지금 여기'라는 시공간에서 벌어지는 현사실에 관한 의미적 탐구 쪽으로 휘어져 있다. 물론 시인이 "알 수 없는 영역과 알 수 있는 영역"에 관한 물음을 비트겐슈타인의 논법으로 언표하고 있기는 하지만, 하여 그는 알 수 없는 영역에 관한 침묵해야 한다고 단정적으로 말하고 있기는 하지만, 시 「아버지의 이발사」는 불안의 궁극적인 원인이 "알 수 없는 영역"으로부터 비롯한다는 사실을 직감하게 만든다. 앎에의 의지 혹은 아포리아. 우리는 앎에의 의지를 통해서 완전한 진리에 도달할 수 없다. 우리는 불완전하다. 우리는 모름을 자인하는 과정이거나 그 모름이 만들어내는 아포리아 같은 불안에 휩싸인 채 살아간다. 하여 인간학적인 관점에서 불안은 이쪽에서 파생되는 것이 아니라 저쪽에서 온다. 우리는 알고 있거나 알 수 있는 영역에서 살다가 모르는 쪽으로 휘어지는 운명임에 틀림없다.

그런데 시인은 그 불안을 적극화하여 불안의 궁극적인 주체를 자신에게 귀속시킨다. 말하자면 박찬일에게 불안은 외재적인 것이 아니라 내재적이다. 불안은 주체 주변에 들러붙어 삶－시간－세계 전체를 조금씩 조금씩 잠식하게 되는데, 그것은 우울이 파생되는 근본원인이다. 시인이 말한 것처럼, 불안이 이 세계에 은거하고 있는 한, 우리는 온전한 삶을 살아갈 수 없다. 우리는 불안불안한 생을 떠돌다 어느 지점에 당도하게 된다. 우울이다. 인간은 이도저도 할 수 없는 정신적 모드에 돌입하게 된다. 헌데 시인 박찬일은 자기 자신에게서 출발하여 자기 자신에게로 되돌아갈 수밖에 없는 그 자리에 불안을 위치시킨다. 불안은 주체다. 불안은 바깥에서 오지 않는다. 불안은 나에 의한 나만의 작용이다. 하여 불안은 해결할 수 없다. 왜냐하면 불안을 소거시키는 유일한 방법은 나의 부정, 즉 "주체 부정"을 통해서만 가능하기 때문이다. 허나 우리는 스스로를 부정할 수 없다. 우리는 이 세계 속을 불안한 모습으로 유랑하면서 저 미망의 세계에 다다른다. 우리가 할 수 있는 일이라고는 그저 감내하는 것뿐이다.

> 서 있는 모든 것은 눕고 싶어 한다. 맞는 말이다. 불안이다.
> 서 있는 모든 것은 누울 수 있다. 맞는 말이다. 중력이다.
>
> 불안에 시달리다가 중력으로 끝난다.
>
> 「인생」 전문, 『모자나무』

인간에게 있어서 존재함이란 밀란 쿤데라의 소설 제목처럼 참을 수 없이 가벼운 존재인가. 아니면 하이데거가 평생을 끌어안고 씨름한 무거운 현존재인가. 더 나아가 인간은 키에르케고르가 끌어안은 평생의 화두처럼 신 앞에 선 단독자의 형상인가. 아니면 신이 부재한 역사적 지평 위에서 앙가주망을 외친 싸르트르의 참여적 인간인가. 물론 보는 관점에 따라 이들의 말이 다 맞을 수도 있고 다 틀릴 수도 있다. 왜냐하면 생명의 형식을 띤 모든 것들은 각자 자신의 생의 형식을 보고 느낀 바를 직관적으로 개념화할 수 있을 뿐이지, 생의 존재론적 의미를 명확하게 정의내릴 수 없기 때문이다. 그러므로 우리는 인생의 본질을 정확하게 표현할 수 없다. 인생은 막다른 골목에 도달하기 위한 끝없는 질주의 연속이다. 삶ㅡ시간ㅡ세계를 살아가는 인간에게 불안은 필연이다. 마치 생이 한 지점을 향하여 내달리는 것처럼, 우리는 그 불안을 살아낸 흔적으로만 자신을 증명하게 된다. 우리는 불안의 아들딸이다. 마침내 우리는 불안 내부에서 내파되는 소멸의 흔적이다.

　인간에게 있어서 삶이란 살아내기일 뿐이지, 그 이상도 이하도 아니다. 소동파가 「송맹동야서(送孟東野序)」에서 명즉현호천의(命則縣乎天矣 목숨은 하늘에 달려 있음)이라고 말했을 때, 인간에게 있어서 삶이란 인간이 주체적일 수 없다는 말을 함의하고 있다. 다시 말해서 인생은 Why－Question의 문제가 아니라, How－Question 즉 이것과 저것 사이의 선택의 문제일 뿐이다. 어쩌면 인생을 묻는다는 것은 어리석은 짓일지도 모른다. 그런데 박찬일 시인은 인생을 직관적으로 정의내리고자 한다. 불안과 중력(무거움) 그리고 드러누움(죽음). 이것이 시인이 인식한 삶의 거울이다. 그런데 문제는 죽음이나 무거움이 아니라, 인간 전체에 내재한 불안이다.

　『모자나무』 전체를 지배하는 시적 모티브는 죽음이지만, 그 죽음을 의식하게 만드는 주체는 불안에 드리워진 삶에의 동경이다. 그러나 시인이 동경하는 삶의 형상은 역설적이게도 삶을 아름답게 치장하는 안온한 의식이 아니라 생에 들러붙어 삶 전체를 미궁에 빠트리는 불안이다. 열심히 산다는 것은 열심히 죽는다는 것이 아닌가. 역으로 권태는 시간을 영원히 향유하는 삶이 아닌가. 프로이트가 말한 것처럼 삶에의 본능은 타나토스 즉 죽음본능으로 귀결하는 것이 아니겠는가. 그렇다면 삶과 죽음 사이에 위치한 인생의 참모습은 시간을 갉아먹는 제로－섬게임이 아닌가. 인간에게 있어서 인생의 의미는 생과 사 사이에 위치한다. 그런데 문제의 중심은 언제나 생인 것처럼 보이지만, 기실 삶을 지배하는 운동성은 죽음 편에 있다는 데서 비롯한다. 왜냐하면 현존하는 시간은 가속도가 붙은 화살처럼 죽음 쪽으로만 향하기 때문에 인간의 존재론적 불안은 필연적일 수밖에 없다. 박찬일에게 있어서 불안은 생득적인 그 무엇이자, 인간 전체의 내적 그림자이다. 그러므로 시인의 불안은 삶과 죽음 사이에 위치한 하나의 운명적 아포리아이다.

시 「인생」은 인생의 의미를 "중력"에 응고시켜 사유하고 있는데, 그것은 소멸에의 의지이거나 생이 추락일 수밖에 없다는 사실을 자인하는 과정을 아포리즘적으로 언표하고 있다. 애초부터 인간은 그 자체로 상징에의 저항이 불가능한지도 모른다. 왜냐하면 인간은 상승하는 존재가 아니라, 추락하여 몰락하는 자이기 때문이다. 하여 추락하여 몰락하는 자는 불안하다. 불안은 존재의 앞뒷면에 자리해 인간을 압박하게 되는데, 그것은 역설적이게도 이중으로 휘어진 운동으로 역동화된다. 한편으로 메피스토펠레스가 파우스트를 유혹했던 것처럼 불안은 인간을 꼬드겨 상징적인 질서를 부정하도록 부추기면서, 다른 한편으로는 상징의 질서에 철저하게 굴복하도록 만드는 것이 바로 불안의 진면목이다. 인간에게 불안은 이중으로 휘어진 운명이다. 우리는 불안에 저항하거나 불안을 거부할 수 없을 뿐만 아니라, 불안과 완벽하게 대면하지도 못한다. 그저 우리는 불안하게 삶-시간-세계를 살아내다가, 상징의 질서 내부에서 소멸하는 "중력"의 운동에 지나지 않을 뿐이다. 우리는 불안 내부에서 가라앉는다. 우리는 철저하게 불안의 내적 질서에 굴복하고 마는 그렇고 그런 가벼운 존재에 지나지 않다.

사과나무가 불안한 것은 사과가 떨어지기 때문이다. 꼭 떨어지기 때문이다. 불안에는 요행이 없다. 불안은 이루어진다. 불안이 이루어지지 않는 경우는 불안을 꿈꿀 때이다. 불안을 꿈꾸면 불안은 이루어지지 않는다. 사과나무의 사과는 떨어지지 않는다. 아직 남아 있는 사과나무의 사과알들을 보라, 불안을 꿈꾸는 사과알들이다. 떨어지지 않는 사과알들이다. 떨어지지 않으려고 불안을 꿈꾸는 사과들은 아니다. 떨어지지 않으려고 불안을 꿈꾸는 사과들은 더 빨리 떨어진다. 떨어지지 않으려는 것이지 불안을 꿈꾸는 것은 아니기 때문이다. 아직 남아 있는 사과나무의 사과알들은 오로지 불안을 꿈꾼 사과알들이다. 떨어져 주려고, 기꺼이 떨어져 주려고 마음먹은 사과알들이다. 불안에 쾌히 시달려 자는 사과알들이다. 불안을 꿈꾸는 사과나무의 꿈은 이루어지지 않는 꿈이다. 이루어지지 않는 것이 이루어지는 것이다.

「사과나무의 불안」 전문, 『모자나무』

그럼에도 불구하고 우리는 불안이 처한 위상학적 포토스를 묻지 않을 수 없다. 불안의 정체는 무엇인가. 불안은 추락인가, 아니면 꿈이 불안인가. 더 나아가 불안은 실존적 자아를 지배하는 실체인가 아니면 개념으로만 존재하는 비실재인가. 사실 불안이라는 말은 너무도 포괄적인 의미를 함의하기에 그것을 정의내리기는 불가능할지도 모른다. 어쩌면 불안은 존재와 비존재 사이에 위치하면서 인간의 영혼과 육체를 갉아먹는 다중의 야누스적 본성을 지니고 있을지도 모른다. 왜냐하면 인간이 불안을 인식하고자 할 때, 불안은 가볍게 초월의 세계로 기화하여 인식 불가능한 그 무엇으로 존재하고, 인간이 불안을 망각의 세계에 이입시키기를 원할 때, 불안은 늘 인간의 그림자 곁에 들러붙어 인간에게 미지의 두려움을 상기시키기 때문이다. 그러므로 불안은 초월과 현실 사이에, 비존재와 존재의 틈 사이에 위치하면서 인간의 영혼과 육체를 지배하고 있다. 불안은 운명이다. 불안은 인간의 내적 외적 의식을 통어하는 공통감각이기에, 질적 차이는 결코 존재하지 않는다. 불안은 양의 차이만이 존재한다. 그러므로 불안은 삶−시간−세계를 대하는 하나의 태도이다. 물론 위의 시는 사과나무에 빗대어 불안을 이야기하지만, 시인 박찬일은 그 불안의 실체를, 인간이 직면할 수밖에 없는 운명적 한계상황에 대한 인과필연의 법칙으로 언표하고 있다.

시말 내부를 지배하는 언어는 "불안", "꿈" 그리고 "이루어진다(이루어지지 않는다)"인데, 시인은 불안감을 조성하기 위하여 앞의 시말들을 의도적으로 반복 표현하고 있다. 이러한 형상화 전략은 중력의 법칙 위에서 펼쳐지는 언어의 유희이지만, 유희의 강도가 높아질수록 시는 불안의 강도를 높여가다가 궁극에는 존재의 심연을 응시하게 만든다. 시인의 문제의식은 '떨어진다'와 '떨어지지 않는다' 사이에서 파생된다. 다시 말해서 사과알의 자유낙하(만유인력) 모티브를 매개로 하여 존재와 비존재를 통어하는 존재론적인 문제를 찾아 떠나고 있다. 시는 비트겐쉬타인이 『철학적 탐구』에서 말한 것처럼 말놀이(언어놀이) 방식을 취하고 있지만, 시적 지향점은 말 자체의 운동성 배후로 침투해 들어가 불안의 본질적인 모습을 응시하게 된다. 시인은 무를 향해 무한질주를 감행한다. 존재의 중심은 존재성 자체가 아니라, 무다. 무는 인간을 참을 수 없이 가볍게 만든다. 싸르트르 식으로 말해서 신이 부재한 시대에 무에 관한 의식은 한편으로는 허무에 의한 방종의 상태에 이르고, 다른 한편으로 적극적 참여를 통해서 이 세계를 개혁할 수 있는 추동력을 겸비할 수도 있다. 허나 박찬일의 무는 싸르트르적이지 않다. 시인은 추락하는 무에 관한 의식을 꿈속에 유폐시킨다. 그리고 그 불안과 꿈은 다시 이루어짐과 이루어지지 않음 사이를 끊임없이 왕복하게 된다. 하여 인간학이란 불안과 꿈 사이를 질주하는 반복이다. 불안은 꿈을 통해서 인간학적인 삶—시간—세계의 소망을 현혹하여 욕동시키고, 꿈은 자신의 그러한 소망이 완벽하게 충족될 수 없다는 사실을 자인하게 된다. 인간은 불안과 꿈 사이에서 상징의 조정력에 기만당하게 된다. 비록 시인이 이루어짐과 이루어지지 않음 사이에서 꿈과 불안의 의미적 양태를 주밀하게 살피고 있기는 하지만, 불안은 상징의 심급 내부로 휘어져 꿈을 가장한 삶—시간—세계 전체를 기만하게 된다.

　키에르케고르는 『불안의 개념』이라는 저서에서 불안을 다음과 같이 정의하고 있다. '불안은 꿈을 꾸고 있는 규정이며, 가능성에 대한 가능성으로서, 자유의 현실성이다.' '무가 불안을 낳는다.' 우리는 이 두 개념 규정적 테제를 통해서 불안은 꿈, 자유, 무와 상호 연관이 되어 있음을 직감적으로 알아차리게 된다. 박찬일 시인의 「사과나무의 불안」에 형상화된 불안도 키에르케고르의 테제와 그리 무관하지 않다. 사과알에게 있어서 사과나무는 세계이고 사과알은 그 세계 속에 존재하는 단독자이다. 그러나 그 단독자는 늘 추락하는 불안의 꿈을 꾼다. 꿈은 그래서 늘 불길하다. 그러나 불안을 꿈꿀 수 있다는 것은 불안하기는 하지만 그 자체로 생의 형식을 향유하는 것이 아니겠는가. 꿈의 향유는 자유이다. 그 자유의 강도가 깊어지면 깊어질수록 불안의 강도 또한 무한히 확장된다. 그 불안은 현실성 위를 횡단하고, 삶의 음조는 불협화음만을 드러낸다. 이루어짐과 이루어지지 않음 사이를 질주하는 불안의 꿈은 역설적이지만, 그것은 생인 동시에 무에의 의지이고, 무이면서 생에의 의지로 충만하게 된다. 불안을 꿈꾸고 불안에 시달리는 것은 불안을 이룬 것이 아니라 불안 속에 존재할 수밖에 없는 존재의 운명성을 아이러니하게 드러낸 것이다. 그러므로 '이루어지지 않는 것이 이루어지는 것이다'라는 시인의 언명은 단독자로서의 인간이 불안을 꿈꿀 수밖에 없는 운명성을 역설적으로 언표한 것이다. 인간은 희망과 불안의 변증법적 운동 속에서 스스로를 증명하고 소멸하는 존재이다. 하여 인간학적인 실존적 희망이라는 것도 미래의 언젠가 불안한 꿈, 즉 추락의 타나토스를 이루어 내도록 예정되어져 있다. 생의 형식은 불안이 이루어지지 않기를 바라지만, 불안은 꿈으로 자신을 완성시키는 것이 아니라 추락하는 무로 자신을 성취시킨다. 죽음이다. 아무도 넘어설 수 없는 죽음이 불안의 배후에 숨쉬고 있다. 불안한 동안만큼 인간은 살아 있음을 이루어내고 있을 뿐이다. 하여 불안이 "이루어지지 않는 것"은 삶이 "이루어지는 것"이라는 오묘한 역설을 성립시킨다.

> 나를 여태까지 키운 것은 불안이었다
> 아침으로 먹고 점심으로 먹고 저녁으로 먹는다
> 내 몸에는 항상 불안이 소화되는 중이다
> 어쩌다 불안을 굶으면 배에서 꼬르륵거리는 소리가 난다
> 불안이 제일 먹고 싶다 파를 송송 썰어 넣고
> 양파를 벗겨 넣고 나중엔 달걀을 풀어 휘휘 젓는다
> 불안 냄새로 온 실내가 진동하고
> 불안이 마침내 익으면 불안을 꺼내 후후 불어가며
> 맛있게 먹는다 꼭꼭 씹어 먹는다
>
> 불안을 떨어뜨리지 않는 일이 중요하다
> 따지고 보면 다 세끼 불안 먹자고 하는 것이다
>
> 「마음에 대한 보고서」 일부, 『모자나무』

인간학이란 불안의 연속이다. 아니 역으로 불안이 없었다면, 인간학

은 애초부터 형성이 되지 않았거나 모든 사유가 정지되었을지도 모른다. 우리는 불안을 산다. 우리는 불안 내부에서 사유하고 불안으로 존재한다. 하여 인간에게 불안은 치명적인 그 무엇으로 표상될 뿐만 아니라, 인간학의 가능적 근거로 우뚝 서 있다. 그런데 시인 박찬일은 「마음에 대한 보고서」에서 불안 전체를 인간학으로 고양시켜 불안의 존재적 의미와 그 사태를 일상성의 구조 속에 내파시키고 있다. 산다는 것은 불안을 사는 것이다. 불안이 없다면, 인간학도 없다. 사실 박찬일의 이 시가 놀라운 점은 인간의 현사실적 사태를 정확하게 직시하는 데 있다. 시인에게 불안은 생래적으로 들러붙은 계보학적인 의식이 아니라, 현재적 삶의 욕동이다. 불안은 과거도 아니고 미래도 아니다. 불안은 현재적일 때, 가장 강렬한 불안이다. 역으로 불안은 존재다. 만약에 불안이 존재론적 존재로 존재하지 않는다면, 그것은 결코 불안일 수 없다. 왜냐하면 우리는 그 자체로 불안 속에서 불안을 사는 그야말로 모순적인 존재이기 때문이다. 시인에게 불안은 뿌리가 너무도 깊다. 하여 불안을 넘어서거나 불안 그 자체를 삶의 구조 속에서 소거한다는 것은 애초부터 불가능하다.

비록 시인 박찬일이 불안의 정체를 "마음"이라는 마물(魔物)에 투사시켜 세세하게 기록하고 있기는 하지만, 불안은 전지이자 전능이다. 아니 시인이 언표한 불안은 시 「사과나무의 불안」에 육화된 불안과 꿈의 변증법적 운동을 현사실적 사태로 끌어내려 생-세계에 도사린 불안의 정체를 치밀하게 해명하고 있다. 시인에게 있어서 본질적인 문제가 파생되는 근본 원인은 상징이지만, 그 상징을 인식하게 만드는 질료적 기제는 바로 일상적 삶에 들러붙어 생을 욕동시키는 불안이다. 이 얼마나 놀라운 발견인가. "나를 여태까지 키운 것은 불안이었다"고 언명하는 시인의 운명은 숙명적이다. 어찌 불안을 끼고 살 수 있는가. 어찌 불안과 함께 불안불안하게 불안을 살찌우는 삶을 살아갈 수 있겠는가.

> 모자가 걸려 있다
> 중절모 바스크모 빵떡모 베레모
>
> 할아버지 증조할아버지
> 할머니 증조할머니
> 외할머니 외할아버지
> 어머니 외삼촌
> 모자가 걸려 있다
>
> 사만 명의 유보트 대원 중 삼만 명이
> 돌아오지 못했다
> 삼만 개의 하얀 모자가 걸려 있다
>
> 나의 중학교 교모도 걸려 있다
>
> 죽은 사람의 모자를 거는
> 모자나무
> 죽은 사람의 눈에만 보이는
> 모자나무
>
> 살아 있다고 다 살아 있는 것이 아니다
>
> 「모자나무」 전문, 『모자나무』

불안이 이 세계에 들러붙어 인간학 전체를 괴롭히는 것은 바로 죽음 때문이다. 시 「모자나무」는 죽음에 관한 한 보고서 형태를 취하고 있다. 인류학이나 고고학이 널브러진 시체더미 위에서 유의미한 역사적 사실을 재구해 내듯이, 시인은 생의 계보학이 아니라 죽음의 계보학 위에서 삶의 의미를 섬뜩한 시선으로 재구해내고 있다. 삶은 무엇이고 또 죽음은 무엇인가. 애초에 태어남이 없었다면 삶이나 죽음 따위 같은 해결 불가능한 미궁 속으로 빠져들지 않았을지도 모른다. 인간은 칸트적인 인과필연의 법칙을 벗어날 수 없다. 그러나 시인은 분명 인과율의 세계를 인과율 세계 밖에서 조망하고 있다. 사실 이 말은 어폐가 있을지도 모른다. 왜냐하면 생의 형식이란 늘 현존의 차원에서 타자들을 대상화하기 때문에 세계 밖의 차원에서 현실성을 조망할 수 없다. 그러나 박찬일의 위의 시는 그 불가능한 초의식의 지평을 삶과 죽음의 경계지대에서 응시하고 있다.

그렇다면 시 「모자나무」는 좀비의 언어인가, 아니면 임사체험의 언어인가. 이도 저도 아니면 내재화된 불안의식이 시인의 영혼에 계시한 언어인가. 사실 이 시는 인간의 언어적 한계를 훨씬 초과하는 지점에 위치해 있다. 하여 이때 그 초과 지점은 삶인가, 죽음인가, 아니면 삶과 죽음의 경계지점인가. 더 나아가 박찬일의 시적 의식은 칸트의 숭고 개념 위를 횡단하면서 볼 수 없는 것을 보고, 표현 불가능한 것을 표현 가능하게 만든 것인가. 한 때 삶이었던 그 인간학적 행태를 죽음의 계보학을 통해서 응시할 때 그것은 삶의 시말인가, 죽음의 시말인가. 우리는 지나간 시간의 흔적을 통해서 영계로 잠입해 들어가 생과 사의 운명을 동시에 응시할 수 있는 그런 존재인가. 죽음을 통해서만 볼 수 있는 모자나무를 시인이 보고 있다면, 시인 박찬일은 영매인가, 아니면 영계(靈界)를 침범한 인물인가. 이 시는 단순한 의미의 말놀이의 언어적 차원에 존재할 수 없는 초월의 언어이다. 왜냐하면 죽음과 생의 경계지점에서 시인은 진정한 삶을 희원하기 때문이다. 박찬일 시말 속에는 불안과 죽음의 그림자가 드리워져 있다. 그러나 그 불안과 죽음은 너무도 삶을 동경했기 때문에, 너무도 아름다운 생에의 의지를 욕구했기에 발생한 아이러니적 산물일지도 모른다. 태양을 너무도 동경했던 이카루스의 비상의 꿈처럼 생에의 뜻 모를 그 무엇인가가 시인의 불안과 죽음에 관한 의식을 이끌어가고 있는 천형적 운명성이 시인 박찬일의 영혼에 들러붙어 그를 괴롭히고 있는지도 모른다.

　시인에게 있어서 상징에의 저항은 어쩌면 죽음에의 저항인지도 모른다. 왜냐하면 인간학을 지배하는 불안의 궁극적 정체가 바로 죽음에 의해서 파생된 것이기 때문이다. 따라서 시인 박찬일에게 있어서 불안과 죽음에 관한 의식에 경도된 시말운동은 필연적이다. 아니 시인은 상징이라는 거대한 심급과 대면하면서 상징의 실체를 낱낱이 파헤쳐 인간학에 내재한 불안과 죽음의 정체를 적극적으로 해명하고 있다. 물론 그것이 완벽하게 실현되었다고는 말할 수 없지만, 시인의 심혼은 이쪽과 저쪽의 경계지대에 위치하면서 삶과 죽음의 의미적 층위를 예인해내고 있다. 허나 그럼에도 불구하고, 모든 인간은 그렇게 살다 죽어갈 운명이 아니겠는가. 허나 시인의 거대한 시적 노림에도, 우리는 소멸로 향하는 지난한 존재가 아닌가. 상징의 교묘한 전술은 깊고 치명적이다. 우리는 상징의 정체를 알아낼 수 없다.

『모자나무』 다시 읽기를 통해서 의식 혁명을 추동하기

    시인이면 누구나 다 자신의 존재론적 전회를 실현시키는 작품집을 상재하기를 열망한다. 그런데 특히 박찬일 시인의 경우, 『모자나무』는 그의 시살이 전체를 일신시킨 코페르니쿠스적 혁명과도 같은 작품집이다. 마치 칸트가 의식의 혁명을 통해서 삶−시간−세계의 의기적 구조를 일신시켰던 것처럼, 박찬일의 『모자나무』는 시의 칸트이자 시말의 비트겐슈타인이다. 왜냐하면 박찬일은 자신의 시말운동을 통해서 의식의 혁명을 추동하고 있기 때문이다. 말할 수 없는 영역을 시말로 육화시키면서 시인은 이제까지 언표된 시적 가치의 총량을 일거에 무너트리고 있다. 맞다. 그는 분명 시말 혁명을 꿈꾸고 있다. 그는 시말의 의미값을 이 세계가 아닌 곳에서 발화하고 있다. 이 얼마나 멋진 발상인가. 이 얼마나 기묘한 장관의 연출인가. 박찬일의 시말은 우리 시대의 혁명만을 의미하는 것이 아니라, 시말의 역사 전체를 뒤바꾸는 신기원이다.

  그래서 이번엔 시집을 처음부터 읽지 않고 거꾸로 읽었다. 아니 불현 듯 시집을 거꾸로 읽지 않으면 안 된다는 강박관념과 같은 그 무엇이 머리를 스치고 지나갔다. 하여 「아포리즘 57」부터 「수리산의 발견」까지 역순으로 읽어 내려갔다. 이러한 읽기 방식에는 분명 이유가 있다. 사실 박찬일의 작품집『모자나무』를 처음 읽었을 때, 시 「모자나무」가 전하는 너무도 강렬한 메세지 때문에 다른 텍스트들을 깊이 있게 독해하는 데 방해되었다. 모든 시들을 「모자나무」의 심급 아래 두고 비평적 읽기를 했었다. 따라서 다시 읽기는 거꾸로 읽기이다. 다시 읽기는 「모자나무」라는 시의 존재−형이상학적 심급으로부터 벗어나 텍스트를 재텍스트로 활성화시키는 데 있다. 하여 다시−거꾸로−읽기는 텍스트의 위상을 재정립하면서 텍스트의 관계를 재조정하는 데 있다.

  그래서 거꾸로−다시−읽기는 박찬일의 개인적 신념 내지 존재−형이상학적인 측면이 강한 아포리즘을 주목할 수밖에 없다. 하여『모자나무』다시 읽기는 아포리즘에서 시작해서 아포리즘으로 끝날 것이다. 아포리즘은 지극히 사적인 것부터 형이상학까지 총체적으로 망라하고 있는데, 그것은 시인 박찬일의 인간학적 초상을 일목요연하게 노정하고 있다. 특히 아포리즘 6, 즉 "왜 죽으려느냐, 갈 곳이 없다"라는 이 테제는 그의 존재−형이상학이자 시인의 원근법적 사유를 간결하지만 가장 강렬하게 언표하고 있다. 박찬일은 니체주의자에 가깝다. 그의 시말이 그렇고, 그 시말이 펼쳐내는 세계관이 그렇고, 그 세계관을 뒤받침하는 아포리즘이 그렇다. 하여 박찬일의 언어운동은 상승하면서 하강하고 하강하면서 상승을 지향하는 이중의 나선구조를 역동적으로 굽이쳐 시말의 신기원에 도달하고 있다. 허나 시인의 시말혁명은 니체의 그것에서 벗어나 시말의 존재적 충위를 세계의 바깥으로 추동하는 경이로운 장관을 연출하고 있다.

아포리즘 54에 해당하는 다음의 언명은 박찬일의 원근법적 사유를 읽어낼 수 있는 지표가 된다. "희망 없이 사는 자도 누군가의 희망이 될 수 있다"라는 언명은 "불행 중 불행은/불행하게 사는 것(「'불행 중 불행'의 목록을 작성해 보시길」 일부)"이라는 언명과 대극점을 이루면서 시인의 원근법적 사유를 완성해 가는데, 그것은 세계를 바라보는 관점을 다층화 시키는 데에서부터 비롯한다. 다시 말해서 다초점 렌즈에 투과된 세계는 결코 동일한 심급 위에서 이 세계의 세계성의 의미를 정의 내리지 않는다. 하여 세계는 상대화된 주관성 위에 작동하게 되는데, 그것은 한 주체의 불행이 다른 주체에게는 희망으로 전복·전도되기도 하기 때문이다. 불행의 불행은 불행한 주체에게 고통의 심연을 헤아리게 만들지만, 그 고통은 항상 원근법적 사유의 자장 내에서 지양 극복되어 행복한 희망으로 전위된다. 따라서 박찬일 시인의 원근법적 시적 지평은 끊임없는 전도를 지향하고 있다.

이러한 원근법적 사유는 시인 박찬일의 개인사에서 비롯하지 않나 생각된다. 아포리즘 31~33은 평생을 시달려 온 시인의 두통에 관하여 언급하고 있는데, 그는 시도 때도 없이 두통에 시달리고 있다. 원근법적으로 사유할 때, 두통은 인간 박찬일의 삶 전체를 갉아먹고 있는 동시에 시인 박찬일의 시말들이 발원하는 지점이기도 하다. 그는 "현실이 가상이라면 나도 없다. 나의 두통도 없다(31)"라고 말하는데, 이 가정법을 뒤집으면 '두통=박찬일=현실'이라는 등식이 성립한다. 두통은 시인의 불안과 우울이 발원하는 지점인 동시에 시집 『모자나무』를 지배하는 시소(詩素), 즉 가장 본질적인 언어외적 주체이다. 다시 말해서 시인의 삶과 영혼을 지배하는 두통은 시말운동이 전개될 수 있는 시적 인자(因子)에 해당한다. 박찬일의 시말들은 두통이라는 외적 인자가 발효 성숙과정을 거친 후, 그것을 불안과 우울이라는 내적 인자로 질적 비약하여 새로운 시말운동의 신기원을 이룩해가고 있다.

시인의 일련의 시적 궤적을 통해 볼 때, 『모자나무』는 상징의 본질적 의미와 대면하면서 상징의 구조적 의미를 가볍게 논파시키는 시말혁명을 추동하고 있다. 박찬일의 시살이가 놀라운 점은 그 시말혁명의 실체가 시말 자체의 운용법에 의해서 생성된 것이 아니라, 삶 – 시간 – 세계에 대한 직관적 통찰에서 비롯했다는 점이다. 고통과 불안이라는 인간학적 한계성을 상징의 심급으로 이해하면서 시인 박찬일은 시말의 절대 값을 형이상의 논리로 끌어올린다. 아니 보다 정확하게 말해서 시인의 의식 혁명은 이제까지 형성된 인간학적인 가정 전체를 무로 되돌려 보낸 상태에서 새로운 인간학을 정립하는 데 있다. 하여 시인에게 고통과 불안에 관한 시적 사유는 시말혁명이 형성되는 밑재료이거나 새로운 인간학을 요청하는 정립적 국면에 다름 아니다. 고통과 불안을 통하지 않고서는 시말의 신기원에 도달할 수 없다.

> 몸에는 항상 불안이 소화되는 중이다
> 식도를 지나 위를 지나 십이장을 지나
> 작은창자 큰창자 항문으로 가는 길이 있다
> 차근차근 불안은 분해된다
> 불안이 나를 살찌게 한다
>
> 「마음에 대한 보고서」 일부, 『모자나무』

"불안과 우울은 주체의 불안과 우울이다. 주체가 없으면 불안과 우울도 없다. '주체 부정'은 '병'의 치유에 도움이 된다.(32)" 아포리즘 32는 『모자나무』의 실체이자, 인간 박찬일의 정신적 면모를 정확하게 언표하고 있다. 불안과 우울은 생래적으로 박찬일에게 들러붙어 시인의 내적 주체를 괴롭히는 그 무엇으로 표상된다. 하여 불안과 우울은 인간학 밑바닥에 깔려 있는 선험적 가정이자 가장 근본적인 문제를 노정하고 있다. 불안과 우울은 치명적인 병이다. 그런데 그 인간학적인 우울과 불안은 치유가 불가능한 병이다. 왜냐하면 그것은 우울과 불안을 부정할 수 없는 주체를 불능 상태로 만들 때만 완전한 치유가 가능하기 때문이다. 따라서 박찬일은 제거 불가능한 불안을 적극적으로 수용하여 자신의 삶의 부분으로 만든다.

시 「마음에 대한 보고서」는 불안의 자장 내에서 자신의 존재론적 정체성을 증명해내고 있다. 그것은 데리다, 푸코, 들뢰즈, 라캉 등의 해체 병렬된 주체나 분절 억압된 주체가 아니라, 불안을 기꺼이 자신의 삶의 부분으로 만들어 불안과 함께 사는 주체로 탈바꿈하게 된다. 허나 불안을 식량 삼아 세 끼니 먹고, 불안을 사러 다니고, 불안을 소화 흡수 분해시킬 때, 그 불안은 불안한가. 혹은 불안이 불안하게 느껴지지 않을 때, 그 불안은 불안함을 느끼는 불안인가. 박찬일의 불안이 불쾌하게 시달리는 불안이 아니라, "불안에 쾌히 시달리(「사과나무의 불안」 일부)"는 불안일 때, 그 불안은 불안한 불안이라고 말할 수 있는가. 더 나아가 불안이 시인을 키우고 시인의 삶을 살찌울 때, 그것은 진짜 불안이라고 말해야 하는가.

여기에 박찬일 시인의 미묘한 시적 역설이 드러나 있다. 다시 말해서 친숙한 불안은 죽음에 이르지 않는다. 친숙한 불안은 삶을 이끌어가는 동력인이다. 하여 불안은 삶이자 삶을 가능하게 만드는 에너지이다. 불안을 이처럼 멋지게 부여안아 불안을 삶으로 승화시킨 시를 만나기는 그리 쉽지 않다. 허나 불안을 육화시킨 삶은 언제나 불안할 수밖에 없다. 비록 그것이 생래적 불안을 운명으로 승인하는 불안의 시말운동이기는 하지만, 불안 위에 탄주되는 시말은 그 자체로 위태위태하다. 어찌 불안을 먹고살 수 있겠는가. 불안을 끌어안고 살 수밖에 없는 삶은 언제나 불안하다. 어쩌면 박찬일은 삶이라는 형식이 본래부터 불안한 것이라는 사실을 알고 있었는지도 모른다. 허나 그럼에도 불구하고 우리는 불안의 정체가 무엇인지를 묻지 않을 수 없다. 불안이 생래적이라고 가정할 때, 대저 불안의 본래적인 정체는 무엇인가. 인간이 불안이라는 근본개념을 넘어설 수 없고 숙명으로 받아들일 때, 불안은 상징을 요청하게 된다. 인간학적 불안은 상징의 교묘한 기만술에 농락당하게 된다. 불안의 근거가 불명확할 때, 상징은 불안을 비집고나와 이 세계를 장악하게 된다.

① 한 번만 가라고 한 길은 한 번만 가야 좋다 돌이킬 수 없는 길을 가야지 돌이킬 수 있는 길을 가자면 처음 길도 길이 아니고 두 번째 길도 길이 아니다

두려워하지 말고 계속 가라
끝나는 곳이 도달하는 곳이다
한 번만 가라고 한 길이다.

「수리산에서―노자의 가르침 1」 일부, 『모자나무』

② 7개의 姓名을 또박또박 읽었고
　급류에 휩쓸려 갈 때의 모습을 상상했다

'아직' 그들과 나 사이에 다리가 있다
(2005년 X월 X일)

「철제 다리」 일부, 『모자나무』

③ 밑으로 가는 말 많은 말은 들을 필요가 있다
　돌아오지 않는 말은 들을 필요가 있다.

「폭포」 일부, 『모자나무』

　생은 선험적으로 불안하다. 왜냐하면 생은 두 번이 아니라 한 번이기 때문이다. 더 나아가 생은 스스로 선택할 수도 없다. 생은 기투적인 삶으로 자신을 증명하는 것이 아니라 늘상 피투적이다. 하여 던져진 생은 불안하다. 특히 시인 박찬일의 경우, 그러한 경향이 아주 짙게 배어 있다. 그는 생래적으로 주어진 삶 내부를 불안으로 가득 채워 스스로를 증명하게 되는데, 시인이 증명한 삶은 어떤 양태를 띠는가. 박찬일이 생을 바라보는 시선은 불안하다 못해 위태롭기까지 한데, 불안의 배후는 존재하는가. 만약 불안의 배후가 존재한다면, 인간은 그 원인을 극복하여 불안 그 자체를 소거시킬 수 있는가. 상징에서 파생된 불안은 그 뿌리가 너무 깊어 캐낼 수도 없고, 소멸시킬 수도 없다. 역으로 우리가 삶-시간-세계 전체를 불안의 구조 속에서 응시한 순간, 살아 있음을 증명하는 것이 아닌가. 허나 이러한 이중적 삶의 태도에도 불구하고, 박찬일의 『모자나무』는 문제적인 운명의 함수를 내밀하게 응시하고 있을 뿐만 아니라, 비극적이기도 하다. 새로운 시적 세계관을 정립하면서, 그는 또 다른 세계로 비약해 들어가고 있음에 틀림없다.

「수리산에서-노자의 가르침」 연작은 전도된 세계를 재차 전도시켜 이 세계를 새로운 눈으로 응시하고 있는데, ①은 불안 속에서 욕동하는 삶의 의미와 생에의 형식에 대한 의미론적 물음을 묻게 만든다. 시인이 수리산 산행을 통해서 노자의 가르침을 깨우치는데, 그것은 길[道]의 속성과 유사하다. 도(道)란 길인 동시에 인생이다. 길이란 도인 동시에 삶의 흔적들이 새겨진 인간학적 운명이다. 길이 펼쳐내는 삶의 양태가 두 번이 아닌 한 번으로 수렴하게 될 때, 생은 언제나 불안하게 마련이다. 그런데 시인은 그 길을 두려움 없이 가라고 권고하고 있다. 그것도 단 한번 도달 종료하면 그만인 그 곳을 두려움 없이 가라고 언명할 때, 진짜 두려움이 없을 수 있는가. 박찬일에게 있어서 생이란 사멸(혹은 니체적 하강)에의 의지와 같은 그 무엇으로 존재하고 있는 것은 아닌가. 아니 더 정확하게 말해서 생에의 의지란 초인의 저 지고한 상승에의 욕구를 승인하면서 이내 스스로 몰락하는 저 정오의 철학을 설파하는 차라투스트라의 초상이 아닌가. 상승을 욕구하면서 스스로를 자멸에 위치시키는 너무도 인간적인 너무나도 인간적인 그 인간학적인 형상이, 비극적 불안을 승인 수용하는 그 모습이, 모든 것을 도달 종료시키는 도의 참모습인가. 허나 우리는 완전에 도달할 수 없다. "정상에는 정상이 없다."(「수리산에서-노자의 가르침 8」) 우리는 늘 이중성 위에서 스스로를 욕망하다가, 사멸에 이르는 나약한 존재에 지나지 않다.

②는 상승과 하강 사이에 놓인 생에의 형식을 다리를 매개로 해서 형상화하고 있다. 시인은 7명의 알피니스트의 이름이 새겨진 6번 째 교량을 건너면서 생에의 형식이 죽음의 형식으로 치환되는 인간학적인

형상을 추적하고 있다. "'아직' 아무나 죽어 있는 것"도 아니고, "아직 '누구나'의 죽음"도 아닌 그 자리를 응시하면서 급류가 7인의 산악인을 휩쓸고 가는 모습을 상상하다가 박찬일은 직관적으로 상승에의 의지가 반드시 하강을 불러일으킨다는 것은 직시하게 된다. 6번째 다리 중간에 멈추어 서서 박찬일은 생각에 잠긴다. 생과 죽음 사이에 다리가 있다. 비록 시인이 "'아직' 그들과 나 사이에 다리가 있다"라고 말하지만, 모든 문제는 '아직'이라는 부사어에 걸려 넘어지게 되어 있다. 박찬일이 세 번의 '아직'을 통해서 삶과 죽음의 과정 전체를 현재 진행 중이거나 유보시키지만, '아직'은 그 언젠가 반드시 모든 행위를 완료시켜 삶−시간−세계 전체를 죽어 있는 것으로 만든다. 비록 '아직'이 촉발되지 않은 미정형의 상태를 의미하지만, 그 '아직'은 반드시 이루어질 수밖에 없는 상태를 의미한다. 모든 인간학적 사태는 미지의 X에 응고되어 있다. "X월 X일"에 우리는 죽거나 소멸할 것이다. 그래서 시인 박찬일은 하강하는 것들의 말들에 귀를 기울인다. 하강하는 것들은, 혹은 죽어 소멸하는 것들은 항상 이해를 필요로 한다.

③은 하강의 운동 역학적인 사태를 이해의 심급을 통해서 곧−싸 안고자 하는 시인의 의지를 피력하고 있다. 추락하는 것들엔 항상 말이 있다. 추락하여 다시는 돌아오지 않는 것들 속엔 이 세계가 듣고 새겨야만 하는 말들이 있다. 박찬일은 그 말을 듣고 새겨서 이해에 이르고자 하는데, 그 이해는 상승하는 저 초인의 도도한 야망이 아니라, 하강으로 몰락할 수밖에 없는 처연한 운명의 말들이다. 하여 이해는 소통이다. 이해는 낮은 자리에 쌓여 있는 울체를 소통시켜 말을 말하게 만드는 데 있다. 밑에 서있기. 개구리의 관점으로 이 세계를 투시하기. 하여

진정한 이해에 이르기. 하강하는 모든 것들엔 이해가 필요한 수 없이 많은 말들이 새겨져 있다. 하강 몰락하는 것들엔 항상 못 다한 말, 말하고 싶은 말들이 깊이 아로새겨져 상흔으로 남아 있다.

어쩌면 『모자나무』가 펼쳐내는 시말길 전체는 불안으로 휘어진 인간학적인 운명이 아닐지도 모른다. 왜냐하면 시인 박찬일은 상승과 하강 사이에 위치하면서 모든 의미의 함수를 상승으로 고양시켜 가기 때문이다. 하강의 상승으로의 역전 혹은 세계의 바깥. 우리는 휜다. 우리는 불안의 이쪽과 저쪽을 동시에 응시하면서 새로운 세계를 창조하게 된다. 박찬일 시인의 시말운동이 지향하는 세계처럼, 우리는 한 세계에서 또 다른 세계로 휘는 절대운동이다. 아니 우리는 휘지 않고는 결코 새로운 세계를 통찰할 수 없다. 하여 박찬일에게 있어서 『모자나무』는 의식의 변곡점이자, 세계를 의미 변환시키는 화이트홀일지도 모른다.

> ① 살아 있다는 것은
> 졌다는 것이다.
> 다시 말할까.
> 항복했다는 것이다.
> 한 점의 살, 한 방울의 피까지 다 뺏겼다는 것이다.
>
> 「죽은 나무가 나무다」 일부

> ② 하늘하늘 날아다니다가
> 하늘 바깥을 궁금해하다가
> 평생을 다 보낸 자
>
> 하늘 아래 것을 다 놓친 자
>
> 「나는 나비의 이름 1」 일부

의미 변환작용이나 세계 질서의 새로운 정립은 한 세계를 통과한 자에게만 허여되는 지난한 작업이다. ①은 삶－시간－세계의 질서를 새롭게 정립하는 국면을 역설을 통해서 치밀하게 형상화하고 있다. 상승과 하강의 반전(反轉)적 국면, 혹은 질서의 해체. 상승은 영원하지 않다. 상승은 언제나 소멸하게 되어 있다. 그런데 시인 박찬일은 지리산 장터목의 고목(枯木)을 통해서 생에의 형식 전체를 응시하면서 소멸을 영원으로 이입시키고 있다. 비록 하강이 죽음인 것만은 사실이지만, 하강은 소멸하지 않는 영원의 욕구로 의미변환 된다. 하여 시인의 시선 속에 살아 있음은 그 자체로 패배이고, 항복이다. 삶은 자신에게 속하는 그 모든 것을 다 부려놓아야만 한다. 허나 죽어 있는 나무가 영원히 존재하는 나무로 인식될 때, 혹은 싹도 틔우지 않고 바람의 길을 터주면서 아무 것도 욕구하지 않을 때, 그것은 나무일 수 있는가. 더 나아가 시인 박찬일의 이러한 패러독스적인 인식론은 어디에서 비롯하는가. 사실 박찬일의 이러한 의식의 층위는 이해의 한계를 훨씬 넘어서는데, 시인의 의식의 지점은 어디로 향해 가는가. 그것은 바로 원근법적 사유가 펼쳐내는 세계에 관한 시선인데, 시인은 비극의 심연 속에서 희망을, 희망과 삶의 충만 속에서 결핍을 동시적으로 건져 올린다. 하여 박찬일이 표현해내는 시적 패러독스는 이 세계 전체를 동시성의 원칙, 즉 상승과 하강, 삶과 죽음을 싱크로나이즈하게 병치 현현시켜, 이 세계가 펼쳐내는 세계－내－사태들이 상호 모순된 층위 속에서 활보하고 있다는 것을 예증하고 있다. 그것은 역으로 이 세계가 패러독스적인 모순 위에서만 기술될 수 있다는 것 또한 의미한다. 니체는 『도덕의 계보학』에서 합리성과 논리성이 지배하는 진리에의 의지가 기만적이고 덧없는 것으로서의 세계, 즉 잘못된 성격을 고착화시킨 것이라고 명명하고 있다. 따라서 힘에의 의지가 펼쳐내는 창조적인 세계는 진리 함수가 아니라 허구적 고안물일 뿐이다. 하여 이 세계는 유용한 오류의 산물이거나 힘에의 의지의 오해의 산물에 지나지 않는다. 인간의 의식에 의해 전유된 이 세계는 그 자체로 패러독스, 즉 상호 모순된 병렬적 사태들의 적층으로 짜여 있을 뿐이다.

②는 앞에서 보여준 패러독스를 승인하면서 힘에의 의지가 펼쳐내는 상상적 극한의 세계로 비상해가고 있다. 허나 비상은 결국 몰락에의 의지로 전환된다. 아니 전환을 통하지 않고서는 우리는 아무것도 새롭게 만들 수 없다. 전환이 이 세계의 질서와 의미를 새롭게 청초할 수 있다. 하여 시인 박찬일에게 전환은 시적 필연이다. 물론 나비의 호기심 많은 비상에의 의지는 니체적인 의미의 초인의 자기 극복에의 의지이고 자기 제압에의 의지, 즉 '보다 강하게 되고자 함(Stärker−werden−Wollen)' 이다. 그러나 그 의지가 도달하는 지점이 하늘의 바깥일 때, 혹은 동경할 수 없는 대상을 극한적으로 동경할 때, 그것은 금기위반이다. 하여 나비의 욕망은 욕망할 수 없는 것에 대한 욕망이다. 나비의 하늘 바깥의 동경은 이카루스의 태양에의 동경과 같다. 하늘 저 높이 비상하여 태양에 이르는 이카루스에게 추락이 이미 예정되어 있듯이, 나비 또한 생을 허비하고 하늘 아래의 세계, 즉 지상적인 가치를 다 잃어버리게 된다. 그래서 시인 박찬일은 나비의 원수가 날개이며 하늘이라고 언명하게 된다. 날개가 있고 동경하는 하늘이 있기에 나비가 하늘하늘 날아다닐 수 있었지만, 호기심과 동경은 생의 나머지 반쪽을 잃어버리게 된다. 생은 늘 그렇다. 생은 항상 이율배반이다. 생은 하늘 바깥과 지상을

동시성으로 포착하는 것이 불가능하다. 그래서 생은 늘 모든 것이 완벽하게 구비될 수 없는, 하여 결핍이라는 불완전성을 지양 극복해 가는 것이라고 아들러가 『개인심리학』에서 이미 말하지 않았던가. 허나 시인 박찬일이 완전한 그 무엇을 지향하면서 하늘로 무한 초극해 들어가고 있는 것만은 분명한 사실이다. 비록 하늘 아래 것들을 다 놓친 자가 되더라도 말이다. 헌데 문제는 그리 간단하게 여기에서 끝나지 않는다. 문제는 자못 심각할 뿐만 아니라, 나비의 의미 변환 작용 속에 응고되어 있다. 역으로 시인에게 나비는 인간학을 투시할 수 있는 매개고리이거나 인간학을 초월하는 그 무엇으로 표상된다. 다음의 나비에 관한 시는 의미심장할 뿐만 아니라, 시말혁명의 단초가 총체적으로 노정된 문제적인 작품이다.

> 나는 하늘의 가장 안쪽에서
> 하늘의 반지름을 측정하려고
> 길을 떠난 자
>
> 길에서 죽을 자
>
> 하늘을 붙들고 있는 것은
> 하늘 바깥이 아니라 하늘 안이다
> 길 떠난 자의 무덤이다.
>
> 「나는 나비의 이름 3」 전문, 『모자나무』

박찬일 시인의 총 6편에 달하는 나비 연작은 문제적이다. 장자의 나비와 달리 웅장한 저 하늘 위를 고공비행하면서 하늘의 안과 밖을 사유할 때, 혹은 하늘의 원리를 초극해 들어갈 때, 나비는 시인 박찬일의 영혼의 객관적 상관물이거나 불완전한 인간학을 대리보충하는 그 무엇으로 표상된다. 그가 비록 「나는 나비의 이름 1」에서 "나비의 원수는 날개/나비의 원수는 하늘"이라고 언명했지만, 공간의 극한을 체험하게 만드는 나비는 이 세계성의 바깥으로 시인 박찬일을 이끌어간다. 하여 나비는 환상이고 신세계이고 꿈을 실어 나르는 상승에의 욕구를 충족시키는 매개체이다. 그리고 공간의 극한을 체험하는 나비는 이 세계-내-삶의 거대한 외연으로 이끄는 외적 주체인 동시에 그 외적 현실성을 통어하는 시인 자신의 내면성이기도 하다. 하여 나비는 인간의 심연에 도사린 여린 감성 그 자체이거나 시인의 세계관을 표상하는 상징물이다. 더 나아가 박찬일 시인의 나비는 이 세계를 주재하는 대기(大氣)이거나 장자의 곤(鯤) 혹은 대붕(大鵬)처럼 웅대한 기상을 소유한 자이기도 하다. 따라서 나비는 이쪽과 저쪽을 넘나드는 영혼의 표징이자, 시인의 삶을 대변하는 양가성을 띤 원근법적인 실재적 실체이다.

거대한 외연이면서 가장 은밀하고도 내밀한 내포적 의미의 범주이기도 한 나비가 하늘의 가장 안쪽에서 하늘 바깥쪽으로 측량해갈 때, 그것도 길을 떠나 하늘의 반지름을 측정할 때, 시인은 그 나비를 죽음의 길에 들어선 자로 명명하고 있다. 이때 박찬일이 언명한 이 나비는 「나는 나비의 이름 1,2」에서 보여준 웅대한 나비가 아니라, 상승하는 운동을 지양 소멸하게 되는 하강하는 나비이다. 따라서 시 「나는 나비의 이름 3」은 우주의 신비 혹은 천체(天體)를 탐구하는 인간의 진리에의 의지의 한 표현이다. 허나 길 위에서 죽는다. 길 위에서 죽고 또 죽어 하늘의 반지름의 바깥에 이를 때, 우리는 우주의 신비를 정확하게 언술할

수 있게 된다. 허나 길 위에서 죽는다. 또 죽고 죽어 길 떠난 자의 무덤
이 산을 이룬다. 죽음이 꼬리를 문다. 어쩌면 "길에서 죽을 자"이자
"길 떠난 자의 무덤"으로 언표된 나비(혹은 시인 박찬일)는 역설적으로 상
징에 저항하고 있는지도 모른다. 왜냐하면 자신의 존재론적 위상학적
토포스의 변환을 통해서만 상징의 본질적인 면모를 통찰할 수 있기 때
문이다. 상징에의 저항은 죽음이 설정한 변곡점이다. 아니 설령 그것이
죽음이라는 마물에 투시된 아련한 잔영일 때조차, 인간에게 상징에의 저
항은 필연이다. 우리는 상징을 통하지 않고는 신기원을 이룩할 수 없다.
   다시 말해서 박찬일은 나비 연작을 통해서 인간이 펼쳐낼 수 있는
그 모든 가능성을 타진하고 있는지도 모른다. 나비는 일어날 수 있는
사태들의 총합이다. 허나 이 총합은 비트겐슈타인이 말하는 명제나 언
어표현적 진리만이 아니라, 그 너머에서 작동하는 미학, 윤리학, 형이
상학을 포괄하는 카오스적 총합이다. 따라서 나비는 이 우주 그 자체를
표상하는 환원불가능한 총체성이다. 허나 「나는 나비의 이름 3」은 이
세계의 안쪽에서 이 세계 너머로 도달하기를 원하는 인간학적 소망을
하늘의 안쪽에서 말하고 있다. 하늘을 떠받쳐 하늘을 지탱시키는 나비
라는 이름을 지닌 나비 시인 박찬일, 그는 지금 스스로를 나비로 명명
하면서 말할 수 없는 영역으로 휘어지고 있다. 상징과 맞서 싸우면서
스스로를 상징에 위치시키는 미묘한 역설을 연출하고 있다. 놀랍다.

　　　하늘은 검은제비나비의 하느님이 아니라
　　　검은제비나비이다
　　　검은제비나비가 손을 놓으면 하늘이 무너진다
　　　하늘이 무너지면 땅이 무너진다

하늘은 하늘이고 땅은 땅이지만
검은제비나비는 검은제비나비가 아니다
검은제비나비가 물을 잡아주고 산을 잡아준다
검은제비나비가 그들의 元師이다

마우스를 놓으면 세상을 놓칠 것처럼
검은제비나비를 따라다닌다
하늘의 가장 바깥쪽을 통과하는 검은제비나비
자기네가 붕괴한 것을 알고 싶다고 인도로 간 사람들처럼
검은제비나비를 줄줄 따라다닌다
검은제비나비는 정말이지 나이다

「검은제비나비 3」 전문, 『모자나무』

「검은제비나비」 연작은 「나는 나비의 이름」 연작을 보다 내밀하게 통어하면서 인간학과 철학(혹은 물리학)적 사유를 훨씬 견고하게 형상화하고 있다. 박찬일은 나비와 자신을 동일자로 언표하고 있는데, 이때 검은제비나비는 연작 2에서 언명한 것처럼 자기원인으로 존재하는 대지와 허공 사이에 존재하게 된다. 나비의 이름으로 존재하는 나(시인 박찬일)가 아니라 검은제비나비가 바로 시인 자신일 때, 이 나비는 이 세계의 무위적 사태를 유위적 사태로 의미 변환시키고 있다. 완결적인 인과관계에 속하는 대지와 허공 속을 나비의 날갯짓으로 교란 매개시킬 때, 나비는 자기 원인의 원인인 동시에 결과이다. 왜냐하면 대지와 허공이 각자 자기 원인으로 존재할 때, 대지와 허공은 전혀 다른 별개의 세계에 속하게 되기 때문이다. 다시 말해서 자기 원인으로 존재하는 각각의 대지와 허공은 상호 소통이 불가능할 뿐만 아니라 다른 차원에 속하게 된다. 따라서 대지에서 허공으로 허공에서 대지로 자유자재로

날아다니는 검은제비나비는 천지를 운행 소통시키는 매개자인 동시에 최초의 동작주이다.

이제 나비는 더 이상 죽어 소멸하는 존재가 아니라, 죽지 않는 존재, 즉 영원을 표상하게 된다. 이제 시인은 나비가 되어 한 세계를 새롭게 정초하게 된다. 이 얼마나 멋들어진 발상인가. 상징의 거대한 제국을 가볍게 논파시키면서 새로운 상징계로 비상하는 나비의 비행이 장관이 아닌가. 시인에게 있어서 나비의 비상은 극적일 뿐만 아니라, 인간학적 전회가 일어나는 절묘한 순간이다. 그런 의미에서 볼 때 「검은제비나비 3」은 「검은제비나비 2」의 매개적 측면을 넘어서서 이 세계 전체를 지탱해주는 하나의 실체로서 검은제비나비를 형상화하고 있다. 한 마리 나비의 날갯짓이 태풍을 만들듯, 박찬일의 검은제비나비는 이 세계의 질료와 형상의 고유성을 유지시키면서 하늘의 바깥으로 무한 초극해 가는 궁극적 실재이다. 그런데 이 시가 문제가 되는 것은 '하늘=검은제비나비, 검은제비나비=시인 박찬일, 그러므로 하늘=시인 박찬일'이라는 등식이 성립하게 된다는 점이다. 결론적으로 '하늘=검은제비나비=시인 박찬일'이라는 등식은 장자가 지향했던 호접몽의 물화(物化)의 경지를 훨씬 뛰어넘어, 시인 자신을 절대성에 위치시키게 된다.

이 가당치 않은 듯하지만 놀라운 발상이 6편의 나비 연작을 관통해 갈 때, 그것은 통념적인 논리를 초극하면서 질서의 바깥에 시인 박찬일이 위치하게 된다. 따라서 인간 박찬일이 아니라 시인 박찬일은 초인의 초인이다. 상승하면서 몰락하는 하강을 감내하는 차라투스트라가 아니라, 몰락을 추동하는 동작주인 동시에 무한한 상승을 이끄는 초월적 주체이다. 따라서 박찬일의 시말운동은 시말혁명이다. 그것은 아포리즘

56, 즉 "詩는 시대를 뛰어넘는 것이 아니라, 뛰어넘는 시대를 보는 것이다"라는 언명 자체를 불필요하게 만든다. 왜냐하면 박찬일의 시는 시대를 뛰어넘은 것도 아니고, 뛰어넘는 시대를 보는 시도 아니다. 박찬일의 시들은 시대의 한계의 밖이고, 시대의 초월이라고 말하는 것이 더 타당하다. 하여 그의 시들은 형이상을 정초하면서 형이하의 은일한 소멸을 치밀하게 형상화한 시말이다. 따라서 박찬일 시들은 시말의 시말, 즉 시말혁명이다.

하여 아포리즘 1 즉, "세상 바깥 것을 궁금해 하다가 세상 안의 것을 다 놓친 어리석은 자 여기 잠들다"라는 시인의 언명은 승인될 수 없다. 세상의 안에서 벌어지는 저 너절한 욕망의 적층들이 무슨 의미가 있겠는가. 억겁이라는 시간 속에 백년도 존재하지 못할 세상의 안쪽이 무엇을 할 수 있는가. 시인 박찬일이 나비가 되어 세계의 심연과 세계의 초월 사이를 넘나들면서 세계의 바깥을 사유하는 것이 진짜 어리석은가. 아니다. 결코, 단연코 아니다. 시인 박찬일은 넘어선 자이고, 그 무엇인가를 분명히 본 자이다. 하여 그의 시말들은 말의 한계의 밖이다. 인간 박찬일은 니체의 니체이다. 시인 박찬일은 장자의 장자이다. 하여 그는 시말혁명을 이룩한 초인의 초인이고 진인 중의 진인이다.

시인으로 한 세계를 넘어선다는 것은 그리 쉬운 일이 아니다. 특히 박찬일 시인의 경우를 살펴볼 때, 그의 시적 태도가 놀랍고도 경이롭다. 아니, 박찬일이 추동한 시말은 그 자체로 한 세계의 건설이다. 가볍고 적당히 타협하는 시말들이 난무하는 시대에 박찬일은 그 자체로 이단아이다. 둔중하고 무거운 생에의 형식을 말의 극한으로 수렴시키면서, 시인은 이 세계가 펼쳐놓은 지뢰밭 같은 상징의 터널을 아주 어렵게 건너가고 있다.

지상으로의 귀환 - 그래도 살아야 한다

　박찬일의 시말의 존재론적 전회는 그야말로 무시무시한 기획이다. 아니 시인의 시말들은 절대로 발설해서는 안 되는 타부규칙의 위반인데, 그것은 자신의 존재론적 운명을 저당 잡힌 모험적인 시말에 가깝다. 영혼을 팔아먹고 청춘을 다시 얻은 파우스트 혹은 영원에의 향성. 분명 시인 박찬일은 자신의 영혼을 걸고 시말운동을 전개하고 있는데, 그것은 나약하고 교활하게 강간하는 파우스트가 아니라, 천년왕국을 꿈꾸는 웅대한 마르크스다. 하여 시인의 꿈은 저 암울한 밤꿈 위에 기술되는 칙칙한 인간학이 아니라 밝고 투명한, 하여 아름다운 몽상으로 휘어진 찬란한 낮꿈이다. 비록 우리가 살아가는 세계가 "아비는 거짓말쟁이 사기꾼"이고 너는 "거짓말쟁이의 아들"(「집안의 산보자들」 일부, 『모자나무』)일지라도, 하여 우리는 "경건하게 살려고 했는데 그러질 못했다"(「어머니의 영정」 일부, 『나는 푸른 트럭을 탔다』)고 고백하는 결점 많은 삶인 것 또한 사실이지만, 시인은 완전으로 휘어져 이 세계를 투명하게 비추기를 열망하고 있다. 저 위대한 이상을 실현하는 나비 알레고리를 통해서 가장 완벽한 세계가 실현되기를 시인은 소망하고 있음에 틀림 없다.

허나 박찬일의 이상적 세계관은 승인될 수 있는가. 아니 우리는 박 찬일이 지향하는 나비의 도달을 통해서 새로운 형이상학을 정초할 수 있는가. 사실 박찬일의 시말 혁명은 이제까지 인간이 기획한 혁명적 사 유 중에 가장 기발하고 혁신적이지만, 그것은 인간에게 속할 수 없는 그야말로 초재적(超在的)인 세계로 휘어진 절대 운동이다. 따라서 박찬 일의 시적 기획은 이해될 수 있지만 실현될 수 없는 그야말로 인간이 지향하는 가장 이상적인 모델에 다름 아니다. 왜냐하면 나비 알레고리 는 그 자체로 실재를 지시하지 않으면서 시인의 인간학적 열망을 실현 시킬 수 있는 징환일지도 모르기 때문이다. 하여 우리는 꿈꾼다. 우리 는 꿈을 통하지 않고서는 절대로 상징과 맞서 싸울 수 없다. 어쩌면 시 인 '박찬일=나비'라는 등식은 인간학이 욕동시킬 수 있는 최대함수이 거나 꿈꾸지 말아야 할 그 무엇인지도 모른다. 왜냐하면 이 등식은 인 간에게 속할 수 없는 것이 때문이다. 하여 시인의 지상으로의 귀환은 필연이다. 우리가 자신의 생을 어찌할 수 없는 것처럼, 우리는 그렇게 '살아야 한다'를 외치면서 존재의 전회를 완성해 간다.

생의 기획이란 생을 통해서만 이룩된다. 생이 아닌 것이 생을 말할 수 없다. 하여 생은 언제나 실제적 삶을 살아낸 생의 흔적들의 아련한 잔상들을 통해서만 기술된다. 비록 시인 박찬일이 『모자나무』에서 기 획한 그 모든 것들이 놀랍고 경이로운 것으로 휘어진 시말운동이기는 하지만, 그것은 지적적인 의미의 징환인지도 모른다. 아니 죽음의 세계를 들여다보는 동시에 초재적 세계로 비상하는 시인의 시말길 전체는 상처받은 영혼의 표징인지도 모른다. 말과 세계 사이에서 혹은 나비와 죽음 사이에서 시인은 새로운 존재론적 인간형을 발견하고 있음에 틀림없다.

징후와 환상의 결합. 혹은 먼저 깨달은 자. 또는 최후에 깨달은 자. 박찬일의 시말이 경이로운 것은 이 세계-내-사태에 관한 여민한 직관적 통찰력을 통해서 새로운 세계를 욕동시키는 동시에 미시적 생활 세계의 감각을 결코 놓치지 않는다는 점이다. 이상과 현실의 병치, 혹은 삶으로 휘어진 존재-형이상학. 시인의 시말 혁명은 이제 지상으로 다시 귀환하여 성실하게 삶-시간-세계를 예증하는데, 그것은 나비의 도달에서 얻어진 궁극적인 깨달음일지도 모른다. 마치 장자의 웅혼한 갈망을 알아챈 듯이, 시인은 부정적 상승에의 운동을 긍정적 하강으로 이행시켜가고 있다. 하여 시인의 지상으로의 귀환은 동일한 세계를 새롭게 인식한 것이거나 인간의 운명을 포용하는 성숙한 자세에 가깝다. 마치 긍정적 하강을 통해서 이 세계의 의미적 층위를 아름답게 승화시키는 자세를 취한 장자의 철학처럼, 시인 박찬일도 지상으로 귀환하여 새로운 의식의 눈으로 인륜적 가치를 인지 통찰하는 시적 경지에 도달하게 된다. 비록 "달팽이"처럼 느린 행보로 걷기는 하지만, 시인의 시말길은 삶-시간-세계에 새겨진 의미의 함수를 차근차근 길어 올리고 있다.

이제 말할 수 없는 세계가 문제가 아니라, 말할 수 있는 세계를 어떤 방식으로 기술하는가가 시인에게 관건이다. 시인의 지상으로의 귀환은 필연이다. 고통과 불안이라는 개념에 침윤된 삶-시간-세계를 순치

정화시키면서, 시인은 부정성이 그득한 이 세계의 구조를 차근차근 예단하기에 이른다. 시인에게 있어서 부정적 현실성은 긍정적 현실인식의 토대가 되는 동시에 상징에의 저항이 이룩되는 가장 근원적인 계기가 될지도 모른다. 물론 시인의 시적 정조가 아직도 이 세계의 비극성을 응시하는 쪽으로 휘어져 있다는 것은 분명하지만, 그 부정적 태도는 긍정으로 향하는 시말운동이다.

> 그대는 천국으로 가고 나는 지옥으로 간다
> 함께 지옥으로 갔으면 좋으련만
> 그는 왜 지옥에 못가는 걸까
> 그를 지옥에 가게 해주소서, 들어줄 리 없다
> 나는 왜 천국에 떨어지지 못하는 걸까
> 스스로 뱀으로 생각하는 걸까
>
> 「뱀사요, 뱀」 전문, 『하느님과 함께』

신들을 영원이라는 영역으로 추방시킨 후, 이 지상의 세계는 삶과 죽음이 반복 교체하는 생명의 운동이 지배하게 된다. 하늘과 땅의 분화작용. 카오스에서 로고스에로의 의식적 진화상태. 영원은 존재하지 않는 곳에 위치하거나 비존재다. 영원은 이 세상에 없는 영역, 즉 상징의 원리를 표상하면서 그것이 궁극적인 원리임을 표방하고 있다. 단테의 『신곡』이 그렇고, 아우구스티누스의 『고백』이 그렇듯, 우리는 논리의 함정에 갇혀 저 천국의 로고스를 명징하게 논증하지 못한다. 우리는 불합리하다. 아니 우리는 저 완전한 신적 기획을 이해하지 못할 뿐만 아니라, 그것이 무엇을 위해 기획되었는지를 명확하게 기술할 수 없다. 우리는 추락한다. 우리는 영원을 이 세상에서 잃어버린 대가로 저 천근한 욕망과 육체적 쾌락을 얻게 된다. 우리는 날개를 잃어버렸다. 우리는 중음신이다. 하여 우리는 영원을 분화시켜 Hell과 Heaven 사이에서 방황하게 되는데, 그것 역시 상징의 교묘한 기만술이 만들어 놓은 인간학에 관한 조정술이다.

서구 기독교적인 관점에서 모든 인간학적인 문제는 "뱀"에서 시작해서 뱀으로 귀결하는 원죄, 즉 모든 불행을 예고하는 유혹의 헛바닥에 현혹되는 것으로부터 인간의 역사가 비로소 열리게 된다. "천국과 지옥"의 분화 혹은 행복한 시대의 종료. 노동의 분화 또는 간교한 이성의 역사의 시작. 그렇게 뱀은 인간에게 호기심과 의심을 촉발시켜 신이 정한 질서를 교란시키는데, 그것은 어쩌면 미분화된 세계를 이성의 눈으로 분화시키는 것에 다름 아니다. 기독교 신학 내에 뱀은 금기 위반의 주동자이자 계율을 파괴시킨 사악한 원흉인 반면, 그노시스파의 영지주의적 관점에서 그것은 분별적 자기의식을 태동시킨 긍정적인 실체이다. 따라서 뱀의 유혹으로 인해 인류는 낙원에서 쫓겨나 불행의 서막을 알리게 되기는 했지만, 뱀은 창조주의 기획에서 벗어나 인간을 이 세계의 주체로 위치하게 만드는 결정적인 역할을 하게 된다.

박찬일의 「뱀사요, 뱀」은 "천국과 지옥"이라는 상호 대립되는 세계를 "그"와 "나"의 대립적 관계로 생각하면서 스스로를 "뱀"이라고 생각하고 있다. 지옥에 못가는 그, 절대로 천국에 떨어질 수 없는 나. 시인에게 뱀은 어떠한 상징성을 내포하고 있는가. 신적 질서의 저항인가, 아니면 새로운 세계의 정초인가. 뱀의 유혹에 굴복한 순간, 인간은 신의 저주를 받는 고난의 역사가 시작되지만, 인간은 선악과 밑에 가라앉은 분별적 인식을 통해서 신의 기획을 인지통찰하게 되는 아이러니를 연출하게 된다. 다시 말해서 시인에게 뱀은 지상적인 삶을 긍정하는 기제인 동시에 스스로를 주인에 위치시키는 객관적 상관물이다. 하여 지상을 기어 다니는 뱀은 나비 알레고리에 담긴 초재적 세계를 객관화시키는 실체이거나 나비의 지상으로의 귀환을 의미하고 있는지도 모른다. 비록 그것이 뱀이라는 상징적 실체에 의한 "지옥"과 "천국" 사이의 공간적 의미를 읽는 행위이기는 하지만, 시인은 맑고 투명한 이성의 눈으로 인간의 존재론적 의미를 새롭게 정의하고 있다.

상징에의 저항은 지상적 삶의 긍정이거나 저 천국이라고 불리는 의미의 공간을 무의 공간으로 치환시키는 데 있다. 박찬일의 시적 기획은 놀라운데 이는 아름답고 정교한 시말의 조어법에서 파생되는 것이 아니라, 사유의 극한값을 얻기 위한 인간학적인 태도에서 비롯한다. 나와 그 사이에 가로놓인 장벽, 혹은 천국과 지옥 사이의 인식적 거리. 대저 인간학과 신적 원리 사이에 무엇이 가로놓여 있는가. 「뱀사요, 뱀」은 신과 인간 사이에 놓인 최대 거리를 천국과 지옥이나 그와 나 사이의 존재론적 거리로 환원시키면서, 그 모든 의미적 사태를 뱀의 상징성 밑으로 수렴시키고 있다. 우리 모두는 뱀이 되는 과정에 있다.

① 다시 살아난 물고기들의 세상이
　거기에 있었다
　이쪽 세상과
　별로 다르지 않았다

「다시 살아난 물고기들의 세상이 있었네」 일부,
『화장실에서 욕하자는 자들』

② 죽은 개미 떼가 다시 왔다

죽은 외할아버지가 다시 왔다
'죽은 것'이 죽은 것을 불러내고 있다
죽은 것을 심판하고 있다

한 번 갈릴레오는 영원한 갈릴레오
죽기가 쉽지 않다는 뜻
여러 번 죽어야 한다는 뜻
잔 다르크처럼 불타야 했다

「갈릴레오」 일부, 『모자나무』

③ 삶은 구질구질하다
구질구질한 삶이 좋다

중요한 것은
오래 살 수 있느냐는 것
언젠가 소가 집권하는 것을 보는 일

낙담하지 말아!
살아남은 자의 기쁨을 기다려!

「살아남은 자의 기쁨을 기다려!」 일부, 『화장실에서 욕하는 자들』

　　나비가 뱀으로 변신했을 때, 혹은 뱀이 나비의 이상적 세계관을 현실화시킬 때, 이 세계는 어떤 모습으로 형질전환 되는가. 아니 시인 박찬일은 이상과 현실 사이에 엄존하는 간극을 어떻게 지양 극복하는가. 동일자의 영원회귀인가, 새로운 인간학의 정초인가. 우리가 스스로를 뱀이라고 확신할 때, 우리는 어떤 인간학적 국면을 현시하는가. ①은 이러한 의문점을 해결할 수 있는 단초를 제공하는데, 그것은 차이 나는 반복이거나 동일성의 기획 아래 모든 징환을 포섭하는 것에 다름 아니다. 우리는 비동일성과 차이를 열망한다. 우리는 차이를 살고 그 차이나는 삶을 통해서 스스로를 증명한다. 허나 시인이 뱀이 되어 지상으로 귀환한 순간, 우리는 동일한 삶−시간−세계를 되풀이하게 된다는 사실을 깨닫게 된다. 물론 시인 박찬일은 "다시 살아난 물고기들의 세상"을 통해서 이쪽과 저쪽을 비교 통찰하고 있지만, 그 모든 형식들은 "이쪽 세상과/별로 다르지 않"다는 것만을 확인하게 된다. 생이 생으로 대체 순환하는 저 광폭한 죽음본능이 삶−시간−세계의 배후에 자리하는 한, 우리는 결코 이쪽과 저쪽을 완벽하게 다른 것으로 만들 수 없다. 하여 시인의 지상으로의 귀환은 신생하는 신기원이 아니라 동일한 형식으로의 재귀이다.

어쩌면 이러한 결론은 추락이 예정된 이카루스처럼, 나비 알레고리의 후면경에 위치한 존재의 거울, 즉 죽음본능이 만든 너무도 인간적인 초상으로의 미끄러짐에 다름 아니다. 나비 알레고리가 만든 "또 하나의 하늘"이 있건, "하늘의 바깥에 하늘"이 있건 상관없이, 그 모든 것들은 어쩌면 인간학 내부에 도사린, 하여 우리가 어찌하지 못하는 숙명의 징환일지도 모른다. 왜냐하면 이곳과 저곳은 '이'와 '저'라는 음성적 차이만 있을 뿐, 결코 다른 의미적 질량을 내포하고 있지 않기 때문이다. 따라서 우리는 이쪽과 별로 다르지 않은 "거기"를 가리키면서 "거기"에 기만당하고 있는지도 모른다. 아니 역으로 시인의 시말길 전체는 '이'와 '저' 사이에 가로놓여 있는 불연속적인 세계를 동일한 세계로 치환시키면서 상징의 거대한 조정술에 반역하고 있는지도 모른다. 왜냐하면 상징이란 여기가 아닌 "거기"에 위치하면서 인간학 전체를 차이와 반복의 무한운동으로 수렴시키기 때문이다. 허나 이러한 시인의 의식적 층위에도 불구하고 우리는 상징에 현혹된다. 우리는 상징의 기표작용에 유혹당한 채 삶−시간−세계를 종료하게 된다.

하여 삶−시간−세계는 생을 생으로 기술하는 차이의 운동이 아니라 죽음이 죽음을 기술하는 동일성, 즉 절대 운동이다. ②는 "길릴레오"라는 역사적인 인물을 통해서 "죽은 것"과 산 것 사이에 놓인 의미적 층위를 "다시" 살펴보고 있다. 시인 말대로 삶−시간−세계는 산 것이 말하지 않는다. 말하는 주체는 죽은 것이다. 말하고 행동하고 심판하는 죽은 것. 도대체 죽은 것 밑에 가라앉은 것은 무엇인가. 왜 박찬일은 집요하게 죽은 갈릴레오를 「갈릴레오」 연작으로 되살려 무엇을 말하는가. 죽음의 예술인가, 삶을 욕동시키는 죽음의 초상인가. 죽은 자는 말이 없는데, 시인은 왜 죽은 자에게 다가가 말을 거는가. 어쩌면 우리가 살아가는 이 세계는 죽음본능이 만든 "다시"로 재귀하여 다시 시작하는 생인지도 모른다. 아니 시인의 뱀으로의 지상의 귀환은 "다시" 밑에 가라앉아 삶을 욕동시키는 죽음본능의 오묘한 기획에 순응하는 인간학적인 모습에 다름 아니다. 하여 우리는 니체가 열망했던 것처럼 한 번 태어나 다시 여러 번 죽음을 맞이하는 동일자의 영원회귀이다. 헌데 문제는 지상으로의 귀환 자체가 삶의 작용이 아니라, 죽음이 죽음을 심판하는 계보학적인 운동이라는 점이다. 마치 생 전체가 하나의 점으로 수렴하는 것처럼, 박찬일은 인간학에 도사린 기만적 술책을 죽음의 반복적 운동으로 역전시킨다. 지상의 귀환은 어쩌면 삶의 긍정이 아니라 죽음의 긍정인지도 모른다. 왜냐하면 인간학적 욕강의 체계 전체는 무을 자인하는 과정이기 때문이다.

헌데 시인 박찬일은 죽음의 운동 속에서 영원성을 직시하는 역설을 발견하게 된다. 한 번 태어나 죽은 것을 다시 여러 번 되살려 심판하는 장관을 연출하면서, 인간학적 운동을 소멸하지 않는 그 무엇으로 언표하고 있다. 마치 데리다의 차연운동처럼, 시인은 인간학에 드리워진 죽음의 기획을 차연 유예시키면서 인간이 영원히 반복 교체하는 역사를 향유하는 궁극적 주체로 거듭 태어나는 그 무엇이라고 언명하고 있다. ③은 죽음 앞에 별로 다르지 않은 생에의 형식들을 굽어보면서 진정한 "기쁨"이 무엇인지를 성찰하게 만든다. 물론 시인이 지향하는 기쁨이 전혀 불가능한 것을 소망하기는 하지만, 산다는 것은 혹은 살아 남았다는 사실은 그 자체로 가장 완벽한 기쁨이다. 왜냐하면 존재는 그 자체로 모든 것에 앞설 뿐만 아니라 모든 기쁨의 원천이기 때문이다. 허나 주이상스가 거세된 기쁨. 단지 존재한다는 사실에서 비롯된 기쁨. 하여 환상도 없고, 쾌락도 없는 무성적(無性的, asexual) 기쁨. 어쩌면 존재의 기획은 존재에게서 시작해서 존재로 귀결하는 존재 그 자체의 기쁨의 운동일지도 모른다. 비록 박찬일 시인이 삶의 초상 전체를 "구질구질"한 그 무엇이라고 생각하기는 하지만, "중요한 것은/오래 사"는 삶 그 자체, 즉 존재함이다. 중요한 것은 살아남아 생을 생으로 기록 기술하면서 "소가 집권"하는 혁명적 사건을 목격하는 일이다. 따라서 구질구질하게 오래 살아남아 "언젠가"는 이루어질 소망을 기다리는 삶이 좋은 삶이다. 어쩌면 박찬일의 지상으로의 귀환은 생을 긍정하면서 '살고 싶다', '살아남고 싶다'를 외치는 희망의 원리에 다름 아니다. 그것은 역으로 나비 알레고리의 부정적 상승에의 저 무한한 의지를 하나하나 순치시키면서 우리가 살아가는 즉자적인 이 세계가 그 자체로 유토피아일지도 모른다는 사실을 깨달음의 경지로 육화시키고 있음에 틀림없다. 하여 시인의 지상으로의 귀환은 인식의 변증법적인 여러 단계를 거친 순일한 즉자적 세계로의 귀환에 다름 아니다. 이제 세상이 아름답고 존재 자체가 고귀하다. 하여 이제 의미는 상징에서 오지 않는다. 의미는 시간과 공간의 즉자적 존재태를 긍정하면서 그 속에 내파된 그 무엇인가를 예인하는 것으로 종료된다. 시인의 지상으로의 귀환은 삶 자체의 긍정적 인식에 다름 아니다.

> 뜻이 하늘에서 이루어진 것같이
> 땅에서도 이루어지길 원하나이다
>
> 마음에는 평화 얼굴에는 미소
>
> 하늘을 마음이라고 하고 싶은 것입니다
> 땅을 마음의 얼굴이라고 하고 싶은 것입니다
> 얼굴을 바꾸려면 하느님을 바꾸어야 한다고
> 하고 싶은 것입니다
>
> 거울에는 일그러진 모습뿐입니다.
>
> 「하느님을 바꾸어야 한다」 전문, 『하느님과 함께』

말은 하나의 대리표상이다. 하여 말은 불완전하다. 말이 말을 통해서 말을 지시할 때, 말은 말의 순환에 빠져 말 그 자체를 정확하게 언표하지 못한다. 헌데 박찬일의 시말은 그러한 말의 단순한 작용을 겨냥하지 않는다. 시말은 사태의 현현이 아니다. 그렇다고 그의 시말이 의미의 단순한 전복을 아이러니적으로 표출했다는 말은 더더욱 아니다. 그의 시말은 혁명적이자, 상징의 전복이다. 헌데 무시무시하다. 헌데 무시무시하다 못해 경이롭기까지 하다. 놀라움은 여기서 끝이 아니다. 그것은 바로 말의 진정성이 빚어내는 숭고한 제의에 다름 아니다. 말과 사유의 일치, 혹은 말에 의한 상징적 질서에의 저항. 시인에게 말은 수사적 전략이나 장치가 아니다. 말은 곧 세계의 현전이다. 그것은 문명의 이전이 아니고, 최후의 문명을 겨냥하지도 않는다. 말은 단지 말함으로써 말—세계를 건설하게 된다. 헌데 이러한 시적 사태 역시 수사적 전략이 아니다. 박찬일의 시말은 '말=세계'다.

관계의 전도 혹은 형질전환된 이 세계. 또는 지상적인 것을 통해서 형이상의 원리를 다시 조각(組閣)하기. 박찬일 시말의 놀라움은 전도를 재차 전도시켜 훼손되지 않은 즉자 편으로 천진무구한 시적 사유를 이끌어간다는 점이다. 허나 두렵고 무서운 시말. 허나 발설해서는 안 되는 금기를 위반한 시말. 박찬일의 시말들은 너무도 솔직담백하다 못해 정직이 새겨진 시말품에 귀의하고 있다. 직선으로 질주하는 시말, 하늘에 가닿아 하늘을 경악시키는 시말. 박찬일의 시말들이 지닌 이러한 통렬한 통쾌함에도 불구하고 혹은 그러한 금기 위반으로 인해 그의 시들이 천재성을 예증하고 있기는 하지만, 시인은 넘지 말아야 할 선들 위를 아슬아슬하게 왕래하면서 절대의 절대성을 가볍게 논파시키고 있다. 하여 조금은 불안불안하다. 아니 파스칼의 내기처럼 신에게 복종하고 신을 사랑하는 것이 유리한 패를 잡는 것이 아닌가. 박찬일의 시말은 옳을 뿐만 아니라 바른 시살이를 살아낸 것이라는 점을 부인할 수 없지만, 파스칼의 반대편에 서는 존재론적 결단에 이르고 있다. 그 선택은 불리할 뿐만 아니라, 불길하다. 하여 시인의 시말은 이제까지 형성된 인간학적 태도의 반대편에 서서 새롭게 이 세계를 정의하는 신기원이다.

허나 그럼에도 불구하고 이러한 시말의 특성은 박찬일 시갈운동이 가지는 장점이자, 시인의 섬세한 마음결에서 비롯하는데, 그것은 이 세계를 너무도 사랑한 나머지 발생하는 사랑의 역설이다. 독신(瀆神)과 독신(篤信)적 사랑 사이에서 파생되는 사랑이라는 이름의 역설. 시 「하느님을 바꾸어야 한다」는 아름답지만 무섭고, 무섭지만 사랑할 수밖에 없는 순수한 열망으로 가득 찬 순결한 시말들이다. 나비 알레고리에 새겨진 형이상의 세계를 현전의 공간에서 실현시키기를 소망하면서 시인은 가장 아름다운 세계를 몽상하고 있다. 하늘─땅의 관계를 땅─하늘의 관계로 역전시키기. 하여 땅이 하늘의 절대적 주체로 거듭나기. 박찬일의 의도적 전도는 「아프리카」연작에서 말한 것처럼, 진짜 해결할 방법이 없기 때문일지도 모른다. 아프리카에 하느님이 나타나기를 요청하면서 시인 박찬일은 이 세계가 진짜 "평화"가 넘쳐나는 "미소"띤 "얼굴"이기를 소망하고 있다. 허나 나타나지 않는 신, 허나 절대로 현전하지 않는 하느님. 이때 우리는 무엇을 소망할 수 있는가. 박찬일 시인 말대로 "하느님을 바꾸어야 하"는가. 그러나 쉽지 않다. 이러지도 저러지도 못한다. 저 아프리카 소년 소녀의 주검들이 아프고 참담할 뿐이다.

허나 박찬일의 시말들은 모든 것을 차치하고 '그럼에도 불구하고'를 외치는 간절한 소망의 외침이다. 마음과 얼굴에 평화의 미소가 넘쳐나기를 희원하면서 진정 이 세계가 하느님의 소망대로 사랑과 평화의 공간이기를 기도하고 있다. 어쩌면 시인의 독신(瀆神)적 태도는 하느님이 정한 사랑의 기획이 제대로 실현되지 않는 이 세계를 역설적으로 비판하는 너무도 인간학적인 시인의 고유한 화법인지도 모른다. 만약에 신이 골드만적인 '숨은 신'으로 판명날 때, 혹은 상징의 전략처럼, 신이 이 세계에 현전하지 않는다는 확신이 설 때, 시인 박찬일의 상징에의 저항은 필연성을 내포하게 된다. 다시 말해서 이 세계에 대한 긍정적 인식은 역으로 상징의 기만성을 비판하는 것으로 휘어진 운동에 다름 아니다.

> 내가 죽으면
> 어머니를 記憶하는
> 나도 사라진다
>
> 살아야겠다
>
> 아우슈비츠 이후
> 죽는 것은
> 야만적이다
>
> 「낮술」 전문, 『하느님과 함께』

그래도 지구는 돌고, 내일은 내일의 태양이 다시 떠오를 것이다. "살아야겠다", 살아서 잊혀지지 않는 기억으로 남아야겠다. 지상으로의 귀환은 죽음의 자락에서 응시한 것인데, 그것은 "내가 죽으면"이라는 가정법 위에서 생성된 삶에의 의지에 다름 아니다. 어머니의 죽음 혹은 아우슈비츠의 홀로코스트. 우리는 어떤 생이어야 하는가. 우리는 이 세계에서 펼쳐지는 저 죽음 같은 "야만"의 상태를 어떤 생으로 건너는가. 시인이 나지막한 목소리로 "살아야겠다"고 읊조리듯이 되뇌어 말할 때,

박찬일은 어떤 삶의 문양을 소망하는가. 대저 인간에게 허여된 삶이란 어떤 욕망으로 휘어진 운동인가.

　시 「낮술」은 사라짐과 기억 사이를 미묘한 죽음의식으로 이접시키면서 그것을 생의 절대적 가치로 환원시키고 있다. 상승과 하강의 변주. 상승의 궁극적인 목적은 하강하기 위한 것인데, 그것은 어쩌면 생 내부에 도사린 죽음본능을 초극하기 위한 인간학적인 노력이거나 저 절대적 적멸과의 치열한 대면인지도 모른다. 비록 이 세계에 이루 헤아릴 수 없이 많은 부조리들이 산재해 있는 것 또한 사실이지만, 시인은 스스로를 초극하면서 삶－시간－세계에 도사린 모순들을 절대성으로 재전유하고 있는지도 모른다. 하여 시인의 지상으로의 귀환은 필연이다. "어머니를 記憶"하고, "아우슈비츠"의 저 처절한 죽음 또한 상기하면서 찬란한 생에의 의지를 키워가고 있다. "살아야겠다", 살아서 영원히 기억될 시말을 사유하여야겠다. 시인의 운명, 시인의 도달, 상승과 하강 사이.

　삶－시간－세계의 의미적 층위를 증명하는 것은 바로 존재가 아니라 존재함이라는 현사실적 사태이다. 존재는 저기에서 움터오는 그 무엇이 아니라, 바로 지금 여기를 적극적으로 살아낸 흔적이다. 비록 그 모든 것들이 사라져 소멸하는 것으로 판명이 날지라도, 우리는 사라져 소멸한 어머니의 잔영을 반추하고 기억하면서 새로운 생을 욕동시킨다. 우리는 데카르트적 코기토로 존재하지 않는다. 우리는 존재한다는 사실만으로 존재한다. 존재란 환원이 불가능한 사태다. 사실 시 「낮술」은 취중 전언일지도 모른다. 그런데 역설적이게도 그 취중 전언은 완벽한 진실을 지시하고 있다. 기억과 사라짐 사이에서, 혹은 야만성과 문명적

인식 사이에서 시인 박찬일은 존재함의 의미를 되새기고 있다. 따라서 시인의 지상으로의 귀환은 새로운 존재에 대한 감각이다. 데카르트의 코기토를 교묘하게 전도시켜, '나는 존재한다, 고로 살아 있다'를 읊조리면서 삶―시간―세계의 의미적 층위를 긍정성으로 포월하고 있다.

상징에의 저항 — 반(反)문화의 창조적 지평

지금 어둠인 사람들에게만
별들이 보인다
지금 어둠인 사람들만
별빛을 낳을 수 있다

「아프리카 4」 전문, 『하느님과 함께』

　박찬일의 시적 전략이 놀랍고도 경이로운 점은 삶—시간—세계의
긍정성을 통해서 문화의 구조 전체에 비판의 칼날을 벼리고 있다는 데
있다. 대저 산다는 것은 무엇인가. 아니 생에의 형식으로 우리가 이 세
계에 들어온 순간, 우리는 무엇을 통해서 자신의 삶—시간—세계를 증
명하는가. 삶이란 긍정도 아니고 부정도 아니다. 시인의 생에의 감각대
로, 삶이란 그저 존재함이 아닌가. 그런데 시인의 시말운동은 부정과
긍정의 인식의 나선구조를 따라 문화의 외연적 구조와 내포적 의미를
동시에 예인하면서 문화가 처한 위상학적 토포스를 예단하고 있다. 상

징의 구조 내에서 문화는 기만적인 그 무엇으로 존재한다. 문화는 상징의 대리표상이다. 문화는 인류성이라는 이데올로기 장치를 통해서 문화의 기만적 실체를 철저하게 봉인하는 동시에 인류적 가치를 삶의 실질로 착각하게 만든다. 문화는 이 세계의 외연적인 조정력이다. 상징이 정신을 길항시키는 내적 실체라면, 문화는 그 정신 위에 포장된 삶의 외적 실체이다.

그런데 미지의 실체나 아비투스와 같은 그 무엇인가에 대하여 저항하면서 체제 내부에 존재한다는 것은 가능한가. 우리는 권력의 주체이면서 권력의 타자로 존재할 수 있는가. 서로 대립되는 실존적 층위를 문학의 공간에 공존시키는 것은 가능한가. 만약에 시말이 상징이라는 저 거대한 내포와 외연을 총체적으로 거부할 때, 혹은 인간학으로 인지될 수 있는 상징적 체계 전체를 일거에 무너트릴 때, 시말 공간 내부에 정초된 시말—사태는 무엇을 지시하는가. 풍주나 부르디외처럼 박찬일 시말의 시말성이 인간학적 전유방식에 저항할 때, 또는 이제까지 언표된 말의 수사학적 관행이나 용법을 거부할 때, 시말은 어떤 말본새를 내파시켜야만 하는가. 말—한계가 인간학적 인식의 한계로 표상될 때, 시말은 어떤 말을 말해야만 하는가. 사실 박찬일의 시말운동은 말의 단순한 운동이 아니라, 이 세계에 관한 실천적인 운동이라고 말하는 것이 더 타당하다. 왜냐하면 시인의 시살이 전체는 단순한 말의 조어법이나 말—표상이 아니라, 말—사태의 현현이기 때문이다. 하여 그의 시말은 말 자체가 뿜어내는 돌출하는 이미지가 아니라, 말이 인간학적 운명과 마주선 운명의 말이다.

분명 박찬일의 시말들은 어둠의 저편으로 소멸하는 자들을 응시하면서 존재의 심연에 자리한 운명의 임계점으로 수렴하는 벡터적 운동성을 띠고 있다. 허나 별을 보고 별빛을 낳을 수도 없는 불모의 대지. 우리는 저 해결할 수 없는 아포리아 속에 빠진 채 허우적인다. 우리는 거대한 상징의 덫에 걸려 넘어지거나 상징에 기만당한 채 삶-시간-세계를 종료하게 된다. 그런데 박찬일의 시말들은 상징의 체계를 논파시킨 니체의 니힐리즘처럼 새로운 인간학적 모델이나 우주론적 관점을 정초 중이다. 이전에도 없었고, 이후에도 존재하지 않을 시말을 사유 예인하면서 시인은 저 거대한 상징의 체계를 말-한계로 언표 중이다. 박찬일이 어떠한 극한값을 얻어낼지 정확하게 모르지만, 혹은 벡터적 무한 운동으로 수렴하는 시말이 어느 지점에서 종료할지 정확하게 말할 수 없지만, 그는 자신의 시말운동을 삶의 축과 우주 축 양자 사이에서 무한히 수렴했다 멀어지는 두 개의 곡선운동으로 변주 통일시키고 있다. 더 정확하게 말해서 박찬일의 시말운동은 절대로 만날 수 없는 절대와 무한분할이 가능한 삶의 단면도 사이를 종횡으로 내달리면서 시말의 극한값에 이르고 있다. 그것은 바로 인간학 내부에 도사린 상징의 심연을 들여다보고 저항하는 것에 다름 아니다. 인간과 인간에 속한다고 믿어지는 이 세계의 기만적인 작태를 하나의 허구로 추락시키면서 상징의 심연에 자리 잡은 근본감정을 가볍게 논파시키고 있다.

허나 이러한 시적 지향점은 신의 죽음을 선언한 니체의 독설적 화법이나 부정적 현실 인식에서 비롯한 절망의 언어가 아니라는 점을 주목해야만 한다. 왜냐하면 시인의 상징에의 저항은 이 세계의 타자, 즉 어둠인 자, 추락하는 자, 약한 자에게서 별을 보고 별빛을 낳기를 염원하기 때문이다. 하여 박찬일의 시적 전언은 상징에 덧씌워진 마나적 주술

을 걷어내는 동시에 상징을 올바르게 계몽하는 데 있다. 인간에게 있어
서 상징은 도피처이자, 스스로를 기만하는 도구이다. 따라서 박찬일 시
인의 상징에의 저항은 하이데거가 『니체와 니힐리즘』에서 말한 이제까
지의 형이상학을 해체 소멸시키고 새로운 형이상학을 정초한 니힐리즘
에 다름 아니다. 더 나아가 상징에의 저항은 상징이 만들어낸 구조와
그 생성물들의 기만적 야만성을 폭로하면서 상징을 정위시키기 위한
지극한 인간학적 태도이기도 하다. 상징을 계몽하는 시인, 하여 상징
저 너머에서 인간학적 염원을 실현시키는 시인, 바로 박찬일의 인간학
적 정체이다.

> 나는 걷는 모습
> 내가 말하는 것
> 나는 被寫體로서 이 세상을 무겁게 돌아다닌다.
> 천천히 사라져간다
>
> 「무거움」 일부, 『화장실에서 욕하는 자들』

세 개의 "아직"으로 인간학과 그것의 저편을 동시에 포착한 시 「철
제다리」는 의미심장하다. 즉 "아직 아무나 죽어 있는 것은 아니다",
"아직 '누구나'의 죽음이 아니다", "아직 그들과 나 사이에 다리가 있
다"라는 인식의 변이적 측면을 통해서 박찬일은 인간에게 허여된 의미
의 구조를 "아직"이라는 부사 속에 가두어둔다. 따라서 "아직"은 불행
한 의식 속에 기입된 희망의 흔적이거나 도래하지 않은 개연적 사태의
잔여 부분이다. "아직"은 미래에 모든 동작이 완료되기를 기대하면서
가벼움을 무거움으로 치환시킨다. 이를테면 떨어져 녹아 사라지는 눈

을 무거운 것으로 표상하거나 보다 무거운 주체로 변이시키면서 사물과 존재의 심연 사이에서 빚어지는 그 모든 사태를 인간의 현사실적 사태로 역동화시킨다.

떨어져 내리는 눈은 진짜 무거운가. 서로 다른 삶의 질량을 감내한 김춘수와 박정만과 밀란 쿤데라 사이에는 어떤 존재의 심연이 가로놓여 있는가. 무거움인가, 가벼움인가. 아니 시「무거움」이 가벼운 그 무엇인가를 무거운 그 무엇인가로 역전시켜 존재(혹은 사물)의 결속적 층위를 무겁게 말들 때, 그것은 진짜 무거운가. 우리는 무엇을 므겁거나 가볍다고 말하는가. 무거운 것의 실질적 주체는 결코 대상적이지 않다. 무거운 것은 존재가 아닌 비존재, 모든 것이 가능하다고 인지되는 원리, 즉 바로 상징이다. 왜냐하면 모든 존재는 존재 내부에 엄폐되고 은폐된 그 무엇인가에 지배받고 있기 때문이다. 우리는 비존재에 차압을 당했거나 현혹된 의미에서만 인간학적 존재로 존재하고 있을 따름이다. 엄밀한 의미에서 볼 때, 우리는 은폐된 상징에 저항할 수 없다. 우리는 상징의 노예이자 그것의 구체적인 표상이다. 우리는 한낱 상징의 "被寫體"일 뿐이다. 허나 떠돈다. 떠돌다가 상징의 숲에 가라앉아 스스로가 작은 상징의 주체가 된다. 스티븐 호킹도, 소크라테스도 그리고 예수까지도 비존재의 심연, 즉 저 무거운 상징에 저항하면서 스스로가 상징이 된 절대적 주체이다.

문화의 지대에서 인지 포착된 대상들은 이중의 심급 위에서 스스로를 현현하게 되는데, 그것이 바로 상징의 정립적 국면이다. 둔화는 아비투스적 욕망이다. 문화는 징환의 경계 지대에서 스스로를 상징적 주체로 변신시켜 동일한 목표를 지향하게 만든다. 이를테면 문화는 상징의 피사체로 존재하는 인간학적 잔영들을 상징의 대리자로 치환시켜 자신의 욕망을 충족시킨다.

무거운 것의 주체는 인간학이 아니라, 인간학에 들러붙어 인간학 전체를 무의 지대로 이끌어가는 상징계의 대타자이다. 명징한 듯 음습하고, 불길한 듯하지만 이내 투명하게 발화되는 상징. 삶─시간─세계의 궁극적 원리를 통어하면서 시간의 기획을 주재하는 절대. 무거움은 상징의 표상작용에 대한 인간학의 표징에 다름 아니다. 하여 인간에게 투영된 상징은 상징에 현혹된 그 무엇이거나 인간이 만든 상징에 스스로를 얽어매는 양가적 실체이다. 상징은 스스로를 기만시키면서 그 기만을 향유하는 해결이 나지 않은 미궁이다. 우리는 결코 상징의 덫으로부터 빠져 나올 수 없다. 교묘한 문화의 조정력을 통해서 우리는 길들여져 문화적 표상들이 기실 상징의 현현임을 망각하게 된다. 그런데 시인 박찬일은 상징과 문화 사이에 놓인 기만적 전략을 꿰뚫어보면서 반문화 운동을 전개하고 있다. 왜냐하면 인류성을 표방하는 문화에의 저항은 상징에의 저항을 실천하는 최적의 조건이기 때문이다.

> 예수보다 오래 살은
> 너는 초라하다.
> 그리고 충분히 교활하다.
> 이번 토요일에도 그녀가 오지 않을 것을 안다.
> 겨울이 오면 봄이 멀지 않았다는 말은 항상 너를 속였다.
> (…중략…)
> 죽은 예수보다 오래 살은 나는 초라하다.
> 그리고 충분히 교활하다.
> 가장 좋은 일은 아직 일어나지 않았다는 브라우닝의 예쁜 말

정말 교활한 말이다.
도망가는 새가 있으면 그것은 필경 도망가는 새.

「땅 하늘 오줌 똥」 일부, 『화장실에서 욕하는 자들』

상징과 상징 사이에 인간학적 태도가 있다. 원형적 상징과 문화 상징 사이에 개연적 사태들이 존재하고 그것의 총합 또한 존재한다. 상징은 심급이자 조정력이기도 한데, 박찬일은 그 상징이 펼쳐내는 다층적인 문양들을 인간학으로 치환시켜 시말 속에 응고시키고 있다. 엄정한 원리로만 작동하는 저 초연한 상징과 이 세계의 문화적 인륜성을 상호 교차시키면서 시인은 상징에 도사린 기만성을 폭로하고 있다. 만약에 상징이 이 세계를 지배하는 실질적인 심급이자 원리라면, 이 세계는 편법이 아니라 정도가 승리하여야만 한다. 허나 상징이 현실화된 순간, 상징은 욕망의 알레고리로 추락하게 된다. 이를테면 상징은 즉자적으로 그 자체를 현상시키지 않는 그 무엇이거나 실패한 현실로만 존재한다. 엄밀하게 말해서 성공한 현실이 문화가 아니라, 실패한 현실만이 문화이다. 왜냐하면 인간에게 허여된 문화란 최선이 아니라, 항상 차선이기 때문이다.

박찬일의 「땅 하늘 오줌 똥」은 상징이 현현하는 방식과 인간학적 선택 사이를 굽어보면서 세계-내-사태를 총체적(혹은 미시적)으로 예인 중이다. 말하자면 박찬일의 시말운동은 삶-시간-세계의 다층적인 면모를 상징과 욕망의 알레고리로 풀어헤치면서 실패한 상징의 지대를 배회하고 있다. 공화주의와 천년왕국 그리고 마르크스의 기획 사이사이에 세세한 일상적 삶을 이접시키면서 나, 너 그리고 예수를 동일한 조건 하에 기술하고 있다. 지극히 인간적인 행위나 태도적 측면으로

나, 너 그리고 예수를 비교하면서 시인은 상징이 허여한 기만을 폭로하고 있다. 초라함과 교활함을 통해서 나와 너를 예수와 매개시킬 때, 상징에의 저항은 비로소 시작된다. 상징에의 저항은 '하늘 땅'이 아니라 '땅 하늘'로 관계나 위치를 역전시켜 모든 관계를 동일하게 만드는 데 있다. 하여 시인의 상징에의 저항은 상징이 만들어내는 교묘한 기만술의 폭로이자, 이 세계가 평등이 실현되는 공간이기를 열망하는 인간학적인 소망이라고 말하는 것이 더 타당하다. 왜냐하면 이제까지 이룩된 인류적 지표들은 항상 불평등을 교묘하게 은폐시키면서 이 세계가 정의가 실현되는 공간임을 역설했기 때문이다. 역으로 시인이 역설한 상징에의 저항은 모순적 현실을 폭로 고발함으로써 비로소 성취될 수 있다.

박찬일의 이 시를 주목해야 하는 이유가 바로 여기에 있다. 비록 절대 상징인 예수가 나와 너보다 초라하지도 않고 교활하지도 않은 것만은 분명하지만, 상징의 육화인 예수가 나와 너 사이에 비교된 순간, 상징적 인물은 알레고리적인 인물로 추락하게 된다. 시인 박찬일이 의도했건 의도하지 않았건 상관없이, 「땅 하늘 오줌 똥」은 지극히 인간적인 방식으로 상징의 존재방식을 논파 해체시키고 있다. 상징의 덫을 돌파하면서 상징에 덧씌워진 기만성을 폭로하는 시적 전략은 초라함을 초라함으로 기술하고 교활함을 교활함으로 기술하는 데 있다. 삶-시간-세계는 충분히 교활하고 초라하다. 따라서 교활하고 초라한 나와 너는 상징의 심급 아래 만들어진 인륜성을 파괴하는 반문화의 주체이다. 나와 너는 신성의 기호적 산물도 아니고, 신성으로 향하지도 않는다. 나와 너는 그저 "에미 어미 없는 아이"이거나 "총에 맞아 죽는 熱帶의 아이"이다. 나와 너는 사라지는 자이다. 나와 너는 "구두소리"이

126

다. 나와 너는 브라우닝의 예쁜 말(가장 좋은 일은 아직 일어나지 않았다)에 현혹되는 자이다. 따라서 나와 너는 상징을 믿지 않는다. 나와 너는 상징의 문화적 조정력을 해체시켜 삶-시간-세계를 지극히 인간학적 사태로 치환시킨다. 나와 너는 지극히 현실적인 삶의 주체인 동시에 상징(예수)과 상징이 만들어 놓은 문화 전체를 해체시키는 반문화적 주체이다.

> 예수는 너무 일찍 죽었다.
> 예수가 더 오래 살았더라면
> 그의 학설을 철회했을 것이다.
> 지구는 태양을 돌지 않는다고 했던 것처럼
> 천국은 어디에 있는가
> 물었을 것이다.
> 가난한 자의 복은 어디에 있는가
> 물었을 것이다.
>
> 「갈릴레오 1」 전문, 『화장실에서 욕하는 자들』

상징은 최초의 기획이다. 상징은 모든 행위의 시원이자 결코 소멸하지 않는 절대 기호이다. 하여 상징은 그 무엇인가로 대리표상 될 수 없다. 이를테면 상징은 인간학적 의식을 통해서 전유가 불가능한 그 무엇이거나 인간학적 의도 바깥에서 욕동하는 자기 원인적 운동이다. 그런데 시인 박찬일은 그러한 상징의 존재방식에 관한 두 개의 인간학적 물음을 통해서 상징의 근원적인 작용을 가볍게 논파시킨다. 비록 시의 제목을 갈릴레오로 언표하기는 했지만, 그리고 그것으로 인해 상징에의 저항을 완화시키는 듯하지만, 기실 박찬일의 시적 의도는 갈릴레오라는 기표 밑으로 상징의 작용을 미끄러져 내려가게 만든 후 상징을 불모의 기표로 만든다. 다시 말해서 상징의 기표적 능력(예수)을 또 다른 기표 상징(갈릴레오) 아래 둠으로써 상징을 상징으로 상쇄시킨다. 이 얼마나 멋진 발상인가, 이 얼마나 통렬한 상징에의 저항법인가. 상징의 구조를 논파시킬 수 있는 유일한 기제는 시간이다. 상징은 시간의 절대값이 명징한 것으로 판명이 난 순간에, 소멸하게 된다.

만약에 아인슈타인이 기획했던 통일장이론이 완성되고, 앤드루 와일즈가 증명한 페르마의 마지막 정리를 통해서 대통일 수학이 정초된다면, 상징은 그저 하나의 계몽의 대상인 마나적 주술로 전락할지도 모른다. 그것은 역으로 이제까지 해결하지 못했던 "천국"과 "가난한 자의 복"에 관한 존재론적 층위를 확증하는 것이기도 하다. 허나 우리가 생존하는 3차원의 시공간 속에 결코 존재하지 않는 천국, 허나 절대로 나눔살이를 통해서 가난한 자의 복을 실현시키지 않는 바로 지금 여기. 박찬일은 바로 이 지점에서 상징의 실체를 응시 중이다. 아름다운 인류적 실체로 구현되지 못하는 상징. 무한히 미끄러지고, 모든 의미의 구조를 미래 쪽으로 차연시켜 인간학을 유혹 기만하는 상징의 전략. 박찬일의 시말들은 상징의 전략을 꿰뚫어 보면서 상징의 근원적 표상작용에 관한 존재론적 근거를 가볍게 논파시킨다.

"천국은 어디에 있는가"라는 물음과 "가난한 자의 복은 어디에 있는가"라는 물음을 갈릴레오 기표 밑에 구겨 놓은 후, 한 개의 가정법 과거와 두 개의 직유를 통해서 상징의 수사적 언표 속에 새겨진 기만적 전략을 폭로하고 있다. 이를테면 상징에의 저항은 상징의 실현가능성에 대한 회의론적 관점의 정립이자, 상징을 불모의 지대로 되돌려 보내는 과정이다. 허나 우리는 상징이 만들어낸 문화적 전략을 완벽하게 논파시킬 수 없다. 왜냐하면 우리는 시간의 한계 속을 헤매는 자이거나, 시간의 초상 앞에 완벽하게 굴복하는 자이기 때문이다. 어쩌면 들뢰즈와 데리다만이 완벽하게 상징에의 저항에 성공했을지도 모른다. 비록 그들이 행한 '차연'이나 '차이와 반복'이 시간의 구조적 범주를 벗어날 수 없는 한계점이 있기는 하지만, 하여 얼핏 보기에 이들의 철학체계가 별것 아닌 것처럼 느껴지는 것 또한 사실이지만, 들뢰즈와 데리다만이 동일성과 처절하게 논전을 벌이면서 상징의 함정 속으로 소멸한 인간학적인 형상이다.

헌데 박찬일은 이들과 달리 개념 범주의 명징한 언어적 논증을 통해서 상징을 논파시키는 것이 아니라, 개념의 현실성을 통해서 상징의 체계를 기록하고 있다. 개념의 현실성은 시간이다. 시간은 좀 더 오래 산 예수이거나, 부재한 복과 부재한 천국에 관한 인간학적인 논증이다. 시간은 과거 사실로 휘어진 운동이 아니라, 미래의 언젠가 이룩될지도 모르는 계보학적 사실에 대한 가장 명징한 인식이다. 하여 영원으로 휘어진 시간의 구조만이 상징의 존재론적 근거를 말소시킬 수 있다. 이 얼마나 패러독스적인 발상인가. 시인이 의도했건 의도하지 않았건, 어쩌면 역사라고 불리는 시간의 구조만이 상징의 기만적 전술을 가볍게 논파시킬 수 있을지도 모른다. 왜냐하면 역사만이 상징이 현현되는 실체인 문화의 계보학적 구조를 예리한 시선으로 포착가능하기 때문이다.

혼자 날아다니다가
흙에서, 흙에서 뒹굴다 죽은 나비여

그 날개가 아니라 몸뚱어리라는 것을
그가 날개를 움직이는 동력이라는 것을
내 진작 알았더라면

날개란 몸뚱어리에 붙은 어떤 것이라는 것을
내 진작 알았더라면

몸뚱어리가 죽으면
날개도 따라 접힌다는 것을
내 진작 알았더라면

혼자 다니다가
흙에 뒹굴다, 흙에 뒹굴다 죽은 나비에
나비의 운명에
내 가까이 하지 않았을 것이다

「나비를 보는 고통」 전문, 『나비를 보는 고통』

박찬일의 시말운동은 우리가 예상하는 것보다 더 먼 곳에 시선을 두고서 삶―시간―세계를 내밀하게 응시하고 있다. 삶과 죽음의 임계점을 바라다보면서 시인은 바로 그 지점이 상징의 의미가 위치하는 지점이거나 상징의 문제점이 발원하는 지점이라고 생각하고 있다. 삶―시간―세계를 욕동시켜 존재를 현혹하는 상징의 저 거대한 제의. 시인이 길에 널브러진 "나비"의 형상 속에서 "운명"을 읽어낼 때, 그것은 역설적이게도 자신의 운명을 직관하는 행위로 치환된다. 스멀스멀 기어 나오는 고통이 다시 문제의 중심으로 부각된다. 맞다. 삶―시간―세계가 상징에 응고될 수밖에 없는 이유는 바로 고통 때문이다. 왜냐하면 상징은 파르마콘처럼 이중성 위에서 욕동하기 때문이다. 하여 우리는 삶이 고통으로 수렴하게 될 때, 상징이라는 미지의 실체를 통해서 위안을 얻어 고통의 망각과 함께 자기 망각에 이른다. 맞다. 상징이 주는 유일한 위안은 자기 망각이다. 어쩌면 모든 종교적 교의는 상징의 파르마콘 작용을 교묘하게 이용하여 인간학적 사태를 절대에 응고시키고 있는지도 모른다.

헌데 심각한 문제는 상징의 이중적 작용, 즉 파르마콘화 된 상징의 중독성에서 파생된다. 상징은 그 자체로 중독성이 강한 헤로인이다. 상징은 선을 가장한 위선이거나 악의 상징이다. 상징은 언제나 교묘한 언어적 술책을 통해서 현재가 아닌 미래를 충족시킨다. 하여 상징은 영원히 완료되지 않은, 미래의 시점으로 향하는 영원한 차연 운동이다. '현재의 고통을 잊으시오. 미래는 그대의 것일지니.' 현혹된다. 기망이 판을 친다. 맞다. 항상 상징은 본래적 자기로 되돌아가는 길목에 서서 스스로를 되돌아보지 못하게 만든다. 상징은 죽어서 영생을 담보하는 보증수표이거나, 죽은 자만이 도달할 수 있는 완전에의 욕망이다.

그런데 시인 박찬일은 고통의 지대에 스스로를 위치시키면서, 고통이 인간학적인 운명임을 직관하게 된다. 고통을 제대로 보고 느낀 자만이 상징에 저항할 수 있다. 고통은 대속도 아니고, 희생제의도 아니다. 고통은 인간학의 초기조건인 동시에 인간학적 모순을 해결할 수 있는 최초의 계기이다. 따라서 나비의 고통은 시인의 고통의 대리표상이자, 이 세계에 내재한 본래적인 고통이다. 그것은 역으로 이 세계의 고통을 체험한 자만이 상징의 기만술에 저항할 수 있다는 논리를 성립시킨다. 고통은 상징에서 온다. 만약에 상징이 없다면, 고통도 없다. 왜냐하면 고통은 존재가 만든 것이 아니라, 존재가 아닌 지점에서 비집고 나오는 마성적인 그 무엇이기 때문이다. 그것은 역으로 고통이 존재에서 비롯하는 것이 아니라, 비존재의 편에서 유혹하는 영원에의 미소이다. '나에게 의탁하시오. 그러면 영생을 얻을지니.' 그렇다. 영생이 고통이고, 존재의 마물이다.

알레고리적 삶에 들러붙어 삶―시간―세계의 의미 구조를 기만하고 유혹하는 상징. '바로 지금 여기'를 제대로 살아내지 못하게 구조적으로 지배하고 있는 모순의 상징. 문제는 상징이 펼쳐내는 저 기만적 전략이 아니라, 상징의 심급 아래 스스로를 내맡기는 인간의 태도이다. 스스로 상징의 덫에 걸려 넘어지기를 자초하기. 하여 상징의 심급 아래 안온한 미래를 보장받으면서 스스로를 기만하기. 만약에 상징이 없다면 혹은 상징이 허구적인 것이라고 판명이 난다면, 인간은 절대자유와 절대허무 사이를 끊임없이 유랑하다가 가장 완벽한 소멸에 이르게 될 것이다. 헌데 모든 인간학적 사태는 메피스토펠레스의 유혹에 넘어가는 파우스트다. 유혹하는 자와 유혹당하는 자 사이에 상징이 가로놓여 있다. 상징은 위상학적 위치는 사이에서의 이간질이다. 영원회귀도 유혹이고, 윤회도 유혹이다. 천국과 지옥 또한 유혹이다. 온갖 곳에 상징의 유혹이 도사리고 있다. 우리는 태생적으로 상징의 덫으로부터 빠져나올 수 없다.

허나 이러한 사태에도 불구하고, 산다는 건 그 자체로 고통의 임계점에 도달하여 그 모든 삶의 징후를 인식하기에 이른다. 문제는 삶이아니라 바로 완전한 소멸에의 의지에 있다. 말하자면 산다는 건 자기와자기를 둘러싼 그 모든 것들을 자기의식의 자장 내부로 수렴시키는 과정인데, 그것은 바로 생의 운동이 소멸임을 자인하는 데 있다. 하여 시 「나비를 보는 고통」에 묘파된 언술은 환상 속에 기입된 징후이거나 징후를 상징적으로 점묘하는 환상을 통해서 운명이 당도하는 지점을 직시하는 데 있다. 이를테면 「나비를 보는 고통」은 징환들이 펼쳐놓은 기만의 덫에 빠져 헤매는 인간학적 군상들의 모습을 나비 알레고리로 치환시켜 거스를 수 없는 운명을 노래하고 있다. 맞다. 완전한 소멸만이 모든 문제를 해결한다. 완전한 소멸에의 의지만이 완전한 졷대에 이른다.

허나 문제는 우리가 예상하는 것보다 더욱 심각하다. 아니 애초부터 우리는 문제의 심각성을 외면한 채, 스스로를 기만하면서 살고 있는지도 모른다. 왜냐하면 박찬일은 세 번의 "내 진작 알았더라면"이라는 가정법 과거시제를 통해서 인간학 속에 기입된 잔인한 운명에의 함수를 정확하게 직관하고 있기 때문이다. 보아서 알고 느껴 아는 것은 고통이다. 그것은 역으로 보지 않고 느끼지 않는 삶이 행복한 삶이라는 가정을 성립시킨다. 우리는 저 해결할 수 없는 고통이다. 우리는 날개의 덫에 걸려 넘어지는 나비의 몸통이다. 우리는 경과한 시간 속에서만 스스로를 인식하는 처연한 운명이다. 우리는 선험이 아니라 후험이다. 우리는 "흙에 뒹굴다 죽는 나비"다. 어쩌면 상징의 저항은 완벽한 소멸로 가장 완벽하게 실현될지도 모른다. 아니 가장 완벽한 무에의 의지만이 상징의 저 허구적 구조를 완벽하게 논파시킬 수 있다.

허나 그럼에도 불구하고, 우리는 완벽한 소멸에의 의지를 통해서 불안을 완벽하게 해소시키지 못한다. 아니 생 그 자체가 한계적인 한, 우리는 불안불안하게 상징과 불안 사이에 위치하게 된다. 하여 우리는 해결이 불가능한 난경이다. 우리는 알 수 있음이 아니라, 알 수 없음이다.

비록 시인이 세 번의 가정법을 통해서 나비 알레고리 속에 기입된 운명의 적분값을 세세하게 기술하기는 했지만, 혹은 그것으로 인해서 완벽한 앎만이 운명의 함수를 비껴갈 수 있는 것처럼 보이기도 하지만, 어찌 상징의 덫으로부터 빠져나올 수 있겠는가. 소타자로 살아가는 우리는 대타자 속으로 함몰하여 그 모든 징환을 거두어들인다. 우리는 결코 "나비의 운명에" "가까이" 다가가지 않을 어떠한 방법도 지니고 있지 않다. 우리는 "昭陽1橋에서 뛰어내"(「아프리카」 일부)려 스스로 소멸하는 방법만이 있다. 따라서 상징에 저항하는 순간은 존재론적 결단에 이르는 순간이다.

영민하고 예리한 박찬일은 인간학이 처한 이러한 결론을 이미 알고 있었을지도 모른다. 왜냐하면 인간이 내릴 수 있는 최대의 선택사항은 바로 죽음밖에 없기 때문이다. 맞다. 불안도 죽음이고, 상징도 죽음이다. 우리 모두는 죽음에 갇혀 있다. 모든 결론을 같다. 20세기도 그러했고, 21세기에도 그러할 것이다. 서술기법만 다를 뿐, 그 의미내용은 모든 동일한 것을 향해 내달리고 있다. 다른 모양이나 문양이 다른 삶을 정의하지 않는다. 삶-시간-세계는 그 의미나 형식을 떠나서 같다.

> 내려가는 계단만 있다
> 모두 계단 밑을 향해 내려간다
> 모두 계단 위에 있다가
>
> 도중에 계단은 끝나고
> 어느새 물이다 물이 목까지 찬다
> 올라가는 계단은 없다

물방울 하나 튀지 않는 소멸
차근차근 물로 들어간다 모두
차근차근 물로 들어간다

(떠오르지 않는 계단
모두 떠오르지 않는 계단이다)

「베네치아 2」 전문, 『나는 푸른 트럭을 탔다』

박찬일의 시말은 늘 곤혹스럽고 난감하다. 왜냐하면 그는 '여기'인
세계의 비밀을 논파시키기 위하여 '저기'인 세계를 시말로 예인하기 때
문이다. 대저 저기란 어디를 가리키는가. 대저 시인은 왜 저기를 가리
키면서 여기를 말하는가. 상징의 덫 때문인가, 아니면 상징의 기만술을
논파시키기 위해서인가. 아니 논점을 바꾸어 상징의 존재방식이 아니
라, 유전자가 만들어내는 죽음본능의 구조 편에서 삶－시간－세계를
응시하는 것이 더 타당하고 간명하지 않을까. 물론 자크 모노가 『우연
과 필연』에서 말한 것처럼, 생명체라는 마물이 어떻게 생성되었는지를
예외로 놓고서 말이다. 헌데 생이 소멸로 끝난다는 사실은 자명하다.
우리는 자명한 이 소멸의 원리를 너무도 간과했던 것은 아닌지. 물론
소멸의 과정을 자인하기란 그리 쉽지 않다. 아니 역으로 우리가 소멸을
자인하고 희망할 때, 우리는 온전한 존재가 아닌가. 모든 문제는 소멸
의 부정에 있다. 모든 상징은 소멸의 유예이거나 소멸의 차연 운동이
다. 역으로 상징은 희망의 운동이 아니다. 아니 애초부터 상징은 소멸
속에 기입된 흔적들을 욕망의 체계로 승화시킨 까닭에, 그것은 욕망할
수 없는 것에 대한 욕망이다. 하여 상징은 욕망의 욕망이다. 시 「베네
치아 2」는 상징 속에 기입된 욕망의 형식을 소멸로 치환시키면서 인간

학 전체를 새로운 층위에서 바라보고 있는지도 모른다.

하여 우리는 박찬일 시인이 「아프리카 4」에서 말한 것과 같은 희망의 원리로 존재할 수 없다. 우리는 결코 에른스트 블로흐적 낮꿈의 화려한 몽상이 아니라 희망을 거세시킨 암울한 밤꿈이다. 우리는 별을 보고 별빛을 낳을 수 없다. 우리는 상징의 밑으로 가라앉는 소멸의 기호이거나 그 의지의 실체이다. 우리는 "떠오르지 않는 계단"이다. 우리는 "소멸"의 흔적이다. 하여 산다는 건 계단의 위쪽과 아래쪽 사이에 있다. 이를테면 산다는 건 "있다가"인데, 그것은 "도중"이거나 그 도중을 기술하는 경계면 위에서의 사태이다. 위에서 밑으로의 이행. 상승이 아닌 하강에의 의지. 상징의 마법은 삶의 단면도 위를 종횡으로 가로질러 가다가 그 모든 의미적 사태들을 침강의 언어로 기술하는 소멸의 제의이다. 하여 상징은 유혹의 미소이다. 마치 겉으로는 삶을 욕동시키라고 인간을 꼬드기면서 자신의 죽음본능을 실현하는 바로 그 모습이 상징의 정체이다.

헌데 문제는 상징의 그러한 기만술에도 불구하고 우리는 죽어 소멸하는 존재라는 점이다. 우리는 영원이 아니다. 우리는 침강이다. 시 「베네치아 2」는 침강하는 공간을 소멸하는 삶으로 치환시켜 인간학을 상징의 계단 밑으로 이접시킨다. 말하자면 삶−시간−세계의 의미구조를 무의식의 심연으로 가라앉히거나 소멸 쪽으로 잇대어 놓고 있는데, 그것은 인간이 어찌 해볼 수 없는 외길이다. 왜냐하면 시인이 인식한 공간적 지평은 침몰 하강하는 "베네치아"이기 때문이다. 따라서 삶−시간−세계의 의미의 귀결점은 "~만"으로만 기술된다. 오름차순이 아닌 내림차순. 불가역으로만 기술되는 시간의 계보학. 하여 인간학은 "내려가는 계단만"으로만 말할 수 있다. 그것은 선택의 여지가 없는 절대다. 그것은 "차근차근" 이룩해가는 시간의 함수이자 "모두"를 이끌어가는 운명의 계단이다. 하여 우리는 "차근차근"이자 "모두"로만 존재한다. 우리는 도중에 끝나는 계단이거나 분할 기술이 가능한 삶ㅡ시간ㅡ세계의 단면도 위에만 존재한다. 허나 침몰하는 삶. 허나 침몰하여 물속으로 가라앉는 삶. 어쩌면 시인 박찬일의 상징에의 저항법은 저항할 수 없는 운명에 대항하면서 삶ㅡ시간ㅡ세계의 의미구조를 또 다른 절대성의 영역으로 이끌어가고 있는지도 모른다. 따라서 상징에의 저항은 아비투스와 아비투스가 만들어낸 구조적 산물들의 기만적인 폭력에 항거하면서 그 모순을 드러내는 데 있다.

허나 시간을 시간의 형식으로 대체하면서 문화와 문화에 속한 토대 구조 전체를 해체시킬 때, 우리 모두는 무엇으로 존재하는가. 시간의 내부에서 욕동하던 삶이 시간의 바깥쪽으로 위치 전환할 때, 그것을 단순한 소멸이라고만 인식하여야 하는가. 하강의 구조 속으로 침강하는 그 모든 것들은 소멸하여 사라지는 것인가. 박찬일의 상징에의 저항은 결코 부정을 위한 부정적 인식이 아니라, 그 부정성을 통해서 새로운 형이상학을 정초하는 것을 목적으로 한다. 삶ㅡ시간ㅡ세계를 통어하는 상징의 원리를 해체 종료시키면서 시인은 저 드넓은 정체대원의 세계를 열망하고 있다. 하여 시인에게 하강적 부정성은 새로운 세계를 정초하기 위한 사전 정지작업이자, 인간이 처한 운명에 관한 통찰적 의식이라고 말해야만 한다. 왜냐하면 새로운 세계관은 인간학적인 운명의 거부이자, 이제까지 지배해왔던 상징의 운동을 종료 소멸시키는 시말운동이기 때문이다. 이제 하강은 상승으로 고양된다.

하늘에 날개가 닿았다
꺼칠꺼칠한 곳이 있었고 말랑말랑한 곳이 있었다
말랑말항한 곳에 걸터 앉았다
바깥에서 윤전기 돌아가는 소리가 들렸다
침을 발라, 구멍을 뚫고, 보니까
하늘 바깥에
하늘이 있는 또 하나의 세계가 있었다
그동안 헛고생한 것이다
하늘에 가면 다 가는 줄 알았는데
到達이라고 생각했는데
하늘 바깥에 또 하늘이 있었다니
길 떠나지 말라고 한 선생님이 생각난다
선생님은 알고 계셨던 걸까
하느님이 둘 이상이라는 것을

「나비를 보는 고통」 전문, 『하느님과 함께』

　형이상의 세계를 문틈으로 본다는 것은 가능한가. 말할 수 없는 세계를 말하는 것은 가능한가. 역으로 우리는 무엇을 말하고 무엇을 말하지 못한다고 말하는가. 우리는 보고 말하는 것으로 말할 수 없는 영역을 말할 수 있는가. 박찬일 시의 위대함은 인간이 상상할 수 없는 최대함수를 비트겐슈타인의 역설로 언표했다는 데 있다. 아니 그의 시말운동은 말-함수로 세계의 의미를 드러낸 것도 아니고, 그렇다고 논리철학도 아니다. 그의 시살이 전체는 말-논리의 바깥쪽으로 휘어진 사유의 한계이자 세계의 한계이다. 이 얼마나 멋진 시적 구상인가. 이 얼마나 위대한 시적 과업인가. 상징에의 저항은 세계의 한계를 말-한계 바깥으로 추동하는 운동이다.

138

헌데 인간학이란 세계의 한계를 초과할 수 없다. 아니 우리는 세계 -내-사태를 통해서만 이 세계의 의미적 구조를 아는 것이 아닌가. 아도르노가 『부정의 변증법』에서 말한 것처럼, 우리는 동일한 형이상학적 실재를 각각 다른 시선으로 전유하고 있는 것은 아닌가. 시인 박찬일이 말한 것처럼, 우리는 "침을 발라, 구멍을 뚫"어 새로운 세계에 도달할 수 있는가. 사실 「나비를 보는 고통」은 고통의 지대가 아니라, 전율의 지대이다. 그것은 일어날 수 없는 사실이거나 일어나서는 안 되는 세계관의 육화이다. 죽어 사라진 비트겐슈타인을 벌떡 일어서게 만들 나비의 도달. 말할 수 있는 한계를 초극한 시인의 시말. 우리는 무엇을 말할 수 있는가. 역으로 우리는 무엇을 말할 수 없는가. 「나비를 보는 고통」은 말-한계 바깥에 위치하면서 새로운 형이상학을 정초하고 있는데, 그것은 어쩌면 니힐리즘의 극한이다. 다시 말해서 시인의 시말운동은 이제까지 이룩된 그 모든 의식적 지평을 제로지대로 되돌려보면서 초역사를 응시하고 있다. 그것은 가장 완벽한 상징에의 저항법인데, 우리는 시인 박찬일의 시적 기획을 수용할 수 있는가. 사실 그의 시말은 니체의 언명보다 더 극적이고 치열한데, 그는 무엇을 위해서 말의 극한에 도달하는가. 난감하고 두렵다.

엄밀한 의미로 볼 때, 「나비를 보는 고통」 속에 육화된 시말들은 이제까지의 인간학적 지평 전체를 와해시키면서 새로운 소용돌이를 일으키고 있다. 마치 미셸 세르가 새로운 공간을 창조한 것처럼, 시인 박찬일은 절대라고 믿어졌던 인식 체계를 "헛고생"으로 만들어 버린다. 인간학이 소멸한 지대에서 새로운 인간학을 정초하기. 삶-시간-세계를 무로 되돌려 보내기. 만약에 박찬일의 예언자적 태도가 맞다면, 혹은 하늘의 바깥에 또 하나의 세계가 존재한다면, 아니 더 정확하게 말해서 "하느님이 둘 이상이라"면, 우리는 어떤 인간학적 결단에 이르게 되는 가. 만약에 천체물리학이 시간과 공간을 완벽하게 장악하게 되는 미래 의 시간이 도래하게 된다면, 시인의 시말이 맞을지도 모른다. 왜냐하면 상징의 질서가 완벽하게 지배하는 삶—시간—세계는 시간에 구속되고, 공간에 갇히기 때문이다. 하여 박찬일의 시말운동은 현재의 욕동이 아 니라, 미래의 욕동이다. 설령 우리가 현재 상징의 구조에 지배받는 소 멸의 의지인 것만은 분명하지만, 시인은 미래 시간을 투시하여 상징적 질서를 가볍게 논파시키고 있다.

  말—한계의 바깥에 시말을 위치시키기. 하여 의미의 논리를 일거에 해소시키기. 박찬일의 시적 지평은 인간에게 속할 수 없는 지대로 고공 비행하면서 상징의 의미 구조 전체를 논파시키고 있다. 엄밀한 의미로 볼 때, 시인의 시말운동은 상징에의 저항이나 반문화라는 차원에서 논 해지기보다는 인간학의 가능 조건에 대한 총체적인 회의 과정이라고 말하는 것이 더 정확할지도 모른다. 왜냐하면 시인은 긍정의 답을 얻기 위한 데카르트의 방법적 회의과정이 아니라, 상승과 하강 사이를 이중 부정으로 건너 끝내는 긍정의 답을 얻어내는 인식의 과정이기 때문이 다. 하여 그의 시말운동은 인간학의 부정적인 인식이 아니라 고정된 상 징적 질서에 길들여진 인간학의 외연을 확장하는 행위에 다름 아니다. 교조화되고 도그마화된 상징의 체계를 다층화시키면서 완벽한 인간의 자유를 실현시켜가고 있다. 다시 말해서 상징의 저항은 완벽한 자유의 실현이다.

  허나 이러한 긍정적인 인식적 지평에도 불구하고, 금기 위반으로 치달아가는 박찬일의 시말운동은 경이롭다 못해 두렵기까지 하다. 아니 시인의 시말은 금기의 영역에 속하거나 인간이 발설할 수 없는 그 무엇에의 도전이다. 마치 새로운 정오의 철학을 설파하는 초인 차라투스트라처럼, 시인 박찬일은 신세계를 꿈꾸면서 새로운 인간학적 지평을 예언자적 태도로 고지하고 있다. "하늘의 바깥에/하늘이 있는 또 하나의 세계"를 응시하면서 "하느님이 둘 이상이라"고 설파하고 있다. 인간학에 드리워진 상징의 저 저대한 체계를 일거에 무너트리고 있다.

알레고리적 환상에 비추어진 사유의 바깥
─ 인간학적 결단

　박찬일의 시들은 늘 비평하기 난감한 부분들을 치열하게 그려내면서 인간학 전체를 다시 사유하게 만드는 묘한 매력을 발산하고 있다. 세계의 한계를 말해질 수 없는 말로 언표하면서, 시인은 시말의 시말성을 인간학적 인식 바깥에 위치시키고 있다. 하여 그의 시적 사유는 인식의 한계를 말의 안쪽에 위치시키는 일종의 시말혁명이다. 어찌 인간의 몸으로 세계의 바깥을 논할 수 있는가. 어찌 인간학을 욕동시켜 생 이전과 이후를 싱크로나이즈하게 병치시킬 수 있는가. 우리는 '그저'이거나 '단지'로만 존재하는 '그렇고 그런'이 아닌가. 우리는 상징에 현혹되는 그저 그런 알레고리적 단상에 지나지 않는 존재가 아닌가. 그런데 박찬일의 시들은 그 알레고리적 일상성을 끝없이 추동하여 시말의 극한값을 얻어내는데, 그것은 세계의 적분 값이거나 인간학을 미분함수로 치환시키는 작용에 다름 아니다. 허나 말해져서는 안 된다. 허나 그것은 결코 말해질 수 없는 영역에 위치해야만 한다. 그런데 시인은 말할 수 없는 것에 침묵하는 것이 아니라, 말할 수 없는 것을 집요하게 되묻고 사유하면서 말이 감당할 수 없는 한계의 바깥쪽에 시말을 위치시킨다. 바로 이 지점이 박찬일의 시를 만나면 늘 느끼는 곤혹스러움이자, 비평의 괴로움이다. 프로이트가 『토템과 터부』에서 말한 것처럼, 터부의 위반은 생을 걸 때만 가능한데, 박찬일의 시말길은 인류적 상징성을 훨씬 초과하는 지대로 향하고 있다.

하여 시인 박찬일은 문제적 개인이자 세계사적 개인이다. 니체 이후 이렇게 극렬했던 시인이 있었던가. 이제까지의 시말이 언어와 현실에 갇혀 이도저도 아닌 중간자적 태도를 취했다면, 박찬일의 시말은 칸트 미학과 헤겔 미학을 동시에 무너트리면서 새로운 미학을 정초하고 있다. 왜냐하면 그의 시말들은 말해질 수 있는 말의 제의가 아니라, 말해질 수 없는 금기위반으로 점철되어 있기 때문이다. 비록 <시인의 말>에서 "인간들은 아마 신성모독에서 신성으로 가게 될 것이다"라고 예언자적 태도로 자신의 시말에 정당성을 부여하고 있기는 하지만, 어찌 신성모독을 할 수 있는가. 우리는 신성할 수 없다. 죽어 소멸하는 것들은 혹은 부활하지 않는 것들은 모두 신성 앞에 무릎 꿇고 마는 자이다. 하여 말해질 수 있는 말이 아니라 결코 발설해서는 안 되는 말을 하는 박찬일의 시말은 공포의 권력이거나 천인공노(天人共怒)이다. 허나 말한다, 허나 말하고 되뇌이면서, 시인은 절대의 절대성을 가볍게 초극해가고 있다. 인간학적인 한계와 가슴 아픈 현실을 세세하게 기록하면서 시인 박찬일은 새로운 차원의 세계에 도달해 가고 있음에 틀림없다. 물론 그가 어느 길에 안착하여 시말길을 종료시킬지는 전혀 알 길이 없지만,

그의 시말은 하나의 신기원이자 시말 혁명이다.

박찬일의 시집 『하느님과 함께』는 앞선 시집인 『모자나무』의 격렬한 시적 사유를 한층 더 밀고가 절대자와 맞서고 있다. 두려움 혹은 비평하기 싫음. 박찬일의 시는 말의 한계를 넘어선 것이자, 비평의 임계점, 즉 세계의 한계에 관한 전언이기도 하다. 시인의 시적 태도는 정언적이다. "대지가 나의 최선"(「180도刑」 일부)이라는 확신 속에 그는 "하느님을 바꾸어야 한다"(「하느님을 바꾸어야 한다」 일부)고 설파하고 있다. 그렇다면 우리는 여기서 다음과 같이 물어야만 한다. 작품집 『하느님과 함께』 전체를 욕동시키는 주체인 하느님은 진정 어떤 콘텍스트르 작용하는가, 기표인가, 기의인가. 혹은 창조의 주체인가 아니면 재앙의 원인인가. 대저 하느님은 박찬일의 시말운동 내부를 어떤 의미의 항으로 가로지르는가. 아니 역으로 시인의 시말문법 내에 하느님이 감당하는 진정한 몫은 무엇인가. 사실 『하느님과 함께』를 논한다는 것은 가장 곤혹스러운 일이다. 왜냐하면 시인의 시말길 전체가 하느님에 응고되어 있기 때문이다.

박찬일에게 있어서 하느님은 분명 의미가 고정되지 않는 기표일지도 모른다. 왜냐하면 하느님은 하늘에 있는 하느님이 아니라, 인간학적 전유에 의해서 땅으로 내려온 하느님이기 때문이다. 다시 말해서 시인에게 하느님은 전지전능한 그 무엇으로 표상되지만, 한 번도 땅위에 평화를 구현하지 않은 존재이거나 의미의 가능조건으로 존재하는 하느님에 다름 아니다. 하여 시인의 하느님은 마이스터 에크하르트나 게리히 프롬적인 존재의 양식이다. 역으로 시인에게 절대자는 요청하는 하느님이 아니라, 요청되어진 하느님이다. 인간학적 결단 혹은 새로운 우주의

창조. 자고로 시인이 시말로써 한 세계를 건널 때, 그것도 요청되는 하
느님의 기표적 표상을 통해서 인간학적 결단에 이를 때, 그것은 초월적
절대성의 현전화이거나 지상적 가치를 재정립하는 기표의 하느님이다.

헌데 문제는 하느님이 의미가 확정된 세계 창조적 기의가 아니라,
의미 확정을 요청하는 부유하는 기표로 존재한다는 점이다. 이러한 시
적 특성은 박찬일 시말의 독특한 면모인데, 그것은 상징계의 현전화이
거나 상징적 존재의 실재화에 다름 아니다. 역으로 박찬일이 감행한 일
련의 시적 궤적은 알레고리적 환상에 비추어진 상징의 위상학적 토포
스를 적나라하게 드러낸 것인지도 모른다. 왜냐하면 상징계란 그 자체
로 인지될 수 없는 것이거나 상상계적 욕망이 투사된 미정형의 실재이
기 때문이다. 우리는 실재의 눈이 아니라, 환상의 눈으로 상징과 대면
하게 된다.

> 땅속에 계신 하느님 내려가고 계시나요 올라오고 계시나요 내려가시
> 든 올라가시든 르완다 소말리아로 향하시기를 바랍니다
> 병들어 죽은 아이들 총 맞아 죽은 아이들 굶어 죽는 아이들을 보시기
> 바랍니다
> 땅속에 계신 하느님 사흘이 훨씬 지났습니다 병들어 죽는 아이들 총
> 맞아 죽은 아이들 굶어 죽는 아이들 앞에 나타나시기를 바랍니다
> 사흘이 훨씬 지났습니다 아프리카에 나타나시기를 바랍니다
>
> 「아프리카 3」 전문, 『하느님과 함께』

이 세계는 "하늘에서 이루어진 것같이/땅에서도 이루어"질 방법이
없는가. 우리는 희망이라는 가상에 사로잡혀 결국 죽음의 덫에 걸려 넘
어지는 존재인가. 하여 우리가 할 수 있는 유일한 인간학적 결단은 "하

느님을 바꾸어야 한다"(「하느님을 바꾸어야 한다」 일부)는 독설적인 외침뿐인가. 대저 우리는 이 세계를 어떤 방법으로 건너야만 하는가. 『아프리카』 연작은 『하느님과 함께』 전체를 지배하는 시적 모티브가 층체적으로 구현되어 있는데, 그것은 희망과 절망의 변증법적 운동이다. 냉혹한 실재계와 상상계적 자아를 저 절대적 기표로 투영하면서 시인은 삶―시간―세계에 도사린 냉혹한 현실을 비판적 시선으로 응시하고 있다. 나비의 도달이 그렇듯, 이 세계는 그 자체로 알레고리적 징환에 휩싸여 있을지도 모른다. 아니 삶이란 향유로 위장된 징환이다. 병들어 썩어 문드러질, 바로 그 형상이 삶이 도달하는 궁극의 지점이다. 하여 나비의 도달은 최상이자 최적이다. 결코 이루어질 수 없는, 하여 영원한 꿈만으로 존재하는 인간학적 징환이다.

만약에 삶―시간―세계의 논리가 알레고리적 환상에 지나지 않음이 판명 날 때, 인간에게 아직도 희망은 있는가. 우리는 죽음이 아닌가. 대저 우리는 이 세계 속에 어떤 의미로 존재하는가. "어둠" 혹은 "별빛"(「아프리카 4」 일부). 우리는 희망과 절망 사이를 어떤 인간학적 문양으로 건너는가. 박찬일에게 이 세계는 바로 기아와 기근과 내전을 겪고 있는 "아프리카"로 표상된다. 네크로필리아(necrophilia) 혹은 타나토스(thanatos). 징환은 죽음이다. 이 세계는 살 방법이 없다. 이 세계는 "昭陽1橋에서 뛰어내리는 方法"(「아프리카」 일부)밖에 없다. 공자의 30년 철환처럼 아직 남은 별빛을 찾아 이 세계를 주유하지만 결국 남아 있는 것이라고는 고작 후회와 전쟁과 죽음만이 있을 뿐이다. 하여 우리에게 아직도 희망이 남아 있다고 생각하는가. 우리는 진정 희망의 원리로 존재할 수 있는가. 희망이든 절망이든 그 형식을 불문하고, 어쩌면 삶 그 자체가 징환인지도 모른다. 왜냐하면 우리는 삶이 삶으로 존재하는지에 관한 정확한 이유를 모르기 때문이다. 맞다. 삶은 환상 속에서 살다가 어떤 징후로 귀결되는 일종의 징환이다. 허나 시인 박찬일은 그 징환에 맞서 싸우면서 삶−시간−세계의 엄정한 실재를 응시하기를 열망하고 있다.

하여 박찬일의 시말운동은 하느님이라는 절대성의 심급 위에서 자신의 인간학적 결단을 표명하고 있는데, 그것은 이 세계에 아직 남은 그 무엇이다. 아니 시인의 시적 자아는 상상계적인 소타자에 다름 아닌데, 시인은 냉혹한 실재계의 잔혹한 현실을 응시하면서 대타자에게 이 세계를 정위시키기를 요청하고 있다. 말하자면 「아프리카」 연작은 실재계와 상징계 사이에서 인간학적 결단에 이르는 상상계적 소타자의 너무도 인간적인 면모를 적나라하게 그려내고 있다. 마치 신에게 절대 복종할 것을 외치는 예레미야처럼, 시인 박찬일은 저 하늘에 계신 절대자에게 이 세계 속에 평화가 실현되기를 요청하고 있다. 허나 "구경만으로 세상에 관여하시는 하느님"(「개미가 돌아다니고 있다」 일부). 허나 절대로 현현하지 않는 하느님. 「아프리카 3」은 그러한 하느님을 향하여 소망의 원리를 피력하고 있는데, 그것은 신성모독이 아니라 신성으로의 회귀이다. 죽은 하느님이 다시 이 땅 위에 부활하기를 소망하면서 이 세계가 사랑과 평화가 구현되는 세계이기를 열망하고 있다.

허나 죽어 쓰러져가는 아이들, 한 번도 희망의 원리가 구현되지 않은 저 아프리카의 "르완다 소말리아". 시인은 바로 이 냉혹한 현실의 지점에 서서 하늘을 향해 외치는 선지자와 다름 아닌데, 그것은 바로 굶주린 채 죽어가는 아이들을 안고 상념의 세계 속으로 빠져드는 오드리 헵번의 연민이다. 냉혹한 실재계를 위무하는 시인, 하여 하늘을 향하여 다시 부활하기를 요청하는 시인. 어쩌면 박찬일은 『하느님과 함께』를 에리히 프롬이 말한 세계합일의 신비적 종교론에 입각해서 서술하고 있는지도 모른다. 왜냐하면 시인의 시말운동은 4번의 "함께"를 통해서 이 세계의 의미적 층위를 소통 통합시키고 있기 때문이다. 다시 말해서 "하느님, 고릴라, 삼손, 데릴라, 나타샤"를 "함께"라는 브사어로 결속시키면서 이 세계가 진정한 낙원이 되기를 열망하고 있다. 허나 부활하지 않는 하느님, 허나 "사흘이 훨씬 지났"어도 현현하지 않는 하느님. 하여 시인에게 신성모독은 필연이다. 비록 그것이 신성으로 다시 회귀하도록 예정되어져 있기는 하지만, 아니 독신(瀆神)을 통해서 독신(篤信)의 경지로 나아가는 것 또한 사실이지만, 인간학적 결단을 감행하는 시인의 독신적 태도는 발설해서는 안 되는 시말이다. 박찬일의 시말 눈과 시의 길이 무섭고 두렵다. 이 세계가 "병들어 죽은 아이들 총 맞아 죽은 아이들 굶어 죽은 아이들"로 들끓더라도 "하느님을 바꾸어야 한다"고 말하지는 말았어야 했다. 비록 시인이 진정성이 구현되는 세계를 열망함으로 인해 인간학적 결단에 이르기는 했지만, 그것은 인간이 꺼낼 수 있는 최악의 카드에 다름 아니다. 무섭다.

① 하느님들을 비통하게 바라보아야 하는 사람들
기적을 보여 주시는 하느님들
기적을 비통하게 바라보아야만 하는 사람들

「삼월末」 일부, 『하느님과 함께』

② 죽어서 어머니와 함께 하고 싶지 않다 또 다시 어머니를 기도원에서 죽게 해 평생을 후회하며 지내고 싶지 않다 죽으면 어머니가 없는 곳으로 가야겠다 혼자 태어나는 곳으로 가야겠다

하느님 없는 곳 하느님 아들이 없는 곳 아프리카에 가야겠다

「아프리카 2」 일부, 『하느님과 함께』

③ 하긴, 모르는 일이다
어느 하늘 밑으로 가면
전지전능한 하느님이 계셔
그들을 박멸하실지 모른다

「인류」 일부, 『하느님과 함께』

하느님이 사랑의 하느님일 때, 우리는 "무서워하지 않아 하느님/하느
님 무서워하지 않아"(「하얀 안경」 일부)라고 말하는 것은 너무도 당연하
다. 그러나 하느님이 구약적 의미의 정의의 하느님일 때, 우리는 어떤
태도를 견지한 채 삶-시간-세계를 살아야 하는가. 아니 왜 시인 박
찬일은 신이 이 세계를 정위시키기를 요청하면서 독신적 태도에 이르
는가. 요청한다는 것은 신이 존재한다는 것을 가정하는 것이 아닌가.
비록 하느님이 현현되지 않기는 했지만, 하여 음성적 말씀이나 구체적
행위의 형태로 눈앞에 현전하지 않았지만, 요청은 그 자체로 신의 기획
에 복종하는 행위가 아닌가. 헌데 이러한 시인의 의식적 층위에도 불구
하고, 박찬일의 원근법적 사유는 하느님을 매개적 기능으로 보거나, 부
유하는 기표로 보도록 요구하고 있다.
①은 "기적"(솟아오르는 것)과 "비통"(사라지는 것)이라는 상호 대극의
지점을 응시하면서 하느님의 존재론적 양태를 범신론적 사유로 통괄하
고 있다. 이 땅 위에 소생하는 모든 것들은 신이자, "부활하는 하느님"
이다. 아니 역으로 이 세계는 생성과 소멸의 변증법적 운동에 의해서
지배받고 있는데, 그것은 동일한 현상에 대한 이해의 차이에 다름 아니

다. 솟아오르는 것과 사라지는 것은 동일한 생명현상의 이면인데, 시인 박찬일은 신비주의적 관점에서 생명적 현상의 구경(究竟)을 응시하고 있다. 푸릇푸릇한 삼월말의 저 대지의 신생을 하느님으로 여기면서 기적과 비통 사이를 하느님 표상에 응고시키고 있다. 이 세계를 하느님이 창조했듯이, 이 세계에 신생하는 그 모든 것들은 하느님이다. 사라져 소멸하는 것 또한 하느님의 섭리이다. 만약에 이러한 범신론적 관점이 성립한다면, 혹은 하느님과 피조물 사이에 상호주관적인 관계가 성립한다면, 하느님은 절대성의 현현이 아니라, 부유하는 기표임에 틀림없다. 왜냐하면 생성과 소멸 사이에 기적이 존재하기 때문이다. 다시 말해서 영원을 표상하는 하느님의 현전적 의미는 하느님 그 자체에서 생성되는 것이 아니라, 생성과 소멸의 반복 운동을 환원시킨 결과이기 때문이다. 따라서 하느님은 절대성의 표상이 아니라 부유하는 기표이다.

②는 너무도 인간적인 시인의 초상을 가감 없이 드러내고 있는데, 그것은 사람의 아들이면 반드시 겪는 통과의례에 다름 아니다. 그런데 여기서 문제가 되는 것은 하느님의 존재론적 위치이다. 다시 말해서 시인이 "하느님 없는 곳 하느님 아들이 없는 곳"을 찾아갈 때, 혹은 신이 부재하는 불모의 지대인 아프리카에서 새로운 삶을 도모할 때, 그것은 가능한가 하는 점이다. 시인의 아프리카행은 천형의 길이다. 한하운의 운명적인 전라도 길처럼, 시인은 착취와 수탈과 내전이 자행되는 아프리카 한복판에서 "총에 맞아 죽어야겠다"고 자학하고 있다. 왜냐하면 시인에게 삶−시간−세계는 그야말로 후회와 고통으로 점철되어 있는 그 무엇에 지나지 않기 때문이다. 어쩌면 시인의 이러한 결단은 우리 모두가 신의 기획에서 결코 벗어날 수 없다는 사실을 예증한 것이나,

신이 만든 세계가 그 자체로 함정임을 의미하는 것이 아닌가. 우리는 후회와 연민 사이를 배회하다가 기표의 하느님이 투사된 이 세계 내부에서 소거되게 되어져 있다. 헌데 여기에는 보다 큰 문제가 노정되어 있다. 완전을 표상하는 하느님이 불완전한 삶—시간—세계를 창조할 수 없다는 사실이다. 만약에 하느님이 이 세계를 불완전하게 창조했다면, 신 역시 불완전한 것으로 판명이 나기 때문이다. 그런 의미에서 볼 때, 「아프리카」 연작은 이 세계가 처한 불완전한 현실을 시인 특유의 원근법적 시각으로 육화시킨 수작인데, 그것은 세계고가 발원하는 지점이거나 구원이 불가능한 이 세계의 자화상에 다름 아니다.

『하느님과 함께』는 인간학의 내·외접면을 절대자라는 상징계적 기표 속에 투영시키고 있는데, 그것은 인간학 전체에 대한 반성적 국면이거나 요한계시록에 나타난 인류 최후의 순간을 시말 속에 응고시킨 일종의 시말혁명이다. ③은 그러한 경우의 적확한 예인데, 시인 박찬일은 인류를 "가장 큰 병원균"이라고 여기고 있다. "박멸"의 대상이자 "불치의 병"에 걸린 인류. 시인은 전지전능한 하느님을 통해서 인류가 구원될 수도 있다고 여기지만, 인류는 신의 기획에서 실패한 피조물에 지나지 않다. 왜냐하면 키에르케고르의 『불안의 개념』이나 『죽음에 이르는 병』에 나타난 것처럼, 인간은 신의 계율(선악과를 따는 행위)을 어겼기 때문이다. 하여 인류는 고통과 후회로 점철된 삶—시간—세계를 살아내다가 결국은 필멸에 이르는 존재에 지나지 않다. 허나 시인 박찬일은 하늘을 향해 외친다. '대저 신이시여! 우리는 왜 이 땅, 이 공간에서 사멸하는 존재입니까. 우리는 왜 이 세계 속을 헤매면서 죽음에 이르는 병에 걸립니까.' 허나 침묵하는 하느님, 허나 침묵으로 일관하면서 침묵으로 삶-시간-세계를 조율하는 하느님. 우리는 말할 수 없는 피안의 세계에 대하여 침묵하여야만 한다. 비록 우리 인류가 신에 의해 "박멸"을 당할지 모르지만, 우리는 묵묵히 자신에게 주어진 소명을 차근차근 이룩해 가야하지 않을까. 『하느님과 함께』는 그 인간학적 소명을 기표적 하느님에게 응고시킨 채, 그것의 의미를 진진하게 되묻게 만든다.

　시인의 이러한 의식적 층위는 역설적이게도 이 세계 자체가 하나의 알레고리적 환상일지도 모른다는 사실을 예단하게 만든다. 아니 시인의 시말길 전체는 삶-시간-세계 전체를 징환에 휩싸인 알레고리적 현실을 상징과 맞대응시키면서, 인간학에 내재한 근본 문제가 무엇인지를 통찰하고 있다. 허나 "모르는 일"이다. 허나 우리는 알레고리적 현사실적 사태를 정확하게 모를 뿐만 아니라, 이 세계를 구조적으로 조정하는 배후의 정체를 전혀 알 길이 없다. 어쩌면 박찬일의 시말운동이 맞을지도 모른다. 왜냐하면 우리는 알레고리적 현실과 상징의 거대한 운동 사이에 서서 이러지도 못하고 저러지도 못하는 존재이거나, 이 양자 중 하나를 선택하는 운명적 존재이기 때문이다.

　　① 나는 질투에 휩싸여 있는 자이다.
　　　나는 너다. 너의 미래다.
　　　나의 미래다.

　　　나는 격렬한 하느님이다.
　　　푸줏간에 걸린 하느님이 아니다.

「하느님」 일부, 『하느님과 함께』

　　② 내 얼굴과 목소리를 잊어버릴 때가 왔는가

이 세상으로부터 아무것도 안 가져가서
내 얼굴과 목소리도 두고 가서
새로운 시작하라고 하나, 自由라는 것이.

「아포칼립토」 일부, 『하느님과 함께』

인간이란 어느 쪽으로 휘어진 운명인가. 대저 인간은 무엇을 걸머진 채 이 세계로 들어와 죽음이라는 형식으로 소멸하는 운명인가. 엄밀하게 따지고 보면, 인간이란 그저 하느님의 유희적 산물이라고 말하는 것이 타당하지 않은가. 아니 선악과라는 덫에 걸려 허우적이는 삶이 인간학적인 형상이라고 말하는 것이 마땅하지 않은가. 하느님과 세계 사이에 인간이 있다. 문제는 하느님도 아니고 세계도 아니다. 문제는 이 양자 사이에 존재하면서 태초의 기획대로 살지 않는 인간에게서 비롯한다. 하여 문제는 인간이다. 만약에 신의 기획대로 계율을 어기지 않았다면, 이 세계에 불안이나 죽음이 들어오지 않았을 것이다. 허나 어긴다. 허나 인간은 스스로 유혹의 굴레에 얽혀 노동과 죽음의 형식으로 삶－시간－세계를 불평등하게 살아가게 된다.

시인 박찬일은 ①에서 인간이 처할 수밖에 없는 문제를 아주 예리한 시선으로 그려내고 있다. 불편부당하신 하느님과 인간의 욕망 사이를 "미래"라는 시간 속에 응고시킨 채, 시인 박찬일은 하느님의 의미론적 층위를 탐색하고 있다. 대저 "나"와 "너" 사이를 매개시키는 하느님의 정체는 무엇인가. 우리는 너와 나 사이에서 어떤 미래를 꿈꾸는가. 아니 역으로 우리는 서로서로에게, 즉 너는 나에게 나는 너에게 하느님으로 존재하는 그런 존재인가. 시인의 시말은 우리가 예상한 것보다 더 심원한 영역으로 의미의 층위를 끌고 내려가 인간학 전체를 욕망의 함수로 치환시키고 있다. 다시 말해서 공평무사한 하느님과 "질투"에 휩싸인 인간학적 욕망을 하느님이라는 메타 상징적 실재 안에 구겨 넣으면서 자신을 "격렬한 하느님"이라고 표상하고 있다. 사실 이러한 시인의 의식적 층위는 이해하기 어려운 부분인데, 대저 박찬일은 이러한 시적 담론을 통해서 무엇을 말하고 싶은가. 결코 가볍게 표상될 수 없는 절대자인 하느님을 부유하는 기표로 현현시키면서 시인은 과연 어디로 도달하는가. 『하느님과 함께』가 독해가 불가능한 것은 바로 이 지점인데, 우리는 박찬일의 시적 노림을 어떻게 받아들여야 하는가. 그의 시 말 앞에 기실 난감하다 못해 곤혹스럽기까지 하다. 물론 그가 겨냥하는 시말운동이 냉혹한 알레고리적 현실과 상징에의 저항 사이에서 인간학적인 결단을 요청하는 것이라는 사실을 부인할 수 없지만, 과연 우리는 이 양자 사이에서 무엇을 선택하고 어떤 행동을 할 수 있겠는가. 어쩌면 인간에게 불행은 이것과 저것을 구분하고 분할할 수 있는 의식이 생성된 순간에 이 세계 속에 들어온 것에 틀림없다. 왜냐하면 너와 내가 분화되는 바로 그곳에서 모든 불행을 양산하는 욕망이 파생되기 때문이다.

『하느님과 함께』를 읽고 비평하는 내내 박찬일이 겨냥하는 시말혁명이 어느 지점일까를 고민했다. 그는 진정한 독신(瀆神)적 신성모독에서 독신(篤信)적 신성에 이르렀는가. 아니 더 정확하게 말해서 시인 박찬일은 의미심장한 언술체계를 육화시킨 『하느님과 함께』를 통해서 신성한 독신(篤信)의 경지에 도달했는가. ②는 불완전하게나마 시인의 시적 의도를 읽어낼 수 있는 단초를 제공하고 있는데, 그것은 망각과 신생의 변증법적 운동에서 생성된 자유에 다름 아니다. 다시 말해서 시인은 기표적 하느님의 현전성을 망각의 세계 속에서 재구해 내는데, 그것은 새로운 질서를 창조하는 행위에 다름 아니다. 마치 칸트의 실천이성이 구현하는 자유 개념처럼, 시인은 초감상적 자연의 가능성의 법칙을 '새로운 시작(아포칼립토)'으로 명명하고 있다. 무소유 혹은 망각의 강으로 삶 —시간—세계를 흘려보내기. 새로운 시작은 인간학적인 관계를 재정립하면서 진정한 자유를 실현시키는 것인데, 그것은 므네모시네를 이반시키는 레테다. 아니 역으로 기성의 가치체계를 무로 되돌려 보내는 망각만이 새로운 시작이자 자유를 실현시키는 기제일지도 모른다. 왜냐하면 새로운 시작은 모든 것이 소진된 엔트로피 법칙 위에서 욕동되는 그 무엇으로 표상되기 때문이다. 박찬일의 시적 과업이 놀라운 점은 기표의 하느님 밑으로 가라앉은 인간학적 사태를 총체적으로 회의하면서 "아포칼립토"를 외치는 바로 그것에서 비롯한다. 허나 생—세계를 가라앉게 만드는 알레고리, 허나 생에의 형식 전체를 몽환적 환상의 세계로 이끄는 꿈. 우리는 기표의 하느님이 만들어낸 창조적 범주에 갇힌 채, 심원한 꿈에 도달하는 한낱 몽상에 지나지 않다. 인간학적인 형식으로 존재하는 인류는 인간을 인간이게끔 만든 의식을 통해서 아니라, 인간학적 의식이 소진된 바로 그 지점에서만 진정한 자유에 도달하게 된다.

> 하늘 바깥에
> 하늘이 있는 또 하나의 세계가 있었다
> 그동안 헛고생한 것이다
> 하늘에 가면 다 가는 줄 알았는데
> 到達이라고 생각했는데

하늘 바깥에 또 하늘이 있었다니
길 떠나지 말라고 한 선생님이 생각난다
선생님은 알고 계셨던 걸까
<u>하느님이 둘 이상</u>이라는 것을

「나비를 보는 고통」 일부, 『하느님과 함께』

하늘을 마음이라고 하고 싶은 것입니다
땅을 마음의 얼굴이라고 하고 싶은 것입니다
얼굴을 바꾸려면 <u>하느님을 바꾸어야 한다</u>고
하고 싶은 것입니다

「하느님을 바꾸어야 한다」 일부, 『하느님과 함께』

전출 신고도 안 하시고 <u>하느님이 이사 가셨다</u>
하늘 찾으러 떠나는 일
요즘 내 모자가 계속하는 일이다

하늘을 찾아야 어머니도 찾는다

「하늘이 이사 가셨다」 일부(필자 밑줄), 『하느님과 함께』

　박찬일의 『하느님과 함께』에 언표된 독신(瀆神)적 태도를 우리는 수용할 수 있는가. 시인의 신성모독이 신성에 이르기 위한 가능조건이라고 이해될 수 있을 때조차, 우리는 그의 언행을 받아들일 수 있는가. 상징에의 저항이 독신적 태도로 귀결할 때, 우리는 그 저항의 결과를 통해서 어디에 당도하는가. 「나비를 보는 고통」에서 시작해서 「하늘이 이사 가셨다」로 종결되는 일련의 시적 과정이 전지전능한 하느님과 소통하기 위한 지극히 개인화된 알레고리적 욕망으로 이해된 순간에도, 일련의 시적 담론은 말해질 수 있는 말인가. "하느님이 둘 이상"이다로 시작해서 "하느님을 바꾸어야 한다"를 경유해, 끝내는 "하느님이 이사 가셨다"로 종결되는 시적 궤적을 우리는 이해할 수 있는가. 만약에 이해된다면, 그것은 어떤 방식으로 이해해야만 하는가. 물론 시말 사이사이에 이루 헤아릴 수없이 많이 언표된 일련의 하느님이 요청되어진 절대자라는 사실을 부인할 수 없지만, 시인 박찬일은 "하느님과 함께" 진정 무엇을 도모했는가. 자연인가, 유혹인가, 사랑인가. 이도저도 아니면 인간학적 자유의 완벽한 실현인가. 하느님과 함께한 시말운동은 어느 임계점으로 휘어져 어느 지점에 도달한 절대운동인가.

박찬일이 하느님과 함께한 일련의 시적 궤적은 삶-시간-세계에 대한 부정적 단면도가 아니라 그 부정적 현실을 섭리에 의해서 순치시키고자 하는 알레고리적 태도임에 틀림없다. 장자가 나비 알레고리를 통해서 이곳과 저곳을 착종시켜 절대적 진리를 순간적 깨달음 속에 응고시켰듯이, 시인도 하느님을 알레고리적 기표로 치환시켜 사유의 한계 밖으로 도달하고 있다. 허나 한낱 피조물에 지나지 않은 인간이 창조주인 하느님을 요청한다는 것은 가능한가. 우리는 박찬일의 일련의 시적 행위를 통해서 그가 프로메테우스적 인간형이 아니라, 에피메테우스적 인간형임을 직감하게 된다. 지성적인 면모를 지닌 인간 박찬일이 아니라, 시인 박찬일은 이 세계와 대면하여 적극적으로 행동하는 자이자 담론의 기만술을 폭로하는 자이다. 비록 일련의 시적 행위가 알레고리적 사유로 무장하고 있기는 하지만, 하여 하느님과의 대면을 말의 함수 밑으로 가라앉혀 신적 현전성을 희석시키기는 했지만, 시인 박찬일은 하느님의 이름으로 이 세계의 허위적 단면도를 투시하고 있다. "하느님이 둘 이상"이고, "하느님을 바꾸"고, "하느님이 이사"를 간들 무엇이 달라질 수 있겠는가. 박찬일이 꿰뚫어본 지점은 바로 이것이 아니었을까. 비록 모든 인간학적 행위가 "헛고생"한 것으로 판명이 날지도 모르지만, 『하느님과 함께』가 나비 알레고리로 시작하는 한, 그 모든 시적 궤적은 나비가 둘러본 삶―시간―세계의 모습에 다름 아니다.

만약에 『하느님과 함께』 전체를 기표적 하느님에 응고시켜 이해한다면, 박찬일은 '신은 죽었다'고 선언한 니체처럼, 정신착란과 광기 속에 소멸해야만 한다. 허나 시인이 채택한 언어적 전략은 알레고리적 완곡어법으로 신성모독의 심각한 국면을 우회하면서, 니체의 선언보다 더 격렬하게 하느님의 존재론적 층위에 대하여 반정립적인 관계를 유지하고 있지 않은가. 이러한 시적 노림은 박찬일이 철학자가 아니라 시인이기 때문에 가능하다. 다시 말해서 한 마리의 나비로 현신(現身)한 시인은 자유자재로 이 세계의 세계성을 투시할 수 있는데, 그것은 경계의 무화이자, 화려한 우화를 꿈꾸는 존재론적 욕망에 다름 아니다. 상징에의 저항은 가장 인간학적인 면모를 통해서 자신의 시적 과업을 수행하게 된다. 비록 시인이 하느님의 이름을 무수히 언급하고 하느님의 심급 아래 수많은 행위를 도모하지만, 박찬일 시인의 알레고리적 태도는 『하느님과 함께』 전체를 독신(瀆神)적 행위로 추락시키지 않는다. 하여 시인에게 알레고리란 이중성 위에서 작동하는데, 그것은 독신(瀆神)을 가장한 독신(獨愼)적 독신(篤信)의 태도이거나, 독신(篤信)적 독신(瀆神)의 태도이다.

허나 이러한 의식의 태도에도 불구하고 시인의 시말길은 무섭고 두렵다. 비록 그 모든 시말운동이 알레고리적으로 무장하여 독신(瀆神)적 태도를 희석시키기는 했지만, 그것은 감히 발설해서는 안 될 뿐만 아니라, 늘 침묵의 태도로 일관하여야만 하지 않겠는가. 허나 시인 박찬일의 시살이 전체는 프로메테우스적 인간학적 태도를 에피메테우스적 행동의 세계로 치환시켜 시말혁명을 추동하고 있다. 하여 시인의 시적 실천은 말할 수 없는 것에 대하여 침묵하는 나약한 비트겐슈타인의 천근한 언어적 전략이 아니라, 삶-시간-세계 전체를 시말 속에 기입한 존재의 언어이다. 헌데 이러한 시적 전략에도 불구하고, 아니 시인이 상징에 저항하는 시적 기획이 옳은 것으로 판명 날 때조차, 우리는 비트겐슈타인이 『논리철학논고』 말미에서 말한 말할 수 없는 세계에 대하여 침묵해야 한다는 것이 타당하지 않은가. 그래서 시인 박찬일은 알레고리적 단상 옆에 스쳐 지나는 것처럼, 자신의 독신(瀆神)적 행위를 독신(篤信)적 태도로 전환시킨다. 마치 『니체 대 바그너』에 나타난 바그너처럼 시인은 하느님을 향하여 다음과 같이 회치고 있다.

> 멀티 콘센트 전기 차단 스위치를 누르지 마소서, 하느님. 나의 목을 직접 조르소서, 하느님. 내가 알게 하소서, 하느님.
>
> 「멀티 콘센트 전기 차단 스위치」 일부, 『하느님과 함께』

박찬일의 상징에의 저항이 알레고리적 태도로 침강한 순간, 다시 작동한다는 사실을 직감하게 된다. 왜냐하면 상징에의 완벽한 전복은 삶-시간-세계라는 선험적 조건들이 완벽하게 하나의 소실점으로 우그러든 순간에만 가능하기 때문이다. 만약에 영원이라고 믿어지는 50억 년이라는 시간이 소진된 이후, 하여 공간도 휘고 시간도 휘어져 모든 것이 곡면 위에서 기술될 수 있을 때, 상징에의 저항은 완벽하게 실현된다. 이를테면 인간학 내부에 타고 흐르는 지속이나 반복의 관념이 제

규정으로 작동하는 한, 우리는 절대로 상징의 기획을 와해시킬 수 없다.

따라서 인간학적 결단 속에 표명된 상징에의 저항의 태도는 인간학적인 한계상황으로 인해 존재론적 두려움으로 끝날 수밖에 없다. 인간은 삶－시간－세계를 살아내다가 '그저 그렇고 그런' 자신의 존재론적 소멸의 형상을 자인하면서 절대성 안에 귀의하게 되어져 있다. 니체의 기획도 실패로 끝나고, 하이데거의 존재에 관한 기획 또한 시간 내부에서 완벽하게 실패를 자인하게 된다. 우리는 가라앉는 알레고리다. 우리는 상징과 맞서 싸우다, 상징 앞에 장렬하게 전사하는 카프카이거나 환영이다. 우리는 벌레다. 우리는 여기를 살면서 저기를 몽상하는 모순의 존재이다. 우리는 아무르 불가사리처럼 증식하는 상징의 거대한 구조 앞에 무릎 꿇게 된다.

비록 박찬일의 시말운동 전체가 상징에의 저항을 겨냥하고 있기는 하지만, 하여 『하느님과 함께』에 형상화 된 박찬일의 시말운동은 너무도 아픈, 너무도 인간적인 모습을 지성의 눈으로 역동화시켜 그려내고 있었던 것 또한 사실이지만, 그것은 인류사 밑에 가라앉은 보다 근원적인 문제를 비판적 태도로 길항시켰다고 말하는 것이 타당하다. 왜냐하면 시인의 시말길 전체는 이것이냐 저것이냐 사이의 선택적 태도의 문제가 아니라, 이것과 저것이 어떻게 생성되고 어떠한 방식으로 작동하는지에 대한 메타성을 함의하고 있다. 물론 시인의 시적 시도가 금기의 영역으로 침강하여 모든 인간학적인 사태를 알레고리로 추동하고 있지만, 우리는 저 거대한 상징의 심급에 관하여 고구(考究)함을 통해서 새로운 인류학적인 지평을 확대할 수 있는 가능성을 얻게 된다. 하여 상징에의 저항은 근원에의 저항이자, 이제까지 믿어졌던 인간학적인 선판단을 영도의 지대로 되돌려 보내는 행위에 다름 아니다.

인류학적 상상력에 기입된 아비투스에 대한 단상

상징에의 저항이 인간학적 심연의 통찰적 의식으로 휘어지던, 존재의 시원으로 회귀하게 된다. 우리는 어디서 와서 어디로 사라지는가. 생명은 무엇이며, 우리는 동일한 결과를 낳는 수많은 역사적 행위를 반복 되풀이하면서 늘 똑같은 실수를 자행하는 우를 범하는가. 우리는 무엇인가. 우리는 왜 소멸로 휘어진 반복의 형식을 늘 동일하게 살아내는가. 2009년에 상재한 『하느님과 함께』에 나타난 존재 형이상학이나 종교학적 차원에서 벗어나 인류학적 상상력을 시말로 형상화하면서 박찬일은 생명의 시원에 대한 근원적인 물음을 던지고 있다. 인간에게 있어서 시원에 관한 사유나 물음은 너무나도 당연한 것인지도 모른다. 왜냐하면 그것은 현재에 속한 우리를 근본적으로 사유하면서 우리가 속했던 과거의 시간에 대한 가장 근원적인 원리를 탐구하는 행위이기 때문이다. 따라서 박찬일의 시적 행위는 분자생물학(또는 고생물학)을 위시한 물리학이나 생태학에 관한 미거시적 고찰을 통해서 생명 현상의 내밀한 법칙을 포괄하고 있다.

근원에의 열망 혹은 존재의 시원으로의 도달. 허나 시인은 그러한 관점을 역사적 기록과 같은 아비투스적 욕망으로 치환시키는데, 그것은 종과 종의 사생결단의 투쟁, 즉 네안데르탈인과 호모 사피엔스 사피엔스 사이의 목숨을 건 투쟁에 다름 아니다. 비록 시인 박찬일이 인류학이나 고생물학의 과학적 관점을 통해서 인류학적 상상력을 전개하지만, 그것은 수천 년 내지 수십만 년 동안 지속되어 왔던 아비투스들 사이의 대립 투쟁을 표상할 뿐이다. 하여 시인에게 기록은 존재증명이다. 비록 50억년이라는 시간 속에 생명이 어떠한 방식으로 진화하여 현생 인류에 이르렀는지는 정확하게 알 수 없지만, 시인은 고생물학이나 인류학적 관점에 입각해서 인류의 존재사적 당위성을 기록하고 있다. 비록 네안데르탈인과 호모 사피엔스 사피엔스와의 관계가 진화론적 친연성이 전혀 없기는 하지만, 시인은 인류의 존재사에 흐르는 거대한 불연속적인 관계를 조망하면서 인류사적 존재의 시원에 새겨진 의미들을 시말로 승화시키고 있다.

생성과 소멸의 운동. 거대한 시간의 관점에서 볼 때, 아비투스는 소멸에의 운동이 아니라 대체에 의한 자리바꿈일 뿐이다. 왜냐하면 자전과 공전을 한 치의 오차도 없이 실행하는 지구라는 불변적 아비투스의 관점에서 볼 때, 호모 엘렉투스, 네안데르탈인, 호모 사피엔스 사피엔스 등과 같은 가변적 아비투스들은 단지 시간이 기록된 흔적일 뿐이기 때문이다. 허나 그러한 거시적 관점에도 불구하고 시인 박찬일은 인류의 존재사적 숙명의 지점을 응시하면서 종말로 휘어진 인류의 미래를 예언자적 태도로 고지하고 있다.

자크 모노가 『우연과 필연』에서 말한 것처럼, 단백질 합성에 의해 생명이 탄생하게 된 것은 우연이지만, 호모 사피엔스 사피엔스로의 진화가 필연적이라고 가정한다면, 우연적 사건에 의해 인류가 몰락할 수 있을지도 모른다는 사실 또한 필연적으로 예비하고 있음에 틀림없다. 우리는 생명이 탄생하는 저 오묘한 시원을 모를 뿐만 아니라, 그것이 어떠한 방식으로 소멸하고 진화하는지도 정확하게 모른다. 하여 박찬일의 인류학적 상상력은 하버마스의 이해와 관심 사이를 상호주관적인 의식으로 교묘하게 가로지면서 하이데거의 연민(Mitleiden)이나 염려(Besorge)하는 의식으로 고양 승화시키고 있다. 왜냐하면 박찬일의 그것은 인류의 존재사 전체를 포괄하는 웅혼한 정신성을 내파시킨 것이거나 그림자에 휘감긴 인류의 숙명을 불길하게 예언하고 있기 때문이다.

　　　인류가 기록될 것인가
　　　현생인류들이 유럽을 중심으로 20만년 이상 번성했다는
　　　네안데르탈인을 잡아먹었다는 기록
　　　네안데르탈인의 턱뼈에 난 예리한 돌칼자국에 대하여
　　　상세하게 기술하고 있지만
　　　현생인류는 아주 오랜 시간 동안 번성하다가 천천히 사라져간 디노
사우르에 대해
　　　더 기록하겠지만

　　　"인간이란 종이 고정된 것도 영원한 것도 아니다"는 오래된 소식
　　　인류가 기록될 것인가
　　　인류가 스스로 기록하고 있다 하더라도
　　　기록된 인류를 다시 기록하는 종이 있을 것인가
　　　네안데르탈인을 돌칼로 발라먹었다는 현생인류

우리를 잡아먹는 종이 기록하는 종이 되어갈 것인가
네안데르탈인이 기록하지 못했듯이
디노사우르가 기록하지 못했듯이
인류가 잊혀지게 될 것인가

「인류에 대한 관심 1」 전문

"관심"은 세세한 생활세계에 대한 인간학적 욕망의 표현이 아니라 인류 전체를 아비투스로 환원시키는 시인의 고유한 인식적 층위인데, 그것은 "네안데르탈인"과 "현생인류" 사이에 작동했던 힘에의 원리를 미래 시간에 투사 응고시켜 인류의 존재론적 운명과 마주서는 의식적 징후이다. 아직은 불확정적인 시간이기는 하지만, 미래의 언젠가 도래할지도 모르는 숙명적 사건성을 응시하면서 시인 박찬일은 대서사적 인류의 미래를 모노드라마로 읊조리고 있다. 아마겟돈 혹은 스타워즈. 우발적 사건 혹은 필연적 소멸. 현생인류는 어떻게 소멸 종말되어 어떠한 방식으로 기록될 수 있는가.

박찬일의 「인류에 대한 관심 1」은 우리가 생각하는 것보다 심각한 문제를 건드리고 있는데, 그것은 휴거니 천국의 문이니 하는 종말론적인 종교적 징환, 즉 요한계시록의 예언적 사실을 일반상대성이론으로 증명하는 것이거나 분자생물학이자 고생물학적 관점에 의한 인류의 절멸에의 운동인지도 모른다. 왜냐하면 "인간이라는 종이 고정된 것도 영원한 것도 아니"라는 사실이 과학적으로 증명되었기 때문이다. 따라서 박찬일의 관심은 영원히 망각될지도 모르는 인류의 소멸에 대한 근심이거나 염려로 휘어진 인간의 고통에 관한 기록에 다름 아니다.

"기록" 혹은 망각. 시인의 인류의 미래 시간에 대한 인간학적 태도는 "발라먹"고, "잡아먹는" 종과 종 사이의 관계에서 비롯한 암울한 초상이다. 이상의 소설 『지주회시』처럼, 생에의 형식은 너 나 할 것 없이 먹고 먹히는 치열한 관계로 환원될지 모른다. 마치 "20만년 이상"을 번성하다 소멸한 네안데르탈인처럼, 인류도 그 모를 종에 의해 절멸하게 될지도 모른다. 현생인류를 잡아먹는 또 다른 인류의 탄생 혹은 진화의 결과. 「인류에 대한 관심 1」은 우리가 예상하는 것보다 보다 근원적인 문제를 노정하고 있는데, 그것은 진화론과 창조론 사이의 간극을 총체적으로 헤집으면서 생명 현상 전체를 비의(秘意)에 빠지게 만든다. 왜냐하면 DNA 분석 결과 네안데르탈인과 현생인류 사이에 유전적인 계통학적 일치점이 전혀 없기 때문이다. 따라서 "우리를 잡아먹는 종"은 우리와 전혀 다른 종임에 틀림없다. 하여 현생인류가 네안데르탈인을 멸망시킨 것과 마찬가지로 우리도 그 모를 미래의 종에 의해 발라 먹혀 절멸할 것임에 틀림없다. 박찬일의 「인류에 대한 관심 1」은 증의 기원과 소멸 사이를 죽음본능으로 매개시키면서 미래에 일어날 모르는 인류의 존재사를 기록과 망각 사이에서 예단하고 있다. 불길하다.

> 푸른색 공기 푸른 대지들 푸른 냄새
> 테두리만 남은 푸른 태양
>
> 그림자가 집안까지 들어오는 때
> 최종 판단을 기다려야 한다
> 일어날 것인가 누워서 맞을 것인가
> 네안데르탈을 멸문한 호모 사피엔스 사피엔스
> 호모 사피엔스 사피엔스를 멸문하는 것을
> 누워서 맞을 것인가

　　서서 맞을 것인가 서서 가기 원한다
　　서서 가기 원할 것인가

「호모 사피엔스 사피엔스」 일부

　「호모 사피엔스 사피엔스」는 「인류에 대한 관심 1」에 나타난 인류의 미래를 기정사실화하면서 그 모든 사태를 "그림자"와 "광기"로 응결시켜 "멸문"에 이르고 있다. 만약에 시인의 예언이 옳다면, 샤르텡의 『인간현상』의 정향진화론이나 자크 모노가 『우연과 필연』에서 설명한 인류가 진화의 최종형태라는 가설은 철회되어야 마땅하다. 왜냐하면 박찬일은 인류를 진화의 최종단계로 설정하지 않을 뿐만 아니라, "호모 사피엔스 사피엔스"를 하나의 과정적 실체로 인정하기 때문이다. 소멸해 사라질 숙명. 물론 아직은 "최종 판단"을 기다리는 입장에서 서 있기는 하지만, 시인은 불길한 "그림자"가 엄습할 것을 예감하면서 최종선택에 이르고 있다. 다시 말해서 박찬일에게 남은 선택은 "누워서 맞을 것인가"와 "서서 맞을 것인가"만 있을 뿐, "멸문"은 필연이다.

　재앙의 전조로써의 그림자(Shadow) 혹은 푸른 광기에 의한 인류말살. 칼 융은 그의 심리학에서 그림자를 인류에 밀어닥친 불행으로 묘사하고 있는데, 시인은 그 인류학적인 멸문을 "푸른(색)"이라는 색채 속으로 밀봉하여 인류 전체를 멜랑콜리에 빠지게 만든다. 우울 혹은 소진된 기운. 또는 "테두리만 남은 푸른(색) 태양". 이제 인류에게 남은 것은 아무것도 없다. 이제 인류는 더 이상 몽상하는 존재가 아니다. 만약에 시인이 말 한대로 "푸른"이 희망을 낳고 영원한 미래를 추동하는 "푸른"으로 존재하지 않을 때, 혹은 "푸른"이 그 자체로 절망과 멸망의 예언적 징후로 표상될 때, 이제까지 인지 고찰된 종교-신화학적 인류성은 그 자체로 무의미한 것으로 판명이 날 것이다. 역으로 "호모 사피엔스 사피엔스"는 생각하는 인류로 표상되는 것이 아니라, 생각하도록 길들여진 하나의 먹이감에 지나지 않을지도 모른다. 소멸해 사라지도록 예정된 데카르트의 코기토의 신화. 인류가 이제까지 이룩한 그 모든 아비투스들은 무용지물이 되어 현존의 장에서 사라질 것이다. 불길하고 두렵다.

> 화장실 바닥에 널려 있는 수많은 구두들
> 수박들 히브리노예의 합창들
> 누가 나를 애도한다는 말인가
> 우울해본 적 없는 수박들
> 나의 바디에 손대지 마라
> 누구도 눈 마주치지 마라
>
> 화장실에 널려 있는 수많은 구두들아
> 깡통에 물을 따라 마신 적이 있었지
> 한 번도 우울해본 적 없는 수박들아
> 너희를 위해 히브리노예들 합창을 불러
> 잔혹함에 대해 알게 하라
> 잔혹함을 빛나게 하라

「화장실에서 노래하는 자들」 전문

만약에 인류가 소멸로 이어진 엔트로피 법칙에 철저하게 순응하도록 예정되어 있다면, 혹은 현생인류가 진화의 최종단계가 아님이 판명날 때, 인류는 "히브리노예"와 별반 다르지 않다. 하여 인류는 드높은 자가 아니라 과정 중에 있거나 낮은 자이다. 인류는 신의 완전한 기획에

의한 창조물이 아닐 뿐만 아니라, 불합리하고 모순적이기까지 하다. 더나아가 우리 인류는 "화장실에서 노래하는 자들"처럼 우매한 자이거나 그저 널브러진 하나의 화석화된 사물에 지나지 않다. 박찬일의 인류에 대한 시선은 그렇게 낙관적이지 않은데, 그것은 왜 그런가. 대저 시인은 인류학적 상상력을 부정성으로 귀결시켜 무엇을 말하고 싶은 것인가. 시 「화장실에서 노래하는 자들」은 앞의 두 시에 제시된 인류에 관한 부정적 비전을 낳게 되는 원인인 것 같은데, 왜 시인 박찬일은 "수많은 구두"와 "수박"을 통해서 "잔혹함"을 알게 하고 빛나게 하는가.

시인에게 인류란 그 자체로 "잔혹함" 쪽으로 휘어진 소멸의 운동인지도 모른다. 왜냐하면 과거나 지금이나 마찬가지로 인류의 역사는 주인과 노예의 변증법을 예증하고 있기 때문이다. 하여 인류사는 상승하는 힘이 아니라 추락과 전락의 무한반복을 그럴듯하게 포장한 기만의 역사이다. 따라서 화장실에서의 노래는 가장되고 위장된 노래인데, 그것은 아비투스에 대한 공포이거나 아비투스에 의해 생성된 "잔혹함"인지도 모른다. 공포 혹은 두려움. 또는 "잔인함"을 표상하는 힘에의 욕망. 시인 박찬일이 말한 것처럼 인류사에 새겨진 아비투스는 그 자체로 잔혹함이다. 아니 문화적 징표로써의 인류사는 저 아비투스로 표상되는 힘에의 욕망을 문화로 치환시켜 인류 전체를 기만하고 있다. 아비투스 밑에 가라앉은 잔혹함. 아비투스의 기만술에 농락당하는 인류.

어쩌면 시인의 인류학적 상상력은 프로이트의 저 극렬한 자기보존본능을 거시적 차원으로 확대해석하여 부조리가 가득 찬 이 세계의 현실을 고발하고 있는지도 모른다. 한 번도 평화를 구가하지 못했던 역사적 지평을 굽어보면서 시인 박찬일은 존재사 속에 도사린 "우울"한 단면

도를 입체화시키고 있다. 시간과 공간을 상호 착종시키면서 인류학적
비전 내부에 "잔혹함"을 기록하고 있다.

> 잘 깎은, 길이가 똑같은, 노란, 연필 3자루
> 몇 번 사용한, 만장일치용 연필
> 여태까지의 인류와 앞으로의 인류
>
> 연필심이 모습을 드러냈다
>
> 비가시적 세계가 가시적 세계로
> 앨리스, 이상하지 않은 나라의
> 호모 사피엔스 사피엔스, 호모 사피엔스 사피엔스의 先代, 400만년 쯤
> 同時에 밑줄 치는 연필 3자루
> 신문 : 북방한계선이 점점 올라간다고 잔잔하게 보도한다
> 신세계, 롯데, 현대가 매출액을 다툰다
> 오락가락하는 보슬비
>
> 오래된 인류, 들락날락한
> 신종 인플루엔자와 계절성 독감
> 비타민 A와 비타민 C
> 일광욕하는 인생이 증가한다
> +3도의 악몽과 +6도의 악몽 사이
> 날카로운 연필심 3자루가 同時에 움직인다
> 빈 란에 메모한다
>
> 반복해서 읽어도 세뇌되지 않는
> 빈 란의 내용―인류도 세트다
>
> 「빈 란의 내용―인류가 세트다」 전문

인간학이란 저 미지의 빈 지대에서 움터오는 미정형의 실체들의 구성물이다. 우리는 그 빈 지대 내부에 무엇이든지 가득 채울 수 있다. 말하자면 인간학이란 그 미지의 실체에 대한 앎에의 의지이자, 삶ー시간ー세계 내부를 지배하는 기원의 물음들로 가득 차 있다. 헌데 박찬일 시인이 지향하는 인류학적인 상상력의 체화과정은 상징의 발생 조건에 대한 탐구이거나 상징이 작동하는 방식이 하나의 허구에 지나지 않는 사실을 예증하고 있다. 왜냐하면 인간학이란 언제나 미지의 그 무엇인가에로 휘어진 절대운동이기 때문이다. 마치 시 「빈 란의 내용ー인류가 세트다」가 "가시적 세계"와 "비가시적 세계" 사이를 "빈 란의 내용"으로 채우는 것처럼, 시인은 "인류"의 존재론적 양태를 다양한 아비투스적 판단에 응고시키고 있다.

대저 "여태까지의 인류와 앞으로의 인류" 사이에 무엇이 가로놓여 있는가. 우리는 저 지난한 인류의 초상을 통해서 무엇을 알았고, 무엇을 기록하는가. 만약에 인류가 세 자루의 "연필"처럼 동일한 목적에 봉사할 때, 우리는 인간학을 통해서 무엇을 욕동시키는가. 사실 박찬일의 시말운동은 우리가 예상하는 것보다 심원한 영역을 문제 삼고 있는데, 그것은 바로 "비가시적 세계"를 "가시적 세계"로 현동시키는 데 있다. 물론 시간의 역사 옆에 항상 망각의 강이 유유히 가로질러 흐르지만, 시말은 그 레테를 므네모시네로 되살려 인간학 내부에 고동치는 삶ー시간ー세계의 존재적 층위를 일상성으로 묘파하고 있다. 인류의 역사는 다양한 아비투스의 구성물이다. 그것은 역으로 아비투스의 다양한 일상적 주름 속에 인류의 역사가 기입되어 있다는 말 또한 성립시키는데, 우리는 그 아비투스의 문양을 통해서 시간을 재구성하게 된다. 말하자면 인류학적 상상력은 내파되어 사라진 시간의 문양에 대한 인식 과정이거나 그것을 통해서 인간학 내부에 도사린 상징의 원리를 해체시키는 지극히 인간적인 열망이다.

불연속적인 시간의 운동을 "빈 란에 메모"하고 채워가면서 시인은 인류의 기원에 관한 문제를 현상적 사실 속에 기입하고 있다. 대저 박찬일 시인이 인류를 "세트"로 명명했을 때, 그것은 어떤 의미인가. 이질성과 동일성의 변증법적 운동, 혹은 "반복"이 펼쳐내는 오묘한 역동성. 우리는 "同時에 움직"이는 "연필"이다. 우리는 "신문"에 기록된 사건이거나 "악몽"의 기록이다. 우리는 시간의 운동이 펼쳐내는 그 모든 사태들을 "빈 란"에 완벽하게 채울 수 없다. 어쩌면 시인은 저 인류의 존재론적 양태를 하나의 세트로 재배열하고 있는지도 모른다.

사람들이 뛰어들어 온다
운동장에서 본부석 아래로 철수한다
철수하고 있다

부르짖으며; 큰 소리로, 혹은 들리지 않은 소리로
사라진다
부르짖으며 사라지려는 조건을 충족한다
인류 만세, 대운동장 만세

본부석에서 그윽하게 내려다보는 분
운동장 2개를 내려다보는 분

「운동장이 비어있다」 전문

이 세계 공간 속에서 인간은 어디에 위치했는가. 호모 로퀜스, 호모 사이엔스, 호모 루덴스, 호모 파베르 등등의 개념으로 인간의 특징적 국면을 규정할 때, 인간은 특별한 그 무엇으로 존재하는가. 우리가 "인류 만세"를 부르짖을 때, 우리는 진정 이 우주 공간 내부에 단 하나의 주체로 존재하는가. 아니 인간학 전체가 "사라지려는 조건을 충족"하는 그 무엇으로 휘어질 때조차, 우리는 삶-시간-세계의 진정한 주체인가. 말하자면 박찬일 시학의 궁극적 목적이 저 사라져 소멸하는 인간학적 운명을 인류학적 상상력으로 가로지를 때, 시가 노린 시말혁명은 무엇인가. 사실 박찬일의 시적 지평이 너무도 크고 광대해 시말이 감당할 수 있는 언어적 한계 바깥에 위치해 있다고 말하는 것이 타당하다. 왜냐하면 그것은 생성과 소멸의 변증법적 운동을 "뛰어들어 온다"와 "사라진다" 사이에 내파시키기 때문이다. 이를테면 박찬일 시인의 인류학적 상상력은 삶-시간-세계를 지배하는 역동적인 운동인데, 그것은 생에의 흔적에 대한 탐구이거나 시원으로 회귀하여 존재의 근거를 규명해내는 지난한 운동에 다름 아니다.

물론 시인의 시말길 전체가 지극히 현상적이고 감각적인 동사의 운동성 밑으로 인간학 전체를 가라앉혀 모든 것들을 소멸의 운동으로 재귀시키고 있지만, 시말의 인류학적 상상의 지평은 "내려다본다"라는 동사 속에 내파되어 있다. 공간의 바깥에서 공간의 내부를 들여다보고 내려다보는 그곳에 인류의 시원이 있다. 말하자면 시인의 시적 상상력의 층위는 상징의 상징성을 굽어보면서 상징의 내접면으로 휘어지는데, 그것이 바로 인류의 존재론적 위치이다. 하여 인간학의 지난한 운동은 두개의 "운동장"과 "본부석" 사이에서 파동치게 되는데, 그것이 바로 인류의 참모습이자, 인류의 현사실적 사태이다. 따라서 시 「운동장이 비어있다」는 우주 공간 속에 존재하는 인류의 현존성을 응시하면서 그 모든 것들이 하나의 지점으로 회귀하게 됨을 아포리즘적 사유로 응결시켜가고 있다. 우리는 저 심원한 상징의 작용 밑으로 가라앉아 "비어있"는 "운동장"만을 응시하게 된다.

> 신의 기일忌日이 궁금하다/궁금하지 않다
> 신의 기일忌日이 없게 되기를 바란다
> 최종적 기억이 유지되기를 바란다
> 최종적 기억이 나와 상관있기를 바란다
> 최종적 기억이 인류와 상관있기를 바란다
>
> 신의 기일忌日이 궁금하다
> 기억의 기일忌日이 궁금하다
>
> 「기억의 기일忌日이 궁금하다」 전문

인류사적 과업은 니체에게서 시작하여 니체에게로 회귀할 수박에 없는 절체절명의 운동이다. 우리는 어릿광대다. 우리는 앞으로만 질주하는 외줄 위에 서서 추락의 군무를 추는 어리석은 자이다. 우리는 낭패(狼狽)다. 우리는 "기억"과 호기심 사이에서 우왕좌왕하다가 존재의 존재성이 무엇인지에 대하여 "궁금"해 하게 되는데, 그것이 바로 "신"과 "인류" 사이에 처한 존재론적 거리이다. 우리는 기억의 심연에 당도하지 못한다. 물론 칼 구스타프 융이 말한 집단무의식이 존재하기는 하지만, 하여 그 집단무의식의 심연에 인류에 관한 기원과 기억이 잠재되어 있는 것처럼 느껴지기도 하지만, 우리는 결코 기억의 심연을 자구하지 못할 뿐만 아니라, 인류의 발생학적 근거에 당도하지도 못한다. 우리는 그저 단지 호기심의 바다의 건너다. 그 호기심의 무덤에 가라앉는 존재이다.

물론 박찬일 시인의 시말운동 전체가 신의 죽음과 내밀하게 관련이 되어 있다는 사실을 부인할 수 없지만, 그의 시살이 전체는 상징적 질서 속에 존재하는 인류의 존재론적 양태에 대한 순정한 의식으로 짜여져 있다. 이를테면 박찬일의 시말길 전체가 상징에의 저항으로 휘어진 것만은 분명하지만, 시인의 상징과의 대결적 태도는 인류의 존재사 내에 기입된 아비투스에 대한 반정립적 관계를 유지하고 있다. 인류에 대한 상상적 지평이든, 상징에의 저항이든 상관없이, 어쩌면 그것은 시인 특유의 사랑에 관한 담론적 사유인지도 모른다. 왜냐하면 박찬일의 시말운동 전체는 삶−시간−세계 내부에 기입된 아비투스와 그것이 만들어낸 고통의 함수를 비판적 시선으로 그려내고 있기 때문이다.

그것은 역으로 삶−시간−세계 내부를 가로지르는 모순적 현실성에 대한 지극히 투명한 인간학적 시선이거나 아비투스 내부를 관통하는 권력적 기만성에 대한 부정적 인식에 다름 아니다. 헌데 시인의 시말길 내부를 지배하는 궁극적인 모티브는 "신의 기일(忌日)"과 "최종적 기억" 사이에 존재하는 환원 불가능한 심연의 거리를 메타적으로 사유하는 데 있다. 존재의 처음과 최종 사이를 시말로 가로지르면서 형이상학의 성립근거를 무화시키는데, 그것이 바로 상징이 처한 운명의 위치이거나 최초로 상징과 대면하는 인간학의 최후의 자리임에 틀림없다.

> 나오라고 하는 소리가 들렸다
> 한쪽 발이 걸려 그럴 수가 없었다
> 한쪽 발이 나갈 수 없는 것이리라

누가 나오라고 했을까 누구일까
나는 어떻게 되는 것일까
아무 소리가 들리지 않는다. 그가 떠난 것일까
나는 어디에 있었던 것일까
지속가능한 퇴행이라는 말이 스쳐간다
얼마나 견딜 수 있는 것인가
틀림없이 나보고 한 소리, 나오라고 한 소리였다
그의 役이 거기에서 끝나지 않기를
지렛대로 쓸만한 것을 찾는 중인가
정신이 점점 몽롱해질 것이다
세균들이 깊이 침투해올 것이고
예기치 않은 일은 일어나지 않는다
편하게 잠들고 싶다고 한 예전의 소망이 이루어지지 않는다
누가 나오라고 했을까
그는 나의 한쪽 발이 걸리게 될 것을 알고 있었을까
나는 어머니를 버스에서 돌아가시게 했다
어머니는 나라는 것을 알고 계셨다

「인류」 전문

대저 시인이 인류의 형상을 통해서 어떤 것을 보고 어떤 말을 한 것인가. 시인이 분명 인류의 시원을 응시하면서 인간의 내적 외적 현실을 지배하는 아비투스에 대한 기만성을 폭로하고 있음에 틀림없지만, 대저 박찬일 시인의 인류에 관한 성찰적 의식은 어디로 휘어지는가. 사실 시 「인류」를 읽는 내내 그리 마음이 편하지 않았다. 아니 시인의 시말길 전체가 결코 되돌릴 수 없는 운명의 형식을 상징 앞에 세우건서 인간학적 문제를 총체적으로 노정할 때, 그것은 어떤 시말혁명을 추동하는가. 박찬일의 시가 너무도 투명하여 말과 세계 사이의 간극을 철저하게

무화시킨 것처럼 비추어지지만, 시말은 휘고 또 휘어 말의 신기원에 당도하여 존재론적 아포리아의 후면경을 응시하는 마법의 진경을 연출하게 된다.

허나 시 「인류」는 인류학적 상상력을 새로운 국면으로 휘어지게 만들어 인류의 존재사 전체를 지극히 개인적인 "어머니"에 응고시키고 있다. 왜 그런가. 왜 박찬일 시인은 "인류"라는 거대한 명제적 사실을 내걸어놓고 지극히 사적인 어머니의 형상과 겹쳐놓는가. 대저 시인에게 어머니란 어떤 존재이며, 인류와 어떤 연관이 있는가. 사실 시 「인류」는 어머니와 인류 사이에 놓인 연관성을 그리 분명하게 언술하고 있지 않다. 다만 짐작컨대, 시말길 전체가 "누가"라고 지칭되는 "그", 즉 미지의 실재에게로 향하고 있다는 사실은 분명하다. 그렇다면 "그"가 인류인가. 그리고 그와 나는 어떤 관계이고, 또 어머니는 그와 나 사이에서 어떤 역할을 하는가. 도대체 시인 박찬일은 총체적 인간학을 지칭하는 인류라는 소재 밑에 무엇을 가라앉힌 것인가. 상상력인가, 인간학적 비애인가. 헌데 시 「인류」는 이러한 물음들에 아무것도 답하고 있다. 그저 아포리아 같은 난경에 이르러 존재의 비극성만을 지시하고 있을 따름이다.

그렇다면 시인이 인류학적 상상력을 통해서 바라본 아비투스에 관한 단상들은 인류가 도달할 수밖에 없는 비극적 현실에 관한 지극히 인간적인 태도라고 말하는 것이 타당하다. 왜냐하면 최초의 인류와 심연 속으로 가라앉은 인류 사이를 매개하는 실질적인 주체가 바로 죽음이기 때문이다. 다시 말해서 시 「인류」는 저 화석처럼 굳어버린 반복적 죽음의 형식을 "어머니"의 죽음 속에 응고시켜 사유하고 있는데, 그것은 차라리 인간학이 처한 운명의 자리라고 말해야만 한다. 인류학이 죽음의 욕동 속에 기입된 흔적 읽기로 짜여 있는 것처럼, 박찬일 시인의 시 말길 전체는 인간학의 앞뒷면을 옥죄는 미지의 음성에 이끌려 삶-시간-세계의 근본구조를 사유하고 있다. 하여 우리는 저 의미를 명확하게 알 수 없는 "소리"에 이끌려 늘 생에의 형식을 이중성으로 휘어지게 만든다. 생과 죽음 사이에서 인간학 전체를 하데거적인 Da에 응고시키기를 열망하지만, 우리는 늘 그렇듯이, 상징에 걸려 넘어지고 아비투스에게 기만당한다.

우리는 절대로 저 고통이라는 불변함수와 불안이라는 상수를 벗어날 수 없다. 우리는 그저 아포리아 속을 헤매다 그 헤맴 자체가 생에의 형식임을 자인하게 된다. 비록 우리가 온갖 고난과 시련 속에서드 궁극에는 페넬로페에게 당도한 오디세이의 영웅적 삶을 열망하지만, 생은 그저 "지속가능한 퇴행"이거나 "몽롱"한 "정신" 속에 소멸하게 된다. 길은 외길이고 단지 냉혹한 실재계를 비딱하게 바라보면서 스스로가 하나의 아비투스로 존재하는 길밖에 없다. 아니 어쩌면 박찬일 시인의 저 지고한 상징에의 저항은 애초부터 불가능한 것이거나 너무도 인간학적인 하나의 인간학적 토포스일지도 모른다. 우리는 그저 그렇고 그런 하나의 작은 몸짓으로 존재하다가 소멸하는 가련한 형식이다. 우리는 절대로 상징에 저항할 수 없다. 설령 박찬일 시인이 행한 일련의 시말운동이 가장 극렬하게 역동성을 띠고 있을 때조차, 그것을 인간학적 열망에 대한 패러독스로 이해하여야만 한다. 마치 니체의 그것처럼, 시인의 그것도 기존의 형이상학을 해체하고 새로운 형이상학을 열망하는 니힐리즘적 사유의 다른 이름이라고 명명해야만 한다.

환유적 글쓰기 혹은 원근법적 사유

  이번 장과 다음 장은 일종의 보론적 성격이 강하다. 박찬일은 시인이기에 앞서 독문학자이다. 특히 이번 장은 그가 행한 일련의 비평적 작업에 대한 이해를 통해서 박찬일의 사유체계가 어느 지점에 가닿아 있는지를 점검하는 장이다. 그가 괴테와 니체에 경도되어 심오한 철학적 사유를 하고 있다는 사실은 익히 잘 알려져 있다. 물론 그의 지적 편력이 시살이 전체를 규정하는 데 결정적인 역할을 하는 것은 아니다. 아니 그것은 역으로 박찬일의 비평적 글쓰기가 시말의 정체를 이해하는 데 방해가 될지도 모른다.

  한 권의 저서를 완벽하게 이해한다는 것은 불가능하다. 비록 그것이 아무리 명료한 문체로 쓰였을지라도, 한 비평가의 사유를 온전하게 이해 기술할 수는 없다. 모든 이해는 불완전하다. 말(혹은 문자)을 말로 기술하는 모든 이해는 해석학적 순환에 빠진다. 우리는 말과 글 사이에서 말－의미를 글－의미로 치환시켜 의미의 지점을 추적하기는 하지만,

환유적 글쓰기 혹은 원근법적 사유   **181**

우리는 말과 글 사이가 항상 일대일 대응관계로 귀결되지 않는다는 사실을 깨닫게 된다. 말이 간파했던 그 온전한 이해의 지점이 글화된 순간, 말과 글 사이에 거대한 심연이 자리하게 된다. 따라서 모든 이해는 오해다. 모든 이해는 전유적 이해이거나 불완전한 이해라고 말하는 것이 타당하다. 허나 그러한 이해의 지평에도 불구하고, 의식의 혁명은 이해가 도달할 수 없는 지점에서 생성되는데, 그것은 패러다임의 해체이거나 새로운 의미를 생성하는 데 있다.

물론 박찬일의 『근대 : 이항대립체계의 실제』가 새로운 의식 혁명을 추동했다고 말할 수는 없다. 가장 앞선 자나 최후의 인간만이 새로운 세계를 현시하는 것은 분명하지만, 그의 아포리즘에 가까운 단언적 언어들은 시대성의 바깥이거나 시대성 내부에서 침몰한 그 무엇인가를 언표하고 있다. 그것은 고전주의와 낭만주의 사이를 굽이치면서 시말의 위의와 의미를 단백하게 분석해내고 있다. 근대 이전과 이후의 철학적 사유를 총체적으로 회의하면서 비평가 박찬일은 텍스트의 텍스트성을 다양하게 이종교배 시키면서 말의 절대함수를 다층적으로 이해하고 있다. 그것은 수용미학적인 열린 텍스트인데, 모든 이해는 주체에 의한, 혹은 주체의 시선에 비추어진 세계이다. 말하자면 비평적 글쓰기는 말해진 말의 의미 찾기가 아니라, 말해진 말밑에 가라앉은 그 무엇에로 휘어진 심연의 말들이다.

앎에의 의지와 그 앎의 깊이가 비평의 위치를 결정하게 된다. 따라서 보는 만큼 말하고 아는 만큼 말하는 것이 비평의 속성이다. 그래서 비평의 왕도란 것이 따로 있을 수 없다. 비평은 느껴 알고 보아서 안 것들을 문체의 힘으로 견인하는 그 무엇이다. 모든 비평은 다른 비평이다. 비평은 동일성으로 휘어진 그 무엇을 표상하는 것이 아니라, 이질성의 언어에로 미끄러지는 역동적인 운동이다. 텍스트와 치열한 눈싸움하기, 하여 모든 텍스트를 영도의 지점에서 응시하기. 말하는 텍스트혹은 의미를 분출하는 텍스트. 또는 의미를 유혹하는 텍스트. 비평은 텍스트의 제국이 건설한 기표를 의미적으로 읽어 새로운 세계를 현시하게 되는데, 그것은 말을 통한 세계의 건설이다. 비평은 숨은 말―찾기이다. 비평은 숨은 말을 표면으로 드러내놓고 끝내는 스스로를 소멸시키는 말의 작용이다. 텍스트의 무릎을 여지없이 꿇렸다가 이내 텍스트의 무한성 앞에 무릎 꿇고 마는 비평, 그것이 바로 비평의 운명이다. 그리고 그러한 의식적 지평을 무한히 확장시켜 텍스트의 지대를 배회하면서 그 운명을 승인하는 비평가가 바로 박찬일이다. 하여 그의 비평의 자리엔 비등하는 시말과 그것의 무수한 의미 해석으로 짜여져 있다. 의미를 파동시키면서 새로운 의미를 불러일으키는 바로 그 지대가 박찬일 비평의 요체이다.

예술이 작품이라는 개념에서 촘촘하게 직조된 텍스트 개념으로 자리바꿈하게 되면서 글에 관한 해독법의 혁명이 일어나게 된다. 특히 롤랑바르트의 『텍스트의 즐거움』이나 『저자의 죽음』은 쓰기의 영역에서 읽기의 영역으로 문제의 중심점을 옮겨가게 되는 데 결정적인 역할을 한다. 그것은 기존의 모든 의미관계를 해체시켜 에크리튀르 전체를 영도의 지점으로 수렴시킨다. 모든 쓰기는 영도이다. 모든 쓰기는 주체적 읽기를 통해서 새로 쓰기를 가능하게 만드는데, 그것은 바로 텍스트의 열린 체계가 만든 무한한 의미의 현동 때문이다. 다시 말해서 롤랑 바르트를 위시로 로베르트 야우스, 볼프강 이저 등의 수용미학적 관점은 기존의 글쓰기의 관행을 해체시켜, 자유로운 독법 위에 텍스트를 위치 시킨다. 읽고 쓰기의 혁명. 일의적 의미의 해석이 아니라 열린 의미의 지대로 무한히 미끄러져 가면서 새로 쓰이는 텍스트. 텍스트는 그 자체 로 자유다. 박찬일 비평은 자유 텍스트에 관한 담론적 사유로 무장하고 있는데, 그것은 의미가 존재하는 방식에 관한 메타성을 함의하고 있다.

하여 박찬일의 비평적 사유는 서구 사상사의 혁명이라고 일컬어질 만한 니체적 외연을 통해서 이항대립의 체계를 해체시키면서 문학담론 이 존재하는 방식 전체를 문제 삼고 있다. 더 나아가 그는 이항대립의 해체적 국면을 설명하기 위하여 시말의 다층적인 면모를 고찰하고 있 다. 박찬일의『근대 : 이항대립체계의 실제』는 앞선 두 비평집『해석은 발명이다』와『詩를 말하다』에 육화된 텍스트성에 관한 담론적 사유를 총체적으로 아우르면서 세계－텍스트가 존재하는 방식을 문제 삼고 있 다. 왜냐하면 텍스트는 일어날 수 있는 가능적 사태의 총합이거나, 그 것을 넘어서는 지대에서 작동하기 때문이다. 이를테면 텍스트가 현시 하는 세계란 다음과 같은 이중성 위에서 작동하기 때문이다. 텍스트 운 동의 "완성과 결핍은 인접의 관계에 있다. 완성에 도달하면 인간은 새 로운 결핍에 붙들려 새로운 것을 욕망하게 된다. 완성은 또 다른 완성 에 대한 욕망을 낳는다."(『근대 : 이항대립체계의 실제』) 만약에 박찬일의 이 말이 옳다면, 레비－스트로스적인 협의의 이항대립(구조주의적 사유) 은 물론 플라톤 이래로 지배해 왔던 광의의 이항대립(이원론적 사유) 또 한 해체시켜버린다. 말하자면 텍스트 비평의 위치는 이미 결정된 말의 구조 속을 유랑하는 것이 아니라, 이미 만들어진 구조를 논파시키는 바 로 지점에 위치해 있다.

그런데 우리는 여기서 『근대 : 이항대립체계의 실제』를 이끌어가는 근본적인 개념층위가 무엇인지를 물어야만 한다. 왜냐하면 비평은 단순한 해설이 아니라, 잠재된 의미의 지대에서 배회하는 그 무엇으로 표상되기 때문이다. 비평은 세계관의 정초이다. 비록 그것이 완벽하게 새로운 것일 수 없기는 하지만, 비평은 텍스트와의 관계 정립 속에 형성된 그 무엇인가를 현시하여야만 한다. 역으로 비평적인 읽고 쓰기는 비평가의 세계관을 통해서 텍스트의 텍스트성을 낱낱이 파헤칠 수도 있다는 가정 또한 성립시킨다. 왜냐하면 현대의 예술은 작품으로 존재하는 것이 아니라, 텍스트로 존재하기 때문이다. 하여 비평담론의 주체는 결코 텍스트 자체에 함몰된 언어의 운동일 수만은 없다. 비평의 주체는 비평가의 눈이다. 비평의 주체는 텍스트를 바라보는 시선이다. 피이테적인 이식된 제3의 눈을 통해서 텍스트는 항상 새로운 의미를 현동하게 된다.

　　그렇다면 박찬일의 비평적 시선은 어디로 향해 있는가. 완성인가, 결핍인가. 혹은 고전주의인가, 낭만주의인가. 이도저도 아니면 주체부정의 다양한 목소리의 제의인가. 물론 박찬일의 비평적 진술들이 이러한 범주 내에서 작동하는 것만은 사실이다. 허나 우리는 이 지점에서 박찬일 비평담론의 가능조건이 무엇인지를 다시 물어야만 한다. 다시 말해서 이항대립체계를 문제 삼으면서, 그 체계를 깨트리는 실재적 근거가 무엇인지를 탐문하는 것이 요긴한 과제이다. 거시적인 관점에서 그것은 진리가 존재하는 방식이자, 세계－텍스트를 인간학적 전유에 의해서 포괄하는 아주 중요한 문제 또한 함의하고 있다. 아니 더 정확하게 말해서 그것은 인간이 이 세계를 이해하는 방식이기도 하다. 그렇다면 박찬일의 비평적 시선은 어디에 위치해 있는가. 말의 위치가 시선의 위치를 결정한다고 가정할 때, 그는 무엇을 말하고 어떤 말을 했는가.

박찬일은 내용만 다를 뿐 근대 이전이나 이후에 상관없이 이항대립이 지배해왔다고 확언하고 있다. 이항대립이 존재하기는 하지만, 그것을 작동시키는 방식은 항상 어느 한쪽에 우위를 두고 있고, 그것을 "동일자에 의한 타자의 억압"이라는 개념으로 설명하고 있다. 이를테면 이항대립은 팽팽한 긴장관계가 아니라 찌그러진 관계이거나 푸코적인 담론의 질서(배제의 원리)와 유사한 그 무엇으로 존재한다. 이항대립은 중심과 배제 위에서 욕동하는데, 그것은 권력에의 의지의 다른 이름이다. 허나 박찬일은 이러한 지배 이데올로기적 측면을 전혀 다른 차원으로 이끌어가 자신의 비평적 근거를 설정하고 있다.

> 고전주의와 낭만주의는 '이상주의 시대의 고전주의와 낭만주의'였다. 완전성과 무한성은 이상주의가 추구하는 영원성의 서로 다른 이름이다. (…중략…) 낭만주의와 고전주의는 인접의 관계에 있다. 낭만주의는 무한성의 표상이고, 고전주의는 완전성의 표상이다.
>
> 『근대 : 이항대립체계의 실제』에서

이 인용문은 독문학자적 관점에서 기술되었다고 보아도 무방하다. 슈티리히의 이론적 관점을 수용하면서 박찬일은 미적 이념이 존재방식을 환유적으로 언표하고 있다. 말하자면 그것은 이항대립의 해체를 가능하게 만드는 것인데, 박찬일은 그것을 "인접의 관계"라고 정의 내리고 있다. 사실 하우저는 『문학과 예술의 사회사』에서 예술의 운동을 고전과 낭만의 변증법적 관계로 환원시켜 설명했는데, 그것 역시 이항대립의 자장 내에서 예술을 범주화한 것이다. 그런데 박찬일은 고전주의와 낭만주의를 영원성의 다른 이름 즉 환유로 명명하면서 이제까지 인식되어 왔던 예술의 존재방식을 해체시켜버린다. 만약에 예술의 운동이 영원성에의 지향적 운동으로 환원이 가능하다면, 이제까지 형성된 각각의 모든 미적 체계란 영원성에 대한 전유적 국면이거나 그 영원성에 관한 편린들에 다름 아니다.

만약에 박찬일의 말대로 "낭만주의와 고전주의가 인접의 관계에 있다"면, 혹은 영원성이라는 예술이념의 외적 표상이 환유적 개념을 통해서만 언표가 가능하다면, 그것은 예술을 바라보는 관점의 혁명적 사태이거나 이제까지의 미적 관계를 전복시키는 기제로 작동하게 된다. 더 나아가 박찬일의 이러한 관점은 모든 예술을 절대 환원 불가능한 지대로 이끌어 미적 사태를 특발적인 사건성으로 기록하게 된다. 왜냐하면 환유적 관념은 절대 혹은 이상주의라고 명명되는 상징계를 각각의 다른 방식으로 전유한 것이 되기 때문이다. 따라서 "인접의 관계"는 이항대립의 원흉인 선과 악을 넘어서는 피안에 위치하거나 이항대립적 인식이 애초부터 불가능하다는 사실을 선언한 것이기도 하다.

다시 말해서 박찬일의 비평적 시각은 환유적 사유방식의 관점에서 출발하고 있는데, 그것은 미의 독자성을 인정하면서 각각의 미를 완결적인 그 무엇으로 간주하게 만든다. 어떤 의미에서 볼 때, 미의 존재방식을 인접성의 원리가 지배하는 환유로 인식한다는 것은 미를 관념에 종속시키는 것이 아니라, 모든 관념으로부터 이탈하여 미적 자유를 향유하는 것에 해당한다. 허나 이러한 미적 관념에 대한 인식적 지평은 이중성 위에서 작동하고 있다는 사실을 명심해야만 한다. 다시 말해서 모든 미는 영원성이라고 명명된 미적 이상주의의 산물이자, 그것의 은유적 표상작용이다. 루카치 식으로 말해서 개별자를 고양시켜 특수자로 존재하는 미적 현실성은 미적 이념의 은유적 전유이다. 그것은 미적 양식들 각각은 미적 보편자와 개별적인 방식으로 은유적 관계를 형성하고 있다는 뜻을 함의하고 있는 반면에, 특수자와 특수자 사이의 관계는 환유적이라는 뜻도 내포하고 있다.

이 지점이 박찬일 비평의 내적 원리이다. 이를테면 미적 이상주의의 관점에서 고전주의(완전성)와 낭만주의(무한성)는 은유이지만, 미적 현실성의 관점에서는 고전주의와 낭만주의는 환유라는 사실을 언표하고 있다. 그것은 은유와 환유가 다른 차원에서 작동한다는 사실을 시인하게 만든다. 그렇다면 우리는 박찬일 비평이 욕동하는 지점에 관하여 살펴볼 필요가 있다. 다시 말해서 상호 다른 층위에서 작동하는 은유의 원리와 환유의 원리의 가능조건 말이다.

박찬일 비평의 지점은 환유적이다. 환유적이라 함은 다양한 관점을 병존시키면서 텍스트와 그것에 관한 글쓰기를 무한히 확장시키는 것을 가능하게 만든다. 환유는 글쓰기의 영도이자, 모든 인식적 억압으로부터의 자유이다. 왜냐하면 환유는 이항대립적 사유를 근본적으로 회의하게 만들기 때문이다. 하여 현대성은 후기구조주의적 사유를 통해서 이제까지의 인식적 토대구조를 해체시키는데, 그것은 환유에 의한 환유 작용의 결과이다. 환유란 은유관계의 해체이자 은유의 은유이다. 다시 말해서 환유란 은유적 사태의 총합인데, 그것은 서구적인 것을 총체적으로 해체시켜 동양적인 것을 우위에 둔다.

서양의 형이상학, 기독교 사상, 그리고 서양의 근대적 사유들의 핵심
이 중심과 배제라면, 동양의 불교의 화엄사상의 핵심은 중심과 배제를
두지 않는, 나아가 두 개를 분별하지 않는 불이사상이다.

『근대 : 이항대립체계의 실제』에서

　　화엄은 환유다. 화엄의 불이사상은 서양의 이항대립적 사유를 초극
하는데, 그것은 권력담론으로 훼손된 인간학 전체를 제로 지대로 이끌
어 의식의 영도에 이른다. 의식의 원점에 이르기. 삶ー시간ー세계의 의
미를 저 자성청정한 지대로 이끌기. 박찬일은 「조오현론」에서 이항대
립을 "중심과 배제"라고 인식하면서 화엄의 불이사상으로 지양 극복해
가는데, 그것은 서구적인 것을 동양적인 가치로 포월하는 것이다. 이를
테면 개별자를 개별자로 인정하면서 혹은 그 개별에 내재된 특발적 종
차를 승인하면서, 이 세계 전체를 환유적 가치로 치환시키고 있다. 그
것은 분별지가 만든 섹터적 가치를 무의 지대로 되돌려 보내면서 삶ー
시간ー세계의 문제성을 화엄사유로 초극하고 있다. 환유는 평등이다.
화엄이 절대 평등사상을 지향하듯이, 환유 역시 전유된 의식을 동등하
게 취급한다.

　　모순이 증가되는 사회, 모순이 많은 사회는 파편이 많은 사회이다.
파편이 많은 사회이므로 파편적으로밖에 인식할 수 없는 사회이다. 파
편적으로밖에 글 쓸 수 없는 사회이다. 파편적으로 인식한다는 것은 그
리고 不正을 不正으로 인식하는 것과 같다.

『시를 말하다』에서

　　박찬일은 현대성을 파편화된 그 무엇으로 인지하고 있는데, 그것은

이항대립이 만든 모순의 결과이다. 파편을 양산하는 모순은 "소멸과 붕괴의 알레고리"인데, 그것은 시대의 표정이다. 현대성을 알레고리적 징후로 읽는다는 것은 박찬일의 현실관이자, 우리 시대의 암울한 초상을 간접적으로 드러낸 것이기도 하다. 이를테면 이러한 알레고리적 징후는 현대성의 부정적 단면도로 물화되고 경화된 후기산업사회를 대변하고 있다. 허나 비평가 박찬일은 "不正을 不正으로 인식하"면서, 새로운 세계를 꿈꾸는데, 그것은 인접성을 긍정하면서 이항대립 전체를 환유적 사유로 극복하고자 시도 중이다. 허나 파편화로 치닫는 이 세계. 허나 모순이 적나라하게 도드라지는 이 세계. 문제는 결코 해결되지 않는다. 문제는 삶─시간─세계를 어떻게 사는가에 달려 있다. 그래서 박찬일은 현대성의 문제를 정초하면서 그것을 가치의 문제가 아니라 선택의 문제라고 언명하고 있다. 다음의 인용문은 문제의 심각성을 총체적으로 노정하고 있다.

> '현실원칙에서 이상원칙으로', 혹은 '노예도덕에서 군주도덕으로', 혹은 '준수에서 위반으로'의 시적 행로가 '발전'을 의미하는 것은 아니다. 혹은, 현실원칙보다 이상원칙이, 노예도덕보다 군주도덕이, 준수보다 위반이 '낫'다고 하는 것이 아니다. 현실원칙이냐 이상원칙이냐, 혹은 노예도덕이냐 군주도덕이냐 하는 것이 가치의 문제가 아니라, 선택의 문제이다. 가치의 문제라고 해도 두 상호 배타적 항목들은 서로에게 전복적이다.
>
> 『근대 : 이항대립체계의 실제』에서

박찬일은 예술에 있어서의 "발전"이나 우열관계를 하나의 가상이라고 인식하면서, 그것을 노골적으로 거부하고 있다. 사실 이 문제는 그렇게 쉽게 해결될 성질의 것이 아닌데, 우리는 여기서 새로운 미적 양식이 과거의 양식보다 우월한지를 물어야만 한다. 새로운 예술은 반드시 발전된 양식이고, 과거의 예술은 진부한가. 지양 극복한 모든 예술이 발전된 미적 형식이라고 말할 수 있는 근거는 어디에 있는가. 도대체 예술에 있어서의 발전이나 우열관계를 가름하는 잣대는 무엇인가. 사실 이러한 물음은 예술의 존재방식, 즉 미적 본질에 관한 물음이기도 한데, 우리는 어떤 예술이 위대하고 어떤 예술을 저열하다고 말하는가. 만약에 이 세계를 인식하는 방식이 은유적이지 않고, 환유적일 때, 모든 예술을 그 나름의 부여받은 소임을 다한 것이라고 말해서는 안 되는가. 물론 칸트가 『판단력비판』에서 미를 추동하는 근원을 새로운 양식에의 욕구라고 언명하면서 천재만이 새로운 양식을 정초할 수 있다고는 말했지만, 그 새로운 양식은 시대사적 운명을 걸머진 진짜 새로운 지평인가.

허나 문제는 그리 간단하지 않다. 허나 이 문제를 그리 간단하게 설명해낼 수 없다. 다만 박찬일이 고민했던 미적 지평이 인접의 관계가 지배하는 등가적 환유의 세계이거나 그 등가적 환유 밑에 가라앉은 담론적 선택이라는 점이다. 그것은 결코 가치의 문제가 아니라, 선택의 문제이기도 하다. 이를테면 선택은 권력에의 욕망에 관한 인간학적 태도인데, 그것은 모든 억압이 발생하는 선험적 조건이자, 인간의 인식적 전유가 발생하는 지점이기도 하다. 선택은 은유가 아니라 환유다. 문제는 환유나 은유가 아니라, 환유 밑에 가라앉은 저 극렬한 선택에의 욕망이 환유적 등가성을 투쟁 전복시킨다는 점이다.

해체론적 과학철학자 파이어아벤트가 말한 것처럼, 입론의 지점이

다른 이론은 대화가 불가능하다. 이를테면 유물론과 유심론, 경험론과
합리론, 연역과 귀납 등은 이론을 성립시키는 대전제가 공약불가능하
기 때문에 서로가 공유하는 점이 없다. 따라서 이들은 소통불가능하다.
그와 마찬가지로 은유적 사유에 기반한 이항대립과 등가성의 원리에
기반한 환유는 서로 대화가 불가능하다. 허나 그럼에도 불구하고 삶-
시간-세계를 이끌어가는 진정한 주체는 선택을 강요하는 욕망이다.
피터지게 싸우는 환유. 사실 모든 투쟁은 환유의 대리전쟁이다. 왜냐하
면 삶-시간-세계를 조정하고 기획하는 담론적 권력은 그 자체로 환
유에 의한 환유의 억압의 결과물이기 때문이다. 따라서 "두 상호 배타
적 항목(필자의 견해 : 환유적 관계)들은 서로에게 전복적"인 환유적 욕망으
로 표상된다. 그것은 라캉 식으로 말해서 상상계에 위치한 욕망하는 자
아의 자기실현이기도 한데, 우리는 환유의 연쇄작용을 벗어날 수 없게
된다.

> 주체의 이동 혹은 주체의 분산이 이루어진다. 더욱 중요한 것은 병
> 존·이동·분산이 아니라, 그들 간의 연결과 상호작용, 즉 對話化이다.
> 대화화에서 수많은 효과가 발생하는데, 예를 들면 두 목소리의 말, 말의
> 다양성, 혹은 언어의 다양성 그리고 혼종화들이다. 이것을 가능하게 한
> 것이 카니발적 문화였다. 카니발적 문화의 이야기의 자유, 행동의 자유
> 가 문학으로 넘어갔다고 보는 것이다.
>
> 『시를 말하다』에서

위의 인용문은 박찬일의 환유적 사유를 보다 구체화하기 위하여 바
흐쩐의 『도스토예프스키 시학의 제문제들』에 기대고 있다. 바흐쩐의
카니발적 다성성을 적극적으로 수용하면서 대화 가능성에 주목하고 있

는데, 그것은 "이야기의 자유, 행동의 자유"를 적극적으로 실천하는 것에 해당한다. 다시 말해서 박찬일의 비평적 관점에서 가장 주목할만한 점은 "자유"다. 다시 말해서 그가 이항대립적 사유 체계를 지양 극복하면서 등가성이 인정되는 환유적 사유를 그렇게 연호했던 것도 다 따지고 보면, 예술적 실천을 자유로 포괄하는 행위이기도 하다. 푸코적 담론의 질서가 아니라, 혹은 상호 전복적인 중심과 배제의 원리가 아니라, 다양성을 그자체로 인정하면서, 그것이 상호 소통할 수 있는 대화의 공간적 원리가 문학 속에 실현되기를 소망하고 있다.

허나 실현되지 않는다. 허나 현재의 우리 문학장은 철저하게 푸코적 담론의 논리로 무장하고 있다. 그런데 푸코의 다음의 저작, 즉 『광기의 역사』, 『성의 역사』, 『감시와 처벌』 등은 미묘한 역설을 역사적으로 고증해내고 있다. 다시 말해서 이성에 의한 이성의 타자를 억압했지만, 그 이성이 타자 앞에 허물어지는 광경을 말이다. 달도 차면 기울듯, 지배담론 또한 소멸시효가 적용되어 억압된 담론이 지배담론으로 다시 부활하게 된다. 물론 박찬일이 지향하는 지점이 이러한 환유적 사유의 전복적 투쟁이 아니라 진정한 자유나 등가적 환유의 세계이기는 하지만, 우리는 저 양가적 욕망의 세계를 초극할 수 없다.

성서에 나타난 인간중심주의는 신중심주의의 반대로서의 인간중심주의가 아니라, 인간 이외의 모든 생명체를 정복, 지배의 대상으로 둔다는 점에서의 인간중심주의라는 점에서, 계몽사상과 맥을 같이 한다.

『해석은 발명이다』에서

셸링의 '동일성의 철학에 기반하는 것으로 객관과 주관의 화해, 자연 (현실)과 정신의 화해가 나타난다. 화해의 문학이므로 독일 이상주의미학의 전통에 놓여 있다.

『독일 대도시시 연구』에서

박찬일의 관점을 거시적인 차원에서 볼 때, 그는 해체론자가 아니라 이상주의자이다. 그는 유토피아를 꿈꾸는, 에른스트 블로흐적 낮꿈을 꾸는, 하여 삶ㅡ시간ㅡ세계가 영원성의 표상이기를 소망하고 있다. 물론 이러한 말들은 앞서 언급한 것을 자기모순에 빠지게 만드는 것처럼 보이기는 하지만, 이상주의적 영원성이라는 아포리아에 대한 인간학적 전유라는 차원에서 보면 그리 모순적이지는 않다. 이를테면 아포리아 앞에서 그 모든 것들은 가능하지도 않고 그렇다고 불가능하지도 않다. 하여 모든 것은 영원성에 관한 환유적 전유이다. 그것이 신중심주의든, 인간중심주의든, 혹은 객관이든 주관이든 그 형식과는 아무런 상관이 없다. 다시 말해서 이항대립을 넘어서는 것은 이항대립의 해체를 통해서 가능하기도 하지만, 보다 더 중요한 것은 이항의 공존이다. 셸링이 말한 것처럼 영원성 앞에 이항을 화해시킨 순간 가장 완벽한 이상주의 미학이 실현되는 것이다. 이러한 이상주의미학에 대한 박찬일의 환유적 사유는 그의 비평이 궁극적으로 지향하는 지점이자, 그것이 진정한 자유임을 드러내고 있다. 욕동하는 저 비루한 갈등의 환유가 아니라, 비록 우리가 살아가는 삶ㅡ시간ㅡ세계가 중심과 배제의 환유로 짜여져 있는 것만은 사실이지만, 박찬일은 갈등하는 이항대립의 환유가 아니라, 그 이항의 갈등을 순치시켜 등가성이 지배하는 조화의 공간을 모색 중이다.

글쓰기란 제로 지대에서 헤매는 진짜 어려운 작업이다. 글쓰기란 말의 형상력 내부에 심혼을 심어, 그 심혼이 요동치는 인간학이다. 새로움과 정전적 의미 사이에서 글쓰기를 추동할 때, 늘 그렇듯이 쓰인 글들은 비껴간 의도의 지대를 배회하게 된다. 이를테면 모든 글들은 실패한 글이거나 호도 왜곡된 글인데, 그것이 바로 글의 운명이자, 글이 운명과 만나는 지점이다. 한 번도 처음 의도대로 글을 써본 적이 없다. 하여 나의 글은 항상 실패한 글이거나 새로운 운명을 맞이한 글일지도 모른다. 하여 당혹스럽다. 하여 글을 쓰는 매 순간순간마다 나는 새로운 세계를 비행하면서 묘한 지경 속으로 이입되고 있는지도 모른다는 사실을 직감하게 된다. 그리고 무덤 같은 글밭에 상상의 나래를 펴면서 새로운 글을 만날 것이다. 그것이 바로 글쟁이의 운명이다.

아름다운 도반 혹은 모레의 초극(글피)

　인연에는 상생이 있고 상극도 있다. 사람과 사람 사이, 시와 시 사이, 시와 사람 사이. 사이가 인연을 만든다. 사이가 안부를 묻고 그를 걱정하게 만들기도 한다. 지천명의 나이가 훌쩍 지나버린 형님을 걱정한다는 것은 조금은 우습기도 하고 가당치 않을지도 모른다. 그런데 박찬일 시인과 나와 인연은 조금은 특이하다. 그도 외통수이고 나 또한 외통수이다. 그가 극단이라면 나 또한 극단이다. 그래서 그와의 인연은 살가운 선후배로 만난 것이 아니라, 상극이었다. 극과 극은 만나면 서로 밀쳐내고 서로가 서로에게 상처를 남기기 마련인데, 이상하게도 상처 하나 남기지 않고, 서로가 서로를 이해하는 쪽으로 발전하게 돼었다. 그는 나를 걱정했고, 나는 그를 걱정했다. 그는 나를 이해했고, 나 또한 그의 우주를 이해하게 됐다.

　4년 전 경주에서의 시인협회 세미나였던 것으로 기억한다. 늘 그렇듯이, 시인들에게 공식적인 학술 세미나보다는 뒤풀이 자리가 더 신나고 학술 세미나보다 더 격렬한 세미나를 하는 경우가 비일비재하다. 심지어 시 하나에 목숨을 걸 정도로 시인에게 시란 절대다. 따라서 형식으로 포장하지 않은 시인들 간의 시에 관한 대화가 더 학술적이고, 더 시의 본질에 다가가는 경우가 있다. 독문학자이자 시인인 박찬일, 스스로를 당대의 최고라고 자부하는 박찬일 시인. 나는 그의 취중 전언이 그리 기분 나쁘지 않았다. '그래, 그는 최고야! 그래 이 척박하고 살벌한 시대에 그는 진정한 시인임에 틀림없어'라고 되뇌이곤 했다.

그런데 경주 세미나 뒤풀이 자리에서 하나의 사건 아닌 사건이 있었다. 박찬일 시인이 소개시켜 줄 사람이 있다고 나를 이끌고 다른 자리로 갔다. 그런데 직감적으로 그 사람이 기자인 것 같았다. 나는 들어가자마자 침을 뱉고 그 자리를 나왔다. 나는 강자에게 약하고 약자한테 강한 기자들을 별로라고 생각하고 있다. 그가 황당하다는 표정을 지으며 나를 나무라듯이 말했다. "너는 그래서 안 돼. 너는 너무 순진해." 나의 눈에 비친 박찬일 시인 역시 순진하다 못해 세상물정 모르는 아기 같기는 마찬가지였다. 그의 영혼은 맑다. 그의 영혼은 천진하다. 그의 영혼의 기호는 이 세계 바깥에 위치하고 있다. 한유가 「송맹동야서(送孟東野序)」에서 말한 것처럼 '명즉현호천(命則縣乎天)'을 외치면서 주어진 천품대로 살다 가면 그뿐이 아닌가. 생이 두 번이 아니기에, 생은 주어진 성품대로 살아야만 하는 것이 아닌가. 그도 자기 세계에 빠져 살고 나 또한 자기 세계에 빠져 산다. 우리는 그렇게 만나 서로의 세계를 이해하게 되었다.

> 거울은 빈털터리다
> 우주도 빈털터리다

우주라는 말도 빈털터리다
빈털터리도 빈털터리다
막걸리도 빈털터리다
막걸리가 맛있다

아, 막걸리가 맛있습니다

「장수막걸리를 찬양함」 전문, 『하느님과 함께』

경주에서의 약간의 언쟁 이후, 그와 나는 지기가 되었다. 그는 나에게 선생님이기도 하고 형님이기도 하고, 문우이기도 하다. 그는 허허벌판 같이 살벌한 문학장에서 나를 이끌어주고 보살펴주신 자애로우신 아버지와 매한가지이다. 효경에 이르기를 부자자효(父慈子孝)라고 하지 않았던가. 유일하게 이해관계를 떠나서 나의 현재의 비평적 삶을 이끌어준 스승이자 아버지 같은 시인인 박찬일 형님을 어찌 배반할 수 있겠는가. 그는 내가 만난 진짜 유일한 어른이다. 그는 나에게 바라는 것 없이 주기만 했다. 과도한 양의 글쓰기로 인해 지쳐있을 때, 그는 나에게 격려를 아끼지 않았다. 그는 나에게 더 잘할 수 있다고 용기를 부추겼다.

또 하나의 사건은 바로 막걸리이다. 아니 인제 백담사에서도 그렇고 제천 원서문학관에서도 문제의 발단은 바로 막걸리였다. 막걸리로 인해 세상시름 잊기도 하고 세상시름 속으로 들어가기도 하는 그. 그에게 막걸리는 업이다. 그에게 막걸리는 삶－시간－세계의 장애이자, 또 다른 삶으로 이끈 주체이다. 때는 춘천고등학교 2학년 무렵. 한때 전국 모의고사에서 최상위권에 합류하기도 한 그. 그에게 막걸리는 환희이자 지옥이다. 평생의 지병인 편두통, 그 편두통을 잠재우기 의해 막걸리를 마시는 그. 그렇게 고등학교시절에 지병처럼 편두통과 막걸리가 찾아왔다. 그렇게 편두통과 막걸리는 인간 박찬일의 야망을 갉아먹고, 자연인 박찬일을 시인 박찬일로 만들었다. 편두통과 막걸리가 시다. 허나 어떤가! 허나 두 평생이 아니라 한평생이 삶인 것을 어찌 탓하고 후회하겠는가!

그와 결정적으로 문우가 된 사건은 제천 원서문학관에서의 1박 2일 <무허가시인학교>에서였다. 한쪽에선 노래판과 술판이 동시에, 또 다른 한쪽에서는 부산에서 온 박춘석, 이초우, 정익진 시인, 그리고 그와 나. 그렇게 우리는 거의 날밤을 새웠다. 그렇게 우리는 시와 인생을 이야기했다. 그렇게 우리는 술이 술을 먹으면서 술술 이야기꽃을 피웠다. 그런데 여기까지는 좋았다. 하나 둘씩 술에 취해 잠자러 갔고 나 또한 더 이상 버틸 수가 없어 두 시간 눈을 붙인 것 같다. 머리도 아프고 속은 미식거리고 해서 잠에서 깨어났다. 그런데 박찬일 시인만이 혼자서 막걸리를 마시고 있었다. 그 양반 말이 더 걸작이었다. "나 잠을 잘 수가 없어. 나 잠들고 싶지 않아. 그래서 밤새 다들 가고 나 혼자 막걸리를 마셨어." 나는 부끄러웠다. 나는 그와 같이 밤을 새워주지 못한 게 미안하고 안쓰러웠다. 나는 그의 고독과 외로움을 알 것 같았다. 나는 그의 삶―시간―세계에 새겨진 분노의 가시를 알 것만 같았다. 그래서 그도 울고 나도 울었다. 엉엉 그렇게 울면서 그의 심연에 자리 잡고 있는 해결되지 않는 가시를 위무했었다.

그 사건이 있은 이후부터 그와 나는 평생의 문우가 되기를 결의했다. 스스럼없는 형님이자 아버지이고 그리고 시를 이야기하는 반골의 문우가 되었다. "그대가 있어, 나는 행복하네"라고 그가 말했던 것처럼, 나에게 자기복제하지 않고 늘 좋은 글 쓴다고 칭찬해주시는 박찬일 시인께 감사를 드린다. 그 말이 겉치레의 말이 아니라 더 좋은 글, 완벽한 글을 쓰라는 격려의 말임을 너무도 잘 알기에, 가슴이 저리도록 고마움을 느끼게 되었다. 하여 그와 나는 아름다운 도반이 되었다. 시의 도반 말이다.

박찬일 시인의 시는 어딘지 모르게 섬뜩하고 무섭다. 사람은 순박하고 허점이 너무 많아 보이는데, 그의 외모와는 달리 시는 철저하다. 예술가란 다 그런가. 예술가란 그와 같이 모순적인 삶을 살아야 하는가. 알콜중독자이자 도박꾼이었지만, 위대한 소설가이기도 한 도스토예프스키처럼, 시대적 담론의 임계치를 넘어선 예술가들은 늘 그려야 하는가. 위대한 예술가는 늘 고흐나 고갱처럼 시대 담론의 바깥이어야만 하는가. 하여 자고로 위대한 예술가들은 궁핍의 지대를 통과한 자에게만 허여된 천형인가. 이 세계의 지대를 향유하면서 동시에 모레나 글피에 위치하는 예술가란 결코 존재할 수 없는 것인가. 도대체 어떤 인간학적 태도를 예술적 기호로 승화시켜야만 우리는 오늘을 향유하면서 모레나 글피에 위치할 수 있는가.

오늘을 향유하는 자는 절대로 내일을 모른다. 오늘 향유하는 자는 절대로 내일을 생각하지 않는다. 그래서 박찬일의 시말들은 오늘이 아닌 내일이거나 모레에 속해 있을지도 모른다. 허나 박찬일 시인의 시말들은 니체의 니체이고 한계의 한계이다. 따라서 그의 시말들은 글피에 속해 있다. 왜냐하면 니체는 『반그리스도』 서문에서 '나에게 속해 있는 것은 모레일 뿐이다'라고 선언했기 때문에, 니체의 니체이자 한계의 한계를 통과해가는 박찬일의 시적 위의는 단연코 모레가 아닌 글피다. 글피란 신념의 체계이다. 글피란 말할 수 없는 말을 말하는 자이다. 글피란 의미의 한계를 말 한계로 언표하는 자이다. 글피란 모든 것을 넘어선 자이다. 글피란 초월의 초월이다. 글피란 현재적인 관점에서 볼 때 광기이지만, 미래의 전취라는 관점에 보면 천재성, 즉 모든 것에 앞선 자이거나 최후의 인간이다. 하여 글피는 정오의 철학을 설파하는 짜라투스트라의 초극이다. 어쩌면 글피는 400년 후일지도 모른다. 왜냐하면 모레에 속하는 니체가 200년 후에 자신의 철학적 위의를 드높였듯이, 글피의 시인은 400년 후에 자신의 세기를 맞이할지도 모른다. 따라서 글피는 실현가능한 모레, 즉 니체의 포스트모던적 사유가 아니라 실현 불가능한 포스트–포스트모던적 사유일지도 모른다.

하여 글피의 시인은 고통스럽다. 글피는 까마득한 시간이다. 글피는 결코 도래할 수 없는 절망의 시간이다. 허나 글피의 시인은 스스로가 고통을 향유하는 마조히스트이기를 자처한다. 고통의 즐김으로의 전환. 고통을 고통으로 자인하면서 고통을 시말로 승화시키는 시인. 그가 바로 박찬일 시인이다. 글피는 모레의 초극이다. 글피는 니체를 초극하면서 새로운 짜라투스트라에게 설교하는 시인이다.

그래서 2008년 3월 시협 집행부 개성관광에서 나는 그에게 물었다. "형님 요즘 쓰시는 시가 너무 멀리 나가는 것이 아닌가요. 인간에게 속한 시말이 아니라, 인간에게 속할 수없는 시말을 형상화한 것이 아닌가요." 그는 말하지 않았다. 그는 말하려고 시도조차 하지 않았다. "형님 시가 무섭고 섬뜩해요. 너무 멀리가지 마세요. 모레까지만 가세요." 그래도 그는 빙그레 웃고 아무 말하지 않았다. 내 생각으로는 그가 글피를 생각한다고 짐작했다. '모래는 나에게 속해 있지 않지. 나는 글피의 시인이고 싶어. 그것이 시인의 운명이라면, 그것을 기꺼이 감당하겠어.' 그렇다. 분명 박찬일 시인은 모래를 초극한 글피의 시인임에 틀림없다. 글피는 전인미답의 예술의 길이다. 그는 분명 고단한 시인의 운명을 감내하면서 스스로를 글피에 위치시키고 있음에 틀림없다. 그의 시적 삶이 너무도 많이 앞서 가 있기에 위태위태하게 보이는 점이 없지 않지만, 글피에 속한 시인의 시말은 경이롭고 위대해 보였다.

> 죽어서 어머니와 함께 하고 싶지 않다 또 다시 어머니를 기도원에서 죽게 해 평생을 후회하며 지내고 싶지 않다 죽으면 어머니가 없는 곳으로 가야겠다 혼자 태어나는 곳으로 가야겠다
> 하느님 없는 곳 하느님 아들이 없는 곳 아프리카에 가야겠다
>
> 아프리카에 마구간을 지어야겠다
>
> 「아프리카 2」 일부, 『하느님과 함께』

글피는 실패한 오늘이다. 아니 글피의 시인은 실패한 오늘을 살면서 모래의 저 처연한 초극을 응시하는 자이다. 하여 글피는 실패한 오늘이 성공한 오늘로 전환되어 역사의 역사로 위치하는 순간이다. 글피는 초역사다. 박찬일 시인의 시가 두려운 동시에 위대한 것은 그가 이 세계의 밖의 밖을 응시하기 때문이다. 말하자면 박찬일 시인의 시말은 철학의 철학이고 시의 시이다. 발자크가 자신이 처한 계급적 이데올로기를 총체적으로 부정하는 소설을 썼듯이, 박찬일 시인 역시 자신에 속한 그 모든 의미의 카테고리를 가볍게 초극하면서 혹은 의미의 의미조차 무의미로 여기면서 의미절대성의 영역으로 이행하고 있다.

박찬일 시인의 시말은 인간세계가 아닌 곳에서 발화되고 있다. 그것은 말해질 수 없는 것이거나 말하기를 꺼려하는 시말이다. 하여 시인의 시말은 금기위반이다. 싸드와 자흐 마조흐의 소설들이 인간에게 속한 성의 금기를 총체적으로 위반했듯이, 박찬일 시인의 시말들은 인간학의 위반이다. 인간이면서 인간에게 속한 모든 것들을 초극하기. 태양을 너무도 동경한 이카루스의 밀납의 날개처럼 시인 역시 생의 형식이 부여한 한계를 초극할 수 없는 것은 분명하지만, 시인의 시말들은 인간에게 주어진 삶-시간-세계의 극한값으로 치달아가고 있다.

> 땅 속에 계신 하느님 내려가고 계시나요 올라오고 계시나요 내려가시든 올라가시든 르완다 소말리아로 향하시기를 바랍니다
> 병들어 죽는 아이들 총 맞아 죽는 아이들 굶어 죽는 아이들을 보시기 바랍니다
> 땅 속에 계신 하느님 사흘이 훨씬 지났습니다 병들어 죽는 아이들 총 맞아 죽는 아이들 굶어 죽는 아이들 앞에 나타나시기를 바랍니다
> 사흘이 훨씬 지났습니다 아프리카에 나타나시기를 바랍니다
>
> 「아프리카 3」 전문, 『하느님과 함께』

신에게 촉구하는 시인. 글피의 시인은 신의 죽음을 선언하는 모레의 시인이 아니라, 이 세계를 다시 긍정하면서 신이 이 세계를 재건하기를 촉구하는 자이다. 글피는 너머의 재귀적 용법이다. 글피는 "사흘이 훨씬 지났습니다"고 고지하는 자이다. 글피는 부활하지 않는 자에게 다가가 다시 부활하기를 촉구하는 자이다. 글피는 신의 신이다. 글피는 한계의 한계에 위치하면서 그 한계가 한계로 존재할 수 없는 지대에 시말을 위치시킨다. 하여 글피를 향해가는 박찬일 시인의 시말운동은

시말의 시말성 내부에 투명하게 영혼의 기호를 표백한 후, 새롭게 창조되는 세계를 꿈꾸게 된다. 말하자면 오른 자는 내리고 내린 자는 다시 오르게 만들어 이 세계를 창조의 첫 순간으로 재귀시킨다. 비록 이 세계가 절망의 나락으로 추락하는 것은 분명하지만, 시인의 시말성은 글피를 내다보면서 이 세계가 인류성이 실현되는 공간이기를 소망하고 있다. 하여 글피란 신을 되살리는 시인이다. 글피란 너무도 삶-시간-세계를 섬긴 마더 테레사이거나 인간학적 욕망을 철저하게 거세한 자이다.

글피는 유토피아이다. 마르크스도 실패했고, 토마스 모어의 꿈도 실현되지 않았지만, 마르크스의 유물변증법의 궁극의 지점을 실현시키고 모레를 현실화시키는 자가 글피다. 하여 글피는 헤겔의 주인과 노예의 변증법의 위반이다. 글피는 먹지 않고 잠들지 못하는 자이다. 글피는 영원히 이 세계를 향하는 눈을 뜬 자이다. 글피는 "아프리카에 나타나시기를 바랍니다"라고 외치는 자이다. 하여 글피는 결코 올 수 없는 날이거나 이 세계가 거부한 날일지도 모른다. 왜냐하면 인간의 역사는 욕망에 의한 욕망의 작용으로 결판날 것이기 때문이다. 따라서 박찬일 시인이 겨냥하는 글피의 시말운동은 요한계시록이거나 아인슈타인의 일반상대성이론이 실현되는 50억년 후의 블랙홀일지도 모른다. 다시 말해서 모레는 왔으나 글피는 결코 올 수 없는 시간이거나 와서는 안 되는 시간에 해당하기 때문이다. 하여 글피를 몽상하는 시인은 삶-시간-세계의 밖을 응시하면서 그 밖으로 내달리는 자이다.

> 지구가 사라지니 하느님이 올 데가 없으시다
> 공간이 하느님이다

하늘이 생각난다 구름이 생각난다
존재하는 것이 하느님이다
손을 쑥 넣으라
틀림없이 하느님이 거기에 계신다

어느 날 지구가 사라졌기에 하는 말이다

「지구자리 하느님」 전문

도대체 이런 발상은 가능한가. 박찬일 시인의 시말의 정체는 광기인가, 천재성인가. 도대체 그의 시말은 어떤 시말성을 시 속에 내파시키고 싶어 하는가. 시인이 시말의 극한을 사유할 때, 우리는 어떤 극한값을 얻어낼 수 있는가. 모레에 속한 니체의 광기는 인류 역사상 가장 위대한 천재로 판명이 났지만, 글피는 한 번도 도래하지 않은 전인미답의 신기원이기에, 글피에 속한 박찬일의 광기는 이 세계에 실현될 수 없는 광기인가, 천재성인가. 실현되지 않는 광기, 즉 글피를 투시하는 시인의 운명은 광기로 판명이 나고 말지도 모른다. 허나 이러한 시인의 운명적 사태에도 불구하고, 박찬일 시인이 직관적으로 응시한 이 세계성의 비밀에 관한 담론적 사유는 자기 동일적인 진리성을 담보하고 있을지도 모른다. 아니 박찬일 시인이 응시한 '밖의 밖'에 관한 사유는 맞다. 만약에 우주가 빅뱅과 블랙홀이라는 물리학적 운동 사이에 존재하는 단 일회의 개연적 사건이라면, 혹은 빅뱅과 블랙홀이 우주 생성과 소멸을 증명하는 기제라면, "공간이 하느님이다"라는 정언적 명제는 성립하게 된다. 바로 "지구자리" 그 자체가 바로 "하느님"이라는 이 세계의 긍정성으로 수렴하게 된다. 말하자면 박찬일 시인의 사유는 우주 밖에서 우주 안을 본 자만이 말할 수 있는 극한값에 해당한다.

왜냐하면 시인의 이러한 사유값은 이전의 수많은 「나비」 연작을 통해서 얻어진 결론이기 때문이다. 시인이 나비가 되어 한계의 한계를 주파하다가 혹은 우주의 거대한 외연과 내포적 의미를 동시적으로 포착하면서 도달한 결론이 바로 "공간이 하느님이다"라는 테제다. 이것은 거대한 곤과 붕이 되어 거대한 부정적 상승으로 향하다가 이내 생―세계가 하나의 허망한 나비에 지나지 않음을 깨달은 장자처럼, 박찬일 시인은 지상적인 것의 긍정성으로 자신의 이념적 층위를 귀결시킨다. 그것은 인간학적 한계의 도전에 다름 아니다. 그것은 "세상 바깥 것을 궁금해 하다가 세상 안의 것을 다 놓친 어리석은 자"(아포리즘 1)의 초상이거나 최후의 깨달음을 얻은 자의 여유로움일지도 모른다. 하여 시인의 시말성은 오늘이나 내일에 위치한 시말들의 의미를 너무도 투명하게 기화시키면서 모레의 초극으로 향해가는 글피의 시말이다.

> 백색왜성 중성자별 블랙홀이 너무 큰 개념들이다
> 나는 너무 작은 개념들
> 산소와 산소 위를 날아가는 노란나비
> 산소가 너무 작은 개념들이다
> 작은 개념들은 사라지지 않는다
> 사라져도 사라지지 않는다
> 개미를 밟고 지나간다 나를 밟고 지나간다
> 내가 사라지지 않는다
> 개미가 사라지지 않는다
> 너무 작은 것은 사라지지 않는다
> 기억나지 않는 노란나비
> 기억나지 않는 것은 사라지지 않는다
>
> 「기억나지 않는 것은 사라지지 않는다」 전문, 『하느님과 함께』

이 패러독스와 같은 시말들은 어디에서 왔는가. 모레에서 왔는가, 글 피에서 왔는가. 도대체 박찬일 시인의 시말들은 어디에 위치하기를 소 망하는가. 물리학적인 시간과 공간의 개념을 해체시키면서 시인은 도 대체 무엇을 열망하는가. 사라지지 않음을 열망하는가, 아니면 기억하 지 않음을 열망하는가. 도대체 기억은 무엇이고, 사라짐은 또 어떤 사 태인가. 기억과 사라짐 사이에 어떤 연관관계가 있는가. 분명 글피에 속하는 시말은 이해할 수 없는 것이거나 이해되기를 거부하는 그 무엇 이다. 허나 그럼에도 불구하고 우리는 묻게 된다. 도대체 "날아가는 노 란나비"는 무엇이고, "기억나지 않는 노란나비"는 무엇인가. 그러나 답 해지지 않는다. 그러나 박찬일 시인의 시말은 답해지기를 거부하고 있 다. "너무 작은 것은 사라지지 않는다"면, 역으로 너무 큰 것들은 사라 진다는 말인가. 아니면 이 세계에 속했거나 속했다고 말해졌던 그 모든 것들은 인간의 기억과 무관하게 결코 사라지지 않는다는 말인가. 「기 억나지 않는 것은 사라지지 않는다」는 모레가 도래해도 이해될 수 없 다. 그것은 이해의 바깥이다. 그것은 이해의 거부이다. 그것은 글피가 도래한 순간 이해될 수 있거나 말해질 수 있다.

우리는 말해질 수 없는 것에 대하여 침묵하여야만 한다. 우리는 말 해질 수 없는 글피에 관하여 말할 수 없다. 우리는 글피를 응시하는 박 찬일 시인의 저 괴물 같은 패러독스 앞에 절망한 자이거나 침몰한 자 일지도 모른다. 허나 우리는 글피를 기억하지 못할지도 모른다. 왜냐하 면 우리에게 속한 삶-시간-세계는 고작 오늘이거나 내일이기 때문이 다. 하여 글피의 시인 박찬일의 삶-시간-세계는 영원히 나타나지 못 할 시간이거나 영원으로 표상될 시간에 위치해 있을지도 모른다.

정말로 정말로 아무 일도 일어나지 않았으리
종소리를 부르리 종소리를 부르리
송장이 大地이다
영원이 大地이다

「大地의 노래」 일부, 『하느님과 함께』

글피는 장자다. 글피는 부정적 상승에의 의지를 긍정적 하강으로 완결 짓는 장자의 철학이다. 글피는 대지다. 글피는 초극의 초극이다. 글피는 부정의 부정, 즉 긍정이다. 글피는 "하늘 바깥을 궁금허 하다가/ 평생을 다 보낸 자"(「나는 나비의 이름 1」 일부)가 속해 있는 삶―시간―세계이다. 글피는 "송장이 大地이"고, "영원이 大地"임을 증명하는 자만 속할 수 있는 저 지고한 의식의 경지를 변증법으로 지양극복할 때만 가능하다. 글피는 모레에 속한 니체의 초극이다. 글피는 오늘이나 내일이 이해할 수 없는 시간이거나 오늘이나 내일이 두려워하는 시간이다. 하여 글피는 가장 축복받은 삶―시간―세계를 살아가면서 가장 저주받은 생에의 형식으로 소멸하는 자이다. 따라서 글피는 패러독스이다.

영원히 해결할 수 없는 문제 - 화두냐 향락이냐

상징에의 저항은 항상 미해결의 문제를 시간의 선분 위에 남겨놓은 채, 인간학 전체를 불모의 지대로 이끌어가게 된다. 물론 상징에의 저항 자체가 인간이 취할 수 있는 최고의 시적 태도이기는 하지만, 우리는 상징 밑으로 추락하는 나약한 존재에 지나지 않다. 하여 이제까지 전개된 인간학에 관한 물음들은 필연적으로 아포리아로 휘어져 존재 전체를 미궁에 위치시키게 된다. 헌데 그러한 한계지평에도 불구하고, 박찬일 시세계의 본질은 저 미궁 같은 절망의 심연을 꿰뚫어 보면서, 인간학의 가능적 근거를 통찰하고 있다. 대저 우리는 삶-시간-세계의 어느 국면에 위치하는가. 아니 시인이 이제까지 인간학에 관한 진리라고 믿겨졌던 그 모든 것들을 무의미한 것으로 만들 때, 무릇 우리는 어디로 휘어지는 운명이어야 하는가.

이중성의 욕동 혹은 긍정과 부정의 변증법적 운동. 우리는 항상 이중성 위에서 생에의 음률을 연탄하게 되는데, 그것이 바로 생의 본질적인 국면이다. 비록 우리가 앎에의 의지를 통해서 삶-시간-세계 내부를 진리의 현존 방식으로 수렴시키고자 하나, 진리란 그 자체로 부재한 것이거나 절망의 다른 이름에 지나지 않다. 우리는 절대로 진리를 모른다. 아니 역으로 우리가 진리의 참모습을 알았다고 느낀 순간, 우리는 존재를 초월하거나 비존재이다. 우리는 모순 위에서 연탄되는 이중주의 불협화음이다. 우리는 소멸에의 의지이다. 우리는 '감히'로 존재하다가 스스로가 무의 지대에 위치해 있음을 자인하는 무기력한 존재이다.

허나 그러한 태생적 한계성에도 불구하고, 인간학이란 늘 그렇듯이 저 반복적 생에의 형식을 차이의 형식으로 치환시키면서 모든 삶을 새로운 문양으로 채색하게 된다. 물론 생에의 형식의 후면경에 늘 영원히 해결되지 않는 문제가 남아 있기는 하지만, 생은 저 차연의 오묘한 운동 내부를 교묘하게 관통하면서 또 다른 생을 욕동시키게 된다. 하여 생이란 무한히 유예된 진리에의 유혹이자, 차이의 유혹이다. 아니 생의 밑면에 저 거스를 수 없는 유혹이 자리 잡아 또 다른 생을 유혹하게 된다. 하여 생은 모차르트의 화려하고 투명한 음률로 탄주되다가, 바그너의 열정의 선율로 변주되다가 끝내는 바흐의 선율로 회귀하게 된다. 분명 삶-시간-세계란 미지의 힘에 응고되어 회귀하는 운동이다. 때론 저 거대한 상징의 동일성 밑으로 가라앉기도 하면서 때론 유혹의 시선에 생이 고무되기도 하면서, 우리는 그렇게 한 세계를 건너게 된다.

상징에의 저항도 한 세계를 건너고, 알레고리적 초상도 한 세계를 건너 피안에 이르게 된다. 말하자면 인간학이 펼쳐내는 그 모든 사태들은 형태와 무늬만 다를 뿐, 그 본질은 동어반복이 아니겠는가. 말하자면 우리는 늘 이것과 저것 사이에서 자신의 존재론적 문양을 변모시키게 되는데, 그것이 바로 생이 처한 선험적 가정이다. 비록 우리가 후험적 경험을 통해서 생이 어떠한 모양을 하고 있는지를 체감하지만, 생은 늘 그렇듯이 이중성으로 휘어지게 된다. 아니 저 모순적인 이중성이 아니고서는 생의 진정한 면모를 정확하게 기술할 수 없다.

우리는 모순의 운동이다. 우리는 저 해결할 수 없는 아포리아에 걸려 넘어져 스스로가 아포리아가 되는 모순의 존재이다. 이성과 감성 사이를 아슬아슬하게 변주 키질하면서, 우리는 이성적 존재도 아니고, 감성의 존재도 아닌 그렇고 그런 존재로 기화된다. 하여 존재란 탈성(脫性)이나 실성(失性)으로 향하는 지난한 운동이다. 그것은 역으로 우리가 실성(實性)이 아님을 예증하는 과정이거나 가상임을 증명하는 처절한 운동이다. 우리는 절대로 진리를 모른다. 우리는 절대로 절대를 모른다. 따라서 소크라테스도 틀렸고, 아우구스티누스도 틀렸고, 헤겔 또한 완벽하게 틀렸다. 설령 삶－시간－세계의 본질적인 운동이 절대의 표상작용이거나 그 절대성을 예증하는 것으로 휘어진 운명일 때조차, 우리는 절대를 절대로 발설해서는 안 된다. 이를테면 비트겐슈타인이 『논리철학논고』에서 말한 것처럼, 우리는 말할 수 없는 것에 침묵하는 것이 최선의 태도인지도 모른다.

헌데 박찬일은 말한다. 아니 더 정확하게 말해서 시인은 말－한계의 바깥으로 시말을 추동하여 말할 수 없는 말의 심연에 당도하게 되는 시말의 신기원을 연출하게 된다. 이제까지 말해진 말들을 허위로 되돌려 보내면서, 혹은 저 거대한 상징의 기만성을 응시 통찰하면서 인간학이 처한 자리를 되비추고 있다. 물론 박찬일 시인이 행한 일련의 시말 운동이 시문학사를 통해서 전무후무한 시적 실천인 것만은 분명하다.

아니 그것은 차라리 태양을 너무도 동경한 이카루스라고 말하는 것이 타당하다. 왜냐하면 박찬일이 행한 일련의 시살이 전체는 말할 수 없는 금기의 영역을 침범하고 있기 때문이다. 대저 말할 수 없는 영역으로 휘어진다는 것은 시인에게 어떤 의미인가. 사실 박찬일의 상징에의 저항이 하나의 시적 포즈가 아니라, 이제까지 형성된 인간학적 태도에 관한 물음을 집요하게 물고 늘어진다고 가정할 때, 시인이 도달한 시적 진경은 어떤 형국인가. 말할 수 없는 말들로 휘어진 말의 정체는 말해진 말인가, 말해지지 않은 말인가.

박찬일이 행한 상징에의 저항도 기실 또 하나의 메타성을 함의하고 있다고 말할 수는 없는가. 박찬일의 시가 어려운 점은 바로 이 지점에서 생성되는데, 우리는 박찬일의 시살이를 어떻게 이해하여야만 하는가. 하이데거가 니체의 니힐리즘을 기존의 형이상학의 파괴인 동시에 새로운 형이상학의 정초로 읽었던 방식으로 박찬일 시학의 본질을 읽어야 하는가. 분명 박찬일 시학이 노정한 문제의 중심들이 이제까지 진리라고 믿어졌던 형이상학의 원리를 초극하고 있다는 점은 사실이다. 그렇다면 우리는 그러한 박찬일의 초극의 정신성을 형이상학의 정초로 읽어야 마땅하지 않은가.

허나 이러한 박찬일의 시도에도 불구하고, 우리는 너무도 인간적인 너무도 인간적인 그 무엇으로 묘사되는 존재가 아닌가. 아니 우리는 저 인간이라는 함수로 존재하는 한, 늘 이중성 위를 가로지르는 모순의 존재가 아닌가. 화두와 향락 사이에서 혹은 인간학적 아포리아와 그것의 망각 사이에서 우리는 반복의 형식으로 존재하는 그렇고 그런 존재가 아닌가. 어쩌면 박찬일 시학의 마력은 상징에 저항했다는 사실에서 생성되는 것이 아니라, 상징적인 것에 저항하면서 너무도 인간적인 인간의 참모습을 시말 속에 응고시켰기 때문이 아닌가. 이를테면 그것은 역으로 삶−시간−세계를 너무도 사랑한 시인의 시적 포즈이거나 존재의 존재론적 면모에 대한 지극히 인간적인 이해에 다름 아니다.

하여 시인의 시말길 전체는 선험적 가정으로 존재하는 삶−시간−세계 내부를 투시하는 언어의 기댓값이거나 언어가 생의 진경을 대리 표상하는 말의 제국임에 틀림없다. 물론 말이 곧 생에의 형식의 존재론적 국면으로 환원되는 것이 불가능하다는 사실은 명백하지만, 우리는 순환하는 말의 운동을 통해서 삶−시간−세계의 면모를 밝혀낼 수 있다. 말하자면 삶−시간−세계란 화두(話頭)풀이다. 말이 곧 진리를 지시하는 것은 아니지만, 하여 말밑에 진리가 가라앉아 있는 것처럼 느껴지기도 하지만, 가장 명징한 삶−시간−세계의 진경은 향유 그 자체인지도 모른다. 왜냐하면 우리는 열역학 제2법칙의 산증인이기 때문이다. 사드면 어떻고, 들뢰즈면 어떻고, 또 바따이유이면 어떤가. 생이 소모의 경제학적 지평이나 리비도의 경제학적 틀을 벗어나지 못하는 한, 우리는 진리의 존재가 아니라 향락의 존재이다.

나는 향락한다, 고로 존재한다. 존재의 존재성은 진리로 휘어진 외길 수순 속에 기입된 흔적들이 아니라, 향락의 잔여 속에 기입될 유혹의 몸짓이다. 진리가 나의 존재성을 보증하지 못한다. 나는 나를 감각함으로써 나의 존재를 확인한다. 하여 나는 감각의 존재이다. 어쩌면 인간학이란 즉발성을 띤 '바로 지금 여기 이 순간'의 몸짓 속에 기입된 욕망의 형식인지도 모른다. 아니 역으로 생에의 선험적 조건인 삶−시간−세계가 아포리아 쪽으로 휘어지는 운명의 형식인 한, 우리는 저 향락을 향유하는 것이 최선의 방법이 아니겠는가.

　　가장 좋은 일은 여태까지 일어나지 않았는데 가장 좋은 일이 일어났
다면
　　나는 고양이
　　그대는 민들레 대궁, 민들레꽃
　　그대가 고양이면 내가 민들레 대궁, 민들레꽃

　　고양이는 민들레를 툭툭 치고
　　민들레는 툭툭 맞는 민들레

　　고양이와 민들레가 희롱하는 것

　　잡것을 의식하지 않는 것

　　고양이가 민들레와 희롱하며 잡것을 의식하지 않는다
　　　　「고양이는 민들레와 희롱할 때 잡것을 의식하지 않는다」 전문,
　　　　　　　　　　　　　　　　　　　　　　　『나는 푸른 트럭을 탔다』

　주이상스(향락)의 완벽한 실체는 사랑이다. 그리움이라는 감성이 사랑
대상에게 도달해 상호 소통이 이루어졌을 때, 게임적 사랑은 비로소 시
작된다. 사랑은 너(민들레, 사랑 대상)와 나(고양이, 시인 박찬일) 사이에서 벌
어지는 특발적인 사건이다. 사랑은 남녀가 벌이는 주이상스의 교환인
데, 시인 박찬일은 「고양이는 민들레와 희롱할 때 잡것을 의식하지 않
는다」에서 사랑이 벌이는 오묘한 의식 작용을 알레고리적으로 묘파하
고 있다. 사랑은 고양이와 민들레가 벌이는 둘만의 교감인데, 민들레는
고양이를 고양이는 민들레를 세계의 중심에 위치시킨다. 가끔씩 티격

태격하기도 하지만 은밀한 감각을 주고받으면서 상호 희롱할 때, 희롱은 운명적 사랑 대상을 기롱하는 농짓거리가 아니라, 사랑의 무수한 기호들이 기입된 놀이다. 사랑은 몸의 언어이다. 사랑은 비움이다. 사랑은 연애감정이 펼쳐내는 애정행각인데, 그것은 주체와 객체 사이를 교묘하게 전도시켜 남녀간에 벌이는 사랑의 정체를 정확하게 짚어내고 있다.

박찬일은 그러한 사랑행위를 가장 좋은 일이라고 명명하면서 사랑의 행태를 정언적으로 정의를 내린다. "희롱하는 것"과 "잡것을 의식하지 않는 것"이라고 남녀간의 연애감정을 정의 내렸는데, 이것은 이중의 시점을 교묘하게 언술한 것에 해당한다. "희롱하는 것"라는 관점은 고양이와 민들레의 애정행각을 타인들의 관점에 서서 객관적으로 언술한 것이고, "잡것을 의식하지 않는 것"이라는 관점은 고양이와 민들레가 벌이는 사랑 감정의 주관적 층위를 묘파한 것이다. 이 상호 이질적인 관점이 시 「고양이는 민들레와 희롱할 때 잡것을 의식하지 않는다」의 매력이다. 다시 말해서 남녀간에 벌이는 애정행각은 타인들의 눈에 그저 유치한 희롱이고 스캔들이지만, 사랑 주체에게는 절실한 그 무엇이다. 하여 사랑은 이 세계의 전부인 동시에 너와 내가 존재하는 이유이다.

아무 것도 틈입을 허락하지 않는 사랑. 말하자면 너와 나 사이에 무엇인가가 끼어들었을 때, 사랑은 정지되고 소멸한다. 사랑은 너와 나 사이에 잡것들을 끼워 넣지 않고 둘만의 밀어를 즐기는 순간이다. 하여 고양이와 민들레가 사랑할 때 잡것들을 의식하지 않는다. 왜냐하면 사랑은 고양이와 민들레 사이의 교감, 즉 전일하게 의식을 집중하는 순간이기 때문이다. 너와 내가 이 세상의 중심이다. 나머지들은 다 잡것에 지나지 않다. 둘만의 아름다운 사랑 제의. 흥분하는 몸. 음핵과 남근이 펼쳐지는 감각의 제국. 이제 남은 것은 몸을 통한 사랑이다. 고양이와 민들레가 벌이는 교감은 전희다. 성기결합을 준비하는 살가운 정 나누기. 부드러운 애무. 열리는 몸. 주이상스만이 상징에의 저항을 완결시킬 수 있는 유일한 기제인지도 모른다. 왜냐하면 향락은 그것이 쾌락을 목적으로 하는 한, 가장 완벽한 망각에 도달할 수 있는 두 가지 방법 중의 하나이다.

헌데 삶—시간—세계를 이끌어가는 궁극적 주체가 시간인 한, 우리는 결코 행복한 존재일 수 없다. 시간 앞에 소멸하는 그 무엇으로 표상되거나 절망하는 자이다. 허나 우리는 시간으로 휘어진 저 인간학적인 아포리아의 지대를 망각할 수 있는 유일한 기제가 있는데, 그것이 바로 향락이다. 비록 그것이 순간의 작용 속에서 벌어지는 유희의 몸짓인 것만은 분명하지만, 우리는 저 '죽음까지 파고드는 삶'이라고 명명된 에로티즘 속에서 완전한 자유를 구가하게 된다. 하여 향유는 시간에 관한 의식을 가장 완벽하게 망각할 수 있는 기제이자, 삶—시간—세계가 펼쳐내는 이중의 작용을 온전하게 거부할 수 있는 실체이다. 역으로 시간을 거스를 수 있는 유일한 방법은 저 상징적 질서를 무의미한 것으로 치부하면서 시간 자체를 향유하는 데 있다 하겠다. 물론 그 향유라는 것도 따지고 보면, 시간의 선분 내부에서 욕동하는 그 무엇으로 표상되기는 하지만, 향유는 그 자체로 모든 것을 망각할 수 있는 유일한 대안이다. 시간은 "잡것"이다. 시간에 관한 의식은 존재 일반을 고통의 함수로 수렴시켜 절망의 나락으로 추락시킨다.

나는 향유한다, 고로 나는 완벽한 시간의 지배자다. 만약에 이 테제가 옳다면, 우리는 가장 완벽하게 삶-시간-세계를 살아낸 존재라고 말할 수 있다. 우리는 시간을 의식하지 않음으로써 시간을 완벽하게 지배하는 모순의 존재이기도 한데, 그것은 생에의 형식 전체를 완벽하게 휘어지게 만드는 유일한 방법이다. <감각의 제국>의 주인공인 사다와 키치처럼, 혹은 사드의 『살로 소돔에서의 120일』이 영원과 향유 사이에서 쾌락의 극한에 도달한 것처럼, 우리는 '죽음까지 파고드는 삶'을 실현함으로써 영원으로 휘어진 시간성을 가볍게 논파시킬 뿐만 아니라, 상징 또한 삶-시간-세계 내부에서 거세시킬 수 있다. 물론 쾌락주의의 귀결이 자살이라는 극약처방으로 종결되는 것은 분명하지만, 저 완전한 죽음 같은 향락만이 시간이 만든 상징적 질서를 완벽하게 거부할 수 있다. 시간과 상징이 펼쳐내는 공모관계를 철저하게 논파시키는 박찬일 시학은 어쩌면 역사라는 허구, 즉 인간학적인 계보학에 대한 총체적인 회의 과정이거나 그것의 궁극적인 초극인지도 모른다. 허나 그럼에도 불구하고 우리는 휘어지고 또 휘어져 또 다른 도스토예프스키가 되거나 허무주의로 귀결하는 비극의 주인공인 스따브로긴이 된다. 쾌락의 극한값이 허무적 자살이듯이, 우리는 삶-시간-세계의 나 접면에 자리한 절대라는 궁극에 당도하지 못한다. 아니 삶-시간-세계가 시간이라는 중심축 위에서 욕동하는 한, 우리는 하나의 "화두"를 가슴 안에 새기게 된다.

우리는 근원을 모른다. 우리는 어디서 와서 어디로 휘어지는 운명인지 또한 모른다. 우리는 '안다'가 아니라, '모른다'이다. 비록 삶-시간-세계 내부를 가득 채웠던 이루 헤아릴 수 없는 앎에의 의지들이 인간학 내부를 중층결정하고 있을지라도, 그것은 항상 미지로 휘어져 앎 전체를 전도시킨다. 아니 이제까지 언표된 수많은 테제들은 정답이 아니라 해답이다. 하여 인간이 앎에의 의지를 통해서 피력한 그 모든 해답들은 열린 체계가 아니라 철저하게 닫혀 인간학 전체를 미궁에 빠뜨리게 된다. 설령 에드워드 윌슨이 주장한 '통섭의 원리'를 통해서 삶-시간-세계 내부를 전일적으로 응시할 때조차, 우리는 그 통섭조차 하나의 해답임을 자인하지 않을 수 없다. 아니 어쩌면 인간에게 허여된 삶-시간-세계라는 마물은 들뢰즈가 빠진 함정 속에 고스란히 기입되어 있거나, '차이와 반복'이 만들어내는 인간학적 운명에 가라앉아 궁극에는 탈주로 휘어지게 된다. 하여 인간학이란 진리함수를 대변하는 운동이 아니라, 그 진리가 부재하는 것이 모른다는 사실을 예감하게 된다. 따라서 인간학이란 아포리아로 휘어진 화두와 즉발적인 향유 사이에 위치한 키메라이거나 아르마딜로에 다름 아니다. 그것은 역으로 인간학 그 자체가 정체가 모호하다는 말과 같다.

설령 그것이 박찬일 시학이 언표한 상징에의 저항으로 휘어진 시말의 절대운동일 때조차, 우리는 '화두냐? 향락이냐?' 사이에서 헤매는 나약한 존재인지도 모른다. 하여 삶-시간-세계는 진리를 대변하는 유일무이의 운동이 아니다. 아니 인간학이 이 양자 사이에서 무한히 변주가 가능한 잠재적 사실의 총합으로 짜여 있는 한, 우리는 양자의 굴절점이자 변곡점이라고 말하는 것이 더 타당하다. 왜냐하면 우리는 우리의 진정한 정체가 무엇인지 모르는 상태 속에서 단회의 진자운동으로 소거되는 아포리아의 운동이기 때문이다. 허나 묻는다. 허나 우리는 묻고 또 물으면서 인간학 내부에 도사린 존재론적 음영이 만들어놓은 가상들을 하나하나 지워가면서 실질에 접근하게 된다. 이를테면 인간학 내부를 지배하는 궁극적인 실체라고 지칭될 수 있는 '화두와 향략' 사이에서 우리는 언제나 존재론적 결단에 이르게 된다. 아니 우리는 이것이냐 저것이냐 사이에서 언제나 저 해명할 수 없는 화두로 휘어져 알 수 없는 미지의 기호 전체를 기지로 전환시키게 된다. 우리는 이러한 운명의 함수를 벗어날 수 없다. 그것은 인간학이 도달하는 펼연이다.

> 영원히가 영원히가 된다 영원히 못 만날까봐 애달파했던 시절은 영원히 지나갔으며 이제는 영원히 만나지 않을 거라 생각하며 영원히 눈 감을 때를 준비한다 영원히 잊지 않겠다는 말을 영원히 잊어버리겠다는 말로 바꾼다 천 길 바다 깊숙한 곳 흔들지 않는 물이 흐른다면 그곳을 화두로 삼는다

「화두」 전문, 『화장실에서 욕하는 자들』

인간학은 어디로 휘어지는 운명인가. 우리는 저 이루 헤아릴 수 없는 논리의 세계를 통해서 논리적으로 인간학을 규명할 수 있는가. 대저 우리는 어느 쪽으로 휘어질 때, 가장 잘 살아낸 생에의 형식인가. 모른다, 알 수 없다. 다만 미궁에 빠진 채, 초논리의 세계에 당도하게 된다. 어쩌면 시 「화두」는 박찬일이 지향하는 궁극적인 물음들이 총체적으로 노정된 시말의 원상이자, 그가 그렇게 찾고자 했던 진리에의 갈망이 고스란히 간직된 작품에 해당한다고 할 수 있을지도 모른다. 왜냐하면 박찬일의 시살이 전체는 "영원"으로 표상되는 거인 골리앗과 맞서 싸우는 즉자적이자 순간을 살아가는 인간 다윗과 진배없기 때문이다.

분명 박찬일의 시말길 전체는 영원성, 즉 시간의 바깥에서 시간을

쥐고 흔드는 진리를 가볍게 논파시킨 것처럼 보이지만, 하여 상징에의 저항을 완료시킨 알레고리적 사유가 승리한 것처럼 비추어지기까지도 하지만, 따라서 그의 시말운동이 전대미문의 길을 열어젖힌 것으로 느껴지기도 하지만, 우리는 박찬일이 펼쳐낸 사유의 임계점 근방에서 사유의 사유를 다시 전개하게 된다. 과연 박찬일적 현상은 옳은가. 아니 옳고 그름을 떠나서 우리는 박찬일이 행한 시말운동 전체를 추인할 수 있는가. 만약 그가 행한 일련의 사유가 맞는 것으로 판명이 난다면, 우리는 어떤 삶을 선택하고 행동해야 하는가. 사실 박찬일이 행한 그 모든 것들은 논리적으로는 명백하게 이해되지만, 심정적으로는 두렵다 못해 그 어떤 전율에 휩싸이게 된다. 왜 그런가. 왜 박찬일의 시말들은 한편으로는 너무도 인간적인 포즈를 취하면서 다른 한편으로는 인간－너머로 휘어지는 독신(瀆神)적 경지로 나아가는가.

헌데 시 「화두」는 이러한 물음들에 대한 일종의 선언적 정의라고 할 수 있다. 이를테면 인간학이란 그 자체로 하나의 "화두"인 동시에, 그 해결할 수 없는 "화두" 앞에 무릎을 꿇고 마는 초라한 존재에 지나지 않다. 그저 우리는 "영원"과 순간 사이에서 기입된 조금 긴 순간을 살아내는 운명이다. 마치 화두가 영원과 순간 사이를 종주하는 삶－시간－세계에 관한 의미적 깨달음으로 휘어져 있는 것처럼, 우리는 우리의 존재적 의미에 관한 물음들을 화두에 응고시켜 절대의 절대성을 이 세계와 조우시킨다. 박찬일 시인의 시말운동은 시지포스 신화에 나타난 동일성으로 회귀하는 인간학에 대한 저항정신일지도 모른다. 왜냐하면 그의 시말은 이 세계가 펼쳐내는 담론적 질서에 대한 반항적 의식인 동시에, 새로운 인간학을 정초하고자 하는 부단한 노력의 산물이기 때문이다.

　허나 휜다. 허나 모든 것은 또 휘고 휘어져, 인간학 내부에 기입된 의미의 지대를 절대라는 표징 밑으로 가라앉히게 된다. 마치 시「화두」가 "영원"과 망각 사이에서 벌어지는 변증법적 운동으로 휘어져 있는 것처럼, 시인 박찬일은 영원의 내접면으로 휘어져 말할 수 없는 말의 지대로 비약하게 되는데, 그것이 바로 시인이 도달한 시적 화두에 다름 아니다. 향락하는 자도 소멸에 이르고, 영원을 화두로 끌어안은 자도 궁극에 소멸하게 마련이다. 만약에 이와 같은 것이 삶−시간−세계의 내적 원리라면, 대저 우리는 왜 화두라는 것을 끌어안고 살아가는가. 아니 시인이 말의 이쪽 면과 저쪽 면 사이를 영원이라는 표상 밑으로 가라앉힌 순간에도, 우리는 말−너머로 비약할 수 있는가. 그저 시간을 향유함으로써 소멸하는 것이 인생이 아닌가.

　예수는 죽었다 부활했다. 장자는 죽었으나 글로 영원히 살아남아 인간학의 심연을 굽이치고 있다. 허나 우리에게 허여된 생의 형식은 그 자체로 영원이 아니다. 육체의 형식으로는 절대 진리에 도달할 수도 없다. 하여 진리를 본다는 것은 애초부터 불가능하다. 죽음에의 저항 혹은 영원이라는 이름. 허나 우리는 이 문제를 영원히 해결할 수 없다. 아니 우리는 애초부터 영원 속에 영원히 갇힌 채, 영원에 관한 문제에 의해 질식당하게 된다. 승리하는 소멸의 운동. 소멸을 응시하는 인간들. 어쩌면 대척적 행성인의 제3의 눈으로 이 세계를 응시하는 시인의 시적 사유는 영원히 해결할 수 없는 절대성으로 휘어진 시말운동인데, 그것은 우리가 해결해야만 하는 "화두"일지도 모른다. 영원이라는 이름의 우로보로스, 혹은 꼬리에 꼬리를 무는 화두. 박찬일의 시말들은 영원과 맞서 싸우는 총체성의 말들인데, 그것은 어쩌면 시말의 미래를 온 몸으로 감내하는 숙명적 현재이자, 그 현재를 통해서 미래의 시말을 통어하는 영원 그 자체이다. 처음으로 회귀하면서 종국으로 치달아가는 그야말로 찬란한 말들의 제전이 박찬일 시말의 정체이다. 하여 박찬일이 도달한 시말운동은 아름답다 못해 숭고하기까지 하다.

허나 모른다. 허나 알 수 없다. 허나 그럼에도 불구하고 절대로 해결이 나지 않는 아포리아가 인간학의 심연에 늘 자리 잡고 있다. 우리는 그저 저 영원이라는 화두 하나를 짊어지고 이 세계를 주유하면서 그저 그렇게 자신의 존재론적인 운명을 응시하면서 이 세계 속으로 산일하게 되어져 있다. 어쩌면 시 「화두」는 시인의 시적 화두이자, 박찬일의 인간학적 초상에 새겨진 영혼의 흔적인지도 모른다. 아니 더 정확하게 말해서 시인의 시적 화두는 달팽이를 통해서 우주를 건너는 방법을 깨달았던 것처럼, 일순간 진리에 도달해 있을지도 모른다.

박찬일 시인과의 대담

대   담 : 박찬일 · 김석준
대담일시 : 2010년 10월 19일
대담장소 : 『시를 사랑하는 사람들』 회의실

박찬일 시말이 위치하는 지점 ─ 전복적 사유의 극단

여기 한 예술가적 인간형이 있다. 어떤 이는 그를 일러 어리석은 자라고 하고, 또 다른 이들은 그를 천재라고 한다. 그는 바보이거나 천재인 것이다. 내가 보면 그는 이해의 바깥이거나 모든 이해를 초월한 자다. 역으로 그의 시말은 모든 이해의 심급이다. 한국문학사를 통해서 아마도 가장 독특한 시를 쓰는 박찬일 시인. 그것은 그가 언어가 감당할 수 있는 최대치를 시말로 형상화하고 있기 때문이다. 시인이 전인미답의 시말길을 찾아 떠날 때, 혹은 말과 세계 사이에 놓은 간극을 인간학적 의식으로 고양시킬 때, 박찬일의 시말운동은 어떻게 평가받아야하는가.

엄밀히 말해서 박찬일이 겨냥하는 시말의 정체를 간명하게 논하는 것은 불가능하다. 실재의 실재성에 관하여 치열하게 시말화 한다는 것은 그 자체로 인간이 감당할 수 있는 몫이 아니다. 그런데 박찬일 시인은 그 문제를 집요하게 물고 늘어지면서 시말의 위의를 한껏 드높여가고 있다. 놀랍고 경이롭다. 아니, 시인의 시적 모험은 일종의 생을 담보로 한 가장 극렬한 싸움이다. 왜냐하면 시인의 시말길 전체는 결코 말해서는 안 되는 인간학적 금기로 휘어져 있기 때문이다. 비트겐슈타인이 『논리철학논고』의 마지막에서 '말할 수 없는 것에 침묵하라'는 너무도 당연한 교의에 맞서 싸운다는 것은 불가능하다. 우리는 말하는 자가 아니라, 말을 듣고, 말의 의미적 함수에 복종하는 자이다. 우리는 절대로 말을 거슬려서는 안 된다. 하여 우리는 침묵하는 자이다.

　말－논리(Logos)에 맞서 싸우는 박찬일 시인. 시인에게 시는 운명이다. 운명을 사는 시인, 하여 시살이 전체가 고난으로 수렴하는 시인의 운명. 이 대담은 시인 박찬일의 곤란한 삶에 대한 기록이다. 한 세계를 건넌다는 것은 그리 쉬운 일이 아니다. 특히 박찬일 시인의 경우를 살펴볼 때 그의 시살이 전체는 고난의 연속이었다.

비평가 : 초대에 기꺼이 응해주셔서 감사합니다. 개인적으로 형님 동생 하는 사이기는 하지만 그래도 격식을 차리는 것이 보다 나을 듯합니다.

박찬일 시인 : 그렇게 하지요.

비평가 : 박찬일 선생님은 편하게 말씀하세요. 이 대담이 공적인 것이기는 하지만 제 글방은 자유의 공간입니다. 선생님과 저와의 인연이 참으로 기묘하게 엮였었죠. 한국시인협회 경주 세미나에서

부터 선생님과 저의 관계가 시작되었죠.

박찬일 시인 : 생각해보니, 그런 것 같네. 아마 그때 그대와 나는 격렬하게 논쟁을 벌였던 것 같은데 ……. 그대 눈빛이 아주 강렬했지. 성정 또한 불같았고.

비평가 : 본격적으로 선생님의 시세계를 짚어보지요. 제가 선생님의 시를 처음 접하게 된 것은 네 번째 시집인 『모자나무』입니다. 뒤에 흔한 '해설' 대신에 아포리즘을 담은 시집. 두 번에 걸쳐 서평을 쓰면서 선생님의 시세계가 참으로 독특하다는 사실을 직감하였죠. 말하자면 선생님의 시말운동은 인간학적 지평을 훨씬 넘어선 것이거나, 인간이 아닌 곳에서 발화된다는 느낌이었습니다. 놀라웠죠 아니 놀랍다는 표현으로는 부족한데, 아무튼 어떻게 그렇게 상상할 수 있는지 궁금했습니다. 제 생각으로는 『모자나무』를 관통하는 시인의 구상력(Einbildungskraft)이 일종의 묵시론적 상상력에 기반하고 있다는 느낌이 들었습니다.

박찬일 시인 : 나의 묵시론적 사유는 많은 부분 기독교에 빚지고 있네. 내 시말들이 瀆神적일 때조차 내 시말들이 篤信적이라고도 말할 수 있네. 물론 시와 삶이 일치하는 것이 가장 이상적인 시살이라고 생각하네만, 실존적으로 '지금 여기'를 살아가는 것과 시적 삶은 어느 정도 거리가 있을 수밖에 없네. 시적 삶이 상상력을 통해서 새로운 시적 비전을 제시하는 데 주안점을 두는 반면, 우리가 살아가는 삶―시간―세계 전체는 종교적 관념으로 휘어져 있네. 瀆神과 篤信 사이에 종이 한 장 차이가 있을까. 우리는 그렇게 살도록 되어져 있는 것; 우리는 좋은 싫든 묵시

론적 태도를 취할 수밖에 없네. 죽음의 문제를 자살 여부의 문제라고 까뮈는 돌려서 말했지. 나의 시말 속에 묵시론은 종교적이면서 반종교적이지. 왜냐하면 그것은 일종의 종말의 계시거나 종말이 실현되는 최후의 순간이기 때문이네. 나의 시말들은 신성과 모독 사이에서 방황하는 인간적 언어의 표백작용이지. 우리는 그와 같은 이중적인 태도를 지닌 채 삶─시간─세계를 살아가는 운명을 부여받은 존재라고 말하면 어떨까; 나는 秘意의 세계에 근접하고 싶었네. 그 방법이야 어떻든 묵시론적 상상력이 내 시말운동의 근간이라고 보면 되겠네. 본격화된 것이 시집『모자나무』지. 종교적 상상력, 아니 신성모독적 상상력이 본격화된 것이『하느님과 함께 고릴라와 함께 삼손과 데릴라와 함께 나타샤와 함께』이고. 그것은 담론의 한 부분일 수도 있고 보다 근원적인 인간학적 한계상황에 대한 것일 수도 있네. 가까이서 보면 비극이지만 멀리서 보면 희극이라고 누군가 말했지만 난 멀리서 보면 다 묵시론적 상상력이라고 말하고 싶네. 묵시론적 상상력은 언어가 감당할 수 있는 진리의 최대치. 나의 원근법적 사유의 핵심은 묵시론적 상상력의 토대 위에 펼쳐지는 말잔치라고 할 수 있네.

(비평가는 내심 놀라고 있다. 박찬일 시인의 시말운동이 그렇고 크고 웅대한 것인지 몰랐기 때문일까.)

비평가 : 묵시론적 상상력은 종말론적 사고와 닿아 있는 것이지요.

박찬일 시인 : 예전에 아인슈타인의 상대성이론을 설명한『$E=mc^2$』을 재미있게 읽었던 적이 있었네. 경이로웠네. 뭐랄까, 생성과 소멸의 운동 혹은 화이트홀과 블랙홀의 반복교체 운동. 생명이 순환

하듯, 우주도 순환한다는 거. 이 세계가 일반상대성이론이 펼쳐 내는 수식으로 수렴하지 않을까. 묵시론적 상상력은 어쩌면 아 인슈타인에게서 얻은 것인지 모르지. 과학적 상상력의 최대의 성과물인 상대성이론을 통해서 묵시론적 상상력이 전개되었다? 묵시론적 세계는 인류 최후의 순간에 관한 상상적 실현이기 때 문이지. 그것은 미시적인 관점에서 볼 때 한 생명의 탄생과 소 멸이고, 거시적인 관점에서 우주의 생성과 소멸의 운동이기 때 문이지. 또한 그것은 『성서』의 「요한계시록」에 나타난 종말론 적 세계관의 거부네. 내가 기독교적 상상력을 가지고 있다는 사 실은 인정하지만 「요한계시록」에 나타난 종말론만은 인정하기 가 쉽지 않네. 나의 시말운동이 나의 기독교적 사유에 대한 방 법적 회의거나 진정한 篤信的 태도로 가는 과정의 산물일지. 인 류학적 상상력이라는 말을 써보면 어떨까. 인류학적 상상력이 라는 말은 앞으로의 사유의 키워드가 될 것이네. 인류라는 상 징, 혹은 인류의 상징들인 파르테논 신전, 만리장성, 자유의 여 신상, 피라미드들은 기억될 것인가. 기억되지 못할 것인가. 호 모 사피엔스 사피엔스는 네안데르탈인을 기억해 주었는데, 공 룡들을 기억해 주었는데.

비평가 : 주제가 무겁네요. 가벼운 주제로 넘어가는 게 어떨까요. 사실 저는 개인적으로 선생님의 시들이 쉬운 것 같다고 생각이 들다 가도 실상으로 들어가면 도무지 이해할 수 없는 묘한 감정에 사로잡히는 경우가 너무 많습니다. 왜냐하면 선생님의 시들은 주지적으로만 이해되지 실제 그것이 실현될 수 있는지 의문에

휩싸이는 경우가 종종 있었기 때문입니다. 판타지를 다룬 시도 아니고, 그렇다고 첨예한 현실의 문제들을 다룬 것도 아닌, 묘한 지점에서 시말이 욕동하고 있는데, 어떤 시적 노림이 있는 건가요?

박찬일 시인 : 좋은 말을 하셨네. 내게서 시란 말과 세계 사이에 존재하는 일종의 漸移地帶라고 말하는 것이 옳네. 왜냐하면 시란 단순한 말도 아니고, 그렇다고 세계를 정확하게 재현하는 도구도 아니네. 시를 말과 세계를 길항시키는 힘이라고 보면 어떨까. 말인 듯하지만 말이 아니고, 세계가 아닌 듯하지만 세계를 재현해내는 그 묘한 경계지대에 시말이 위치해 있다고. 시란 미묘한 형상물이지; 시란 그 자체로 존재적 대응이 아닐까. 무거움을 가볍게 치환시키는 시말이나 가벼운 생 형식을 무겁게 응시하는 시말의 존재적 위의를 통해서 자기 세계를 새롭게 정초하는 것이 시인이 아닐까. 인식의 도구로서의 시를 말해도 될 듯.

（시인의 말은 어딘지 모르게 어눌했지만 어조는 강렬했다. 그것은 하나의 신념이었고 철학이었다. 시인이 큰 세계를 건너가고 있다.）

비평가 : 선생님의 시에는 어딘지 모르게 니체 냄새가 물씬 풍기는 것 같더군요. 『모자나무』 말미의 아포리즘이 그렇고, 시말을 언표하는 방식이 그렇고, 이 세계를 바라보는 시선 또한 그렇습니다. 제가 잘못 본 건가요?

박찬일 시인 : 20세기 이후의 모든 사상이나 문학적 행위가 니체로부터 자유로울 수 없을 걸세. 들뢰즈로부터 자유로울 수 없을 걸세. 우리는 과거와의 해석학적 관계에 놓여 있네. 우리는 결코 과거로부터 자유로울 수 없을 뿐만 아니라, 과거의 지적 토대 위에

서 새로운 지평을 융합할 수 있네. 가다머가『진리와 방법』에서 취한 태도이기는 하지만 우리는 지평 융합적 의식을 통해서 새로운 미래를 정초해야만 하네. 인간학의 미래는 과거에 있네. 우리가 미래를 몽상할 때조차, 혹은 새로운 신기원이 이룩될 때라도, 우리의 초상들은 과거의 시간이 응결되어 미래로 굽이치네. 그런 의미에서 볼 때 니체는 20세기는 물론 21세기의 인식적인 문제들을 선취하고 있지. 허나 그렇다고 해서 내 시말운동이 니체의 반영이라는 말은 결코 아니네. 내가 니체주의자였던 것만은 분명하지만, 나는 니체에게만 경도된 자는 분명 아니네. 다양한 경향들을 수용하였네. 물론 지라르가 말한 것처럼 이 세상에 존재하는 모든 예술가들은 자기가 만든 작품에 대하여 항상 불만족해 한다는 점 부연해야겠지. 무엇보다도 예술가는 결핍을 독하게 의식하는 자. 지난한 삶−시간−세계의 논리를 감내하면서 소멸을 인식하는 자.

비평가 : 선생님은 예술가적 인간형입니까, 현세적 인간형입니까?

박찬일 시인 : 분명 나는 현실적 인간형은 아니네.

비평가 : 다시 니체로 돌아가는 것이 좋을 것 같은데요. 마치 라깡의 작업이 프로이트 작업의 연속선상에 있는 것처럼, 선생님의 시말 운동도 니체의 연속선상에 있다고 보여집니다. 어떻게 생각하세요?

(박찬일 시인의 표정이 약간 일그러졌다.)

박찬일 시인 : 나의 시살이 전체를 니체의 그것으로 평할 수 있을까. 허나 분명히 해야 할 점은 내가 니체로부터 시적 운동을 얻기는

했지만 내가 니체의 그것을 나만의 방식으로 새롭게 지평 융합
했다는 점일세. 나의 시말은 전혀 새로운 시말이네. 정녕 이야
기하건대 내 일련의 시작활동은 새로운 시말을 정초하는 데 주
력했고 그것을 통해서 시말의 신기원이 이루어지기를 열망했네.

비평가 : 그렇다면 선생님! 어떤 점이 그러한지 구체적으로 설명을 해주
세요. 이 문제는 참으로 중대한 사안입니다.

박찬일 시인 : 내가 독문학도였던 것은 이미 알 것이고. 한때 나는 니체
에게 매료되었네. 니힐리즘이 그렇고, 위버멘쉬사상이 그렇고,
디오니소스적 삶이 그렇고, 영겁회귀사상이 그렇네. 『비극의 탄
생』, 『차라투스트라는 이렇게 말했다』와 『힘에의 의지』를 읽는
내내 나는 전율하지 않을 수 없었네. 치밀하지만 웅대하고, 견
고하지만 아포리즘적 사유로 휘어져 들어가는 니체의 이 세 저
서가 세계를 새롭게 보는 눈을 주었네. 아무튼 니체 철학은 내
시살이의 선험적 가정이자 필요조건이었지. 나는 이카루스처럼
날고 싶었네. 설령 그것이 밀랍의 날개일지라도 나는 니체라는
날개를 달고 새로운 세계를 열어보기를 열망했네. 특히 적극적
니힐리즘이 압권이었네. 이제까지의 인식 토대를 일거에 무너
트리고 새로운 형이상학을 정초하려고 시도하는 니체야말로 내
게는 위버멘쉬였네. 더욱 놀라운 것은 영원회귀사상이었네. 동
일한 것의 영원한 회귀! 그러므로 순간에 영원의 무게가 달려
있다는 것! 니체 특유의 관점주의, 혹은 원근법주의 또한 삶에
대한 의지를 북돋아주었지. 문제는 내가 이러한 니체 철학들을
나의 고유한 인간학적 체계를 세우는 데 활용했다는 점이네. 말

하자면 나의 시말은 니체적 사유를 극한까지 밀고나가 새로운 형이상학의 정립을 요구하네.

(박찬일 시인의 표정은 단호했다. 유순한 사람이 결기 있는 모습으로 자신의 논리를 차근차근 펼쳐냈다. 나는 적지 않게 당황했다.)

비평가 : 한 템포 쉬어가죠. 대담이 너무 무겁네요. 좀 가볍고 쉽게 이야기를 해주세요.

박찬일 시인 : 가볍고 쉬운 이야기가 뭐지?

비평가 : 선생님의 고등학교 시절을 이야기해 주세요.

박찬일 시인 : 춘천의 옥천동 시절은 내 삶의 빛과 그림자가 동시에 투영된 시기. 학업성적은 최상위권. 고등학교 2학년 2학기가 시작되면서 두통이 찾아왔고, 집중도 안 되고, 만사가 귀찮고, 짜증이 났고. 불쑥불쑥 찾아드는 두통은 내 모든 불행의 원천이 되었네. 나는 팔호광장에서 막걸리를 거듭거듭 마셨지. 술로 인한 고통의 망각? 짜릿했지. 맞아! 짜릿하다는 표현이 맞아. 운명이 바뀌었어. 만약에 두통이 오지 않았다면 나는 현실지향적 인간형으로 현세를 잘 살아갔을지도 모르지. 나는 내가 시인인 것이 좋네. 두통이 내 인간학적 욕망을 갉아먹기는 했지만 두통이 나를 시인으로 만들었네. 우리 모두는 자기 고통을 가슴 안쪽에서 내파시켜 생의 신기원을 이룩해가지. 후회는 없네. 그것이 내 생인 걸, 내가 후회하고 탓하겠나.

비평가 : 맞아요.

박찬일 시인 : 우리 모두는 자기 천성을 가지고 사는 존재. 굴곡 없이 성숙할 수 없지. 그렇게 한 세계를 건너서 레테의 강에 당도하게 되겠지. 너무 걱정하지 마시게.

비평가 : 알겠습니다. 그리고 개인적인 질문 하나 해도 될까요?

박찬일 시인 : 하시게.

비평가 : 선생님의 시에 보면 어머니에 대한 죄의식이 도처에 드러나 있
　　　　는데, 거기에 특별한 사연이 있습니까?

　　　　(박찬일 시인이 난감해했다.)

박찬일 시인 : 이야기를 어떻게 시작해야 할지 모르겠네. 아무튼 나는 어
　　　　머니에게 많은 죄를 졌지. 제대로 된 자식 노릇한 적 한 번 없
　　　　네. 그렇지만 무한한, 무한한 사랑을 받았지. 내가 개망나니였
　　　　다는 소리는 아니네. 어머니가 말기암 판정을 받았을 때 내 나
　　　　이 스물 여섯. 나는 어머니를 끌고 '옮겨다니는' 기도원을 들어
　　　　갔네. 용산에 2주, 전주에 1주, 대구에 1주 머무르는. 어머니는
　　　　춘천집으로 돌아가시고 싶어 하셨네. 그런 어머니를 나는 몇 개
　　　　월 동안 끌고 다녔네. 어머니는 마지막 날, 춘천집에 가시기로
　　　　한 날, 대구에서 서울로 이동하는 버스 안에서 운명하셨네. 83
　　　　년 2월 15일. 용산에 아버지와 두 동생이 기다리고 있었네. 그
　　　　들은 어머니의 주검을 껴안았네. 어머니는 숨을 거두시기 전 혼
　　　　신의 힘을 다해 나를 저주하셨네. 그러나 나는 어머니를 사랑하
　　　　네. 어머니도 지금 나를 사랑하실 거라고 믿네.

　　　　(누구나 다 어머니에게 자식은 죄인이자 불효자이다. 우리는 어머니의 사
　　　　랑을 헤아리지 못한다. 우리는 절대로 어머니의 슬픔을 이해할 수 없다.)

비평가 : 선생님! 인간에게서 사랑이란 무엇인가요. 괴테도 그렇고, 피카
　　　　소도 그렇고, 그들에게서 사랑은 예술의 심혼을 일깨우는 그 무
　　　　엇으로 작동했던 것으로 알고 있습니다만, 선생님은 사랑이 무
　　　　엇이라고 생각하십니까?

234

박찬일 시인 : 철학과 예술은 같고도 다르지. 철학이 성찰이라면 예술은 그 성찰적 의식을 바탕으로 해서 억압을 승화하거나 자유를 만 끽하지. 철학이 체계의 건설이라면 예술은 파괴의 욕망이지. 예 술은 체계가 굳건하게 건설되면 이내 싫증을 느끼지. 모든 예술 운동은 모순이네. 마치 사랑이 모순적이고 이중적인 감정 위에 펼쳐지는 변증법적 운동인 것처럼. 예술가에게 있어서 사랑은 한 세계를 창조하는 데 있어서 없어서는 안 되는 필요조건?

(그렇다. 예술은 그 형식이 어떠하든 상관없이 사랑이다. 어찌 사랑하지 않고 하나의 새로운 우주를 정초할 수 있겠는가.)

비평가 : 작년 겨울에 선생님과 저는 비트겐슈타인을 놓고 심각하게 언 쟁을 한 적이 있습니다. 기억나시죠. 최준 시인, 이태근 시인과 함께 사당사거리 근방에서 만났던 거. 비트겐슈타인이 천재라는 데는 의문의 여지가 없습니다. 그런데 『논리철학논고』나 『철학 적 탐구』를 읽으면서 여러 가지 의문점들이 생겼습니다. '언어 의 한계가 세계의 한계'라는 것과 '말할 수 없는 것에의 침묵', 그리고 '언어놀이적 언어탐구' 등의 명제가 진리의 한계를 설정 할 수 있다면 존재론이나 형이상학을 포함한 인간학 전체는 언 어 앞에 굴복하게 됩니다. 물론 일정 부분 비트겐슈타인의 이 명제들이 옳습니다. 허나 이 세계란 말해질 수 있는 말만으로 짜여진 것이 아니라, 말해질 수 없는 것이 말해질 수 있는 것을 길항시킨다고 생각합니다. 물리학이 아인슈타인의 과제였던 대 통일장이론을 찾아 고행을 하는 것처럼 우리는 말할 수 있는 말을 가지고 말할 수 없는 그 무엇인가를 찾아 떠나는 것 아닐 까요. 비트겐슈타인의 반대편에서 사유할 때 비트겐슈타인 명

제를 깰 수 있다고 생각합니다.

박찬일 시인 : (웃음 띤 얼굴로) 그때 진짜 치열했어. 그대의 불같은 성정이 한 세계를 건설할 수 있을 걸세. 부디 그대로 밀고 나가시게. 헌데 조금은 참을 줄도 알아야지. 이 꼴통 학자야! 나중에 생각하니까 비트겐슈타인에 대해서 우리는 같은 의견을 가지고 있었어. 덧붙일 것은 비트겐슈타인도 말할 수 없는 것에 대해 침묵하지 않았다는 것. 신비스러운 거 다섯 가지를 얘기했지.

(우리는 호탕하게 웃었다. 그는 나를 아낀다. 그것도 아주 참 많이 아낀다. 그는 나를 소중하게 생각한다. 그는 나를 지기로 인정했다. 그는 나와 함께 진정한 예술가의 초상을 건설하기를 원한다. 나는 안다. 때론 광기 같은 지랄이 있기는 하지만 나는 그가 진짜 마음이 선한 시인이라는 것을 안다. 우리는 그렇게 문제의 중심을 비껴가면서 서로의 진심을 이해한다.)

비평가 : 선생님에게 있어서 현실은 무엇입니까? 아니 다시 말해야겠군요. 선생님은 어떠한 현실관 위에서 시말을 욕동시키고 있습니까?

박찬일 시인 : 삶ー시간ー세계란 행복의 기록이 아니라, 고통의 기록이네. 우리는 저마다의 고통을 이 세계에 흩뿌리면서 행복이라는 함수를 열망하게 되는 그야말로 진짜 모순의 존재네. 니체가 삶의 잔혹성이라는 말을 어디서 했지 않나. 우리는 불안이라는 덫에 휘둘려 제대로 된 삶ー시간ー세계를 향유할 수 없네. 인간학이란 그 자체로 아포리아에 휘둘려 옴짝달싹할 수 없는 그 무엇. 더 비극적인 것인 것은 그러한 한계성을 자인하면서도 인간은 그 아포리아를 해명하기 위해서 발버둥친다는 사실. 설령 게놈이라는 유전체 지도가 완벽하게 풀려 인간 수명의 한계를

몇 차원 끌어올린다 하더라도 존재의 잔혹성을 극복할 수 없을 거야. 이 세계는 불행 의식으로 가득 차 있어. 비록 언뜻언뜻 비추는 햇살 같은 행복이라는 함수에 현혹되어 생—세계를 미분도 하고 적분도 해보지만 결국 우리는 부조리로서 삶을 마감하지. 나는 그 불행한 현실을 위무하기 위하여 시를 쓰고 있는지 모르지. 시란 그 자체로 파르마콘 같은 것. 잘 쓰면 약이 되겠지. 시란 그 쓰임새에 따라 이 세계의 모양을 바꿀 수 있는 마성적 존재? 어쩌면 시형식이 삶—시간—세계에 드리워진 존재의 잔혹성, 즉 불안을 저지할 수 있지 않을까. 내가 처한 그 잔혹한 현실이 스스로를 치유하기 위해 요청되어진 것이 바로 시라는 마물이 아닐까. 우리는 불안불안하고 슬픔이 가득 찬 위선적인 현실 세계를 숭고한 시말의 위의를 통해서 치유하는 것 아닐까.

비평가 : 선생님에게 삶이란 능동태입니까, 수동태입니까? 왜냐하면 선생님이 세계를 바라보는 관점은 기투적이기보다는 피트적이라는 느낌이 들기 때문입니다.

박찬일 시인 : 나는 기독교적 상상력에 많이 휘둘리네. 설령 내가 시집 『모자나무』나 『하느님과 함께 고릴라와 함께 삼손과 데릴라와 함께 나타샤와 함께』에서 瀆神적인 태도를 표명했을 때조차 나는 삶—시간—세계란 기투가 아니라 피투적이라고 생각하네. 비록 시인이라는 존재가 잔혹한 이 세계의 현실을 시말로써 구원하려고 노력하기는 하지만 완벽한 구원일 수 없네. 인간학적인 한계상황을 자인하면서 신성의 세계에 도달하는 것, 그것은 생명

이라는 형식이 이 세계 속으로 들어온 순간부터 생래적으로 빚어내는 자연스러운 현상. 모름을 자인하는 세계로 귀의하게 되는 것. 우리는 절대로 기투적 존재가 아니라, 피투적 존재네. 제아무리 잘난 것이라도 소거되네.

(맞다. 박찬일 시인의 말이 맞다. 우리는 그저 그렇고 그런 존재에 지나지 않다. 우리는 세계에 던져진 존재다. 우리는 아무 것도 할 수 없다. 우리는 그저 무력하기 짝이 없는 나약한 존재임을 다시 한 번 깨닫는다. 슬프다.)

비평가 : 만약에 선생님이 말하신 것처럼, 우리가 기투가 아니라 피투적 존재라면, 혹은 신의 의지에 의해서 만들어진 피조물이라면, 선생님의 시말에 나타난 수동적 허무주의는 어떻게 이해해야 합니까? 사실 선생님의 종교적 신념과 시말운동은 서로 모순관계에 있다는 느낌이 드는데요. 제 느낌이 틀렸습니까?

박찬일 시인 : (단호한 어조로) 니힐리즘을 잘못 이해하고 있다는 생각이 드네. 니힐리즘을 단순한 허무주의로 해석하면 안 되지. 물론 표면적으로 볼 때 수동적 니힐리즘은 인간학적 한계상황이 만들어낸 운명적 태도처럼 비추어지지만 기실 그것은 새로운 세계를 열망하는 인간학적 태도에 다름 아니네. 니힐은 아무 것도 없는 상태, 즉 완벽한 무의 상태를 지칭하네. 그런데 그것은 일종의 백지 상태로의 환원이거나 새로운 역사를 정초하고자 하는 근원적 의지일세. 말하자면 천체물리학에서의 저 거대한 우주 생성의 원리처럼 니힐리즘은 모든 것들을 흡수 통일하는 절대운동일세. 나는 니힐리즘의 저 거대한 운동에 순응해야만 하네. 생에의 형식이란 그런 것. 허무주의는 인간학 전체를 포괄하는 적극적인 개념이라고 보네. 수동적 허무주의 대신 능동적

적극적 허무주의라는 말을 쓸 수 있네. 우리는 그렇게 한 세계에서 또 하나의 세계로 건너가는 거. 노예도덕이 아닌 군주도덕으로.

비평가 : 도대체 그런 논리가 어떻게 성립하지요?

박찬일 시인 : 우리는 좋든 싫든 상관없이 절대로 휘어진 운명이라는 사실이네. 그리고 우리는 소멸에의 의지라는 거네. 적극적으로 한 생을 살아가다가 그것이 무의 운동임을 깨닫는 것. 나는, 나의 시들은, 그 운명과 적극적으로 대면하면서 새로운 세계를 정초하고자 했네. 특히 『모자나무』와 『하느님과 함께 고릴라와 함께 삼손과 데릴라와 함께 나타샤와 함께』에 실린 시들은 새로운 형이상적 세계를 정초하고자 했네. 나는 시말로 운명의 흔수와 대면했네.

(우리는 모순이다. 만약에 우리가 모순적이지 않다면, 새로운 이념이나 사상을 추동할 수 없을 것이다. 박찬일 시인은 담대했다.)

비평가 : 짤막하게 예술가에 대하여 언급했었는데, 자본이 능력이고 힘으로 표상되는 21세기에 예술가의 참모습은 어떠해야 합니까?

박찬일 시인 : (농담조로) 나 같은 사람? 현실과 이상 사이에서 늘 방황하고 번민하는 사람, 즉 경계인이나 주변인이 예술가의 초상 아닐까. 예술가는 태생적으로 어느 한 곳에 소속할 수 없는 사람. 예술이 하나의 경향에 매몰된다면 반드시 매너리즘에 빠지게 될 걸세. 예술가는 운명적으로 한 곳에 머물러서는 안 되고 머물 수도 없네. 데카르트가 그릇론으로 말한 것처럼 예술은 새로운 형식에의 운동이네. 형식만이 사유를 새롭게 만들고 형식만이 세계를 새롭게 인식할 수 있네. 예술가는 형식의 창조자.

비평가 : 선생님의 시를 읽다보면 고통에 관한 문제가 너무도 강렬하게
　　　　다가오는데요. 시인에게 고통이란 어떤 의미인가요?

박찬일 시인 : 나에게 고통은 시말의 선험적 가정이자, 나를 시인으로 만
　　　　든 가장 원초적인 조건이네. 정확하게 말해서 나의 시는 고통의
　　　　기록이네. 우리가 살아가는 삶―시간―세계란 고통이라는 魔物
　　　　을 통과하지 않고는 생에의 眞景에 결코 도달할 수 없네. 고통
　　　　이 현실이네. 고통이 생 옆에 도사린 가장 찬란한 꽃이네. 그것
　　　　은 견딤도 아니고 그렇다고 생의 보배도 아니네. 고통은 모순이
　　　　네. 우리는 고통의 실체를 정확하게 모르네. 모름의 고통? 우리
　　　　가 안다면 그것은 결코 고통일 수 없네. 우리가 생에의 형식으
　　　　로 이 세계 속으로 들어온 순간 우리가 바로 고통의 존재지. 거
　　　　기엔 이유도 없고, 목적도 없네. 고통은 '단지 그냥'이라는 부사
　　　　의 형태로 생의 옆면에 들러붙어 존재하네. 고통은 인간학적 한
　　　　계상황이네. 고통으로 인해 불안에 이르게 되고; 고통과 불안은
　　　　내 시의 자양분이자, 에너지. 다시 말하지만 문제는 그 고통이
　　　　만든 함수를 우리가 풀어낼 수 없다는 데 있네. 우리가 아무리
　　　　행복한 척해도 우리는 불안에 이르게 되어있네. 칸트가 '물 자
　　　　체(Ding an sich)'를 인식할 수 없다고 선언한 순간, 이 세계는 의
　　　　식이나 인식을 통해서 완전한 앎을 실천할 수 없다는 이른바
　　　　'칸트 위기(Kantkrise)'에 이르렀었지. 제아무리 뛰어난 과학적 비
　　　　전을 통해서 이 세계를 재구성하더라도 우리는 언제나 그 모든
　　　　이론적 층위가 불완전하다는 사실을 직감하지. 물론 윌슨 같은
　　　　진화생물학자는 '생물학적 통섭'을 통해 언젠가는 대통일장 같

은 이론이 형성되어 이 세계를 완벽하게 설명할 수 있다고 믿고 있는가 본데 우리가 불완전을 인식하는 의식을 소유한 호모사피엔스사피엔스인 한 우리는 결코 존재론적 고통이나 불안을 벗어날 수 없을 걸.

비평가 : 요약하면, 고통이나 불안의 궁극적인 원인은 앎에의 의지를 파생시킨 인간의 의식에서 비롯한다는 것이지요.

박찬일 시인 : 어쩌면 인간에게 있어서 의식은 모든 고통의 원인이자 불행의 원천이네. 헤겔이 자기의식을 불행한 의식이라고 언명했던 것처럼 '인간 사태'는 욕망하는 의식이 빚어내는 균열에 의해 삶-시간-세계 전체를 파멸에 이르게 하네.

비평가 : 잠깐만요. 이게 무슨 말이에요. 지금 선생님은 의식과 욕망을 동일한 차원에서 말하는 것 같은데, 제가 잘 이해한 것인가요?

박찬일 시인 : 의식은 理性으로부터 오지 않네. 의식은 나와 너 사이의 관계에서 비롯하네. 나의 의식은 철저하게 타자를 통해 투영된 나의 의식이네. 우리는 나를 통해 나를 알지 못하네. 나를 아는 나는 너를 아는 나이거나 너의 욕망이 만들어낸 나의 욕망이네. 말하자면 모든 의식은 인간학적 균열이 만든 의식이거나 그 균열에 욕망을 대입하여 너를 지양 극복하는 나의 의식의 다른 이름이네. 의식은 욕망하는 의식이네.

비평가 : 저를 당혹시키는 시인은 처음입니다. 선생님과의 대담은 오만방자한 저를 겸손하게 만드네요.

박찬일 시인 : 그렇게 말할 것까지 있나.

비평가 : 이제 주제를 바꾸어 선생님에게 있어서 시가 어떤 의미를 갖는

지 묻고 싶네요. 사실은 선생님의 다섯 권의 시집을 읽으면서 적지 않게 당황했거든요. 어떻게 결코 말해서는 안 되는 금기의 세계에 철저하게 저항하면서 새로운 세계를 세울 수 있는지요. 시를 읽으면서 전율했어요. 그래요, 전율했어요.

박찬일 시인 : 나도 내 시가 두려울 때가 있네. 말해진 말들을 주워 담을 수도 없고, 그러니 주워 담아서도 안 되는 것. 말해진 말은 운명! 운명을 거부하면 또한 운명으로 수렴하지 않겠나. 나에게 있어서 시란 운명이라고 말하려고 하네. 마치 나의 시말운동 전체가 인간학적인 운명 전체를 거부하는 운명으로 휘어진 운명인 것처럼. 그것은 역으로 온전한 의미의 시란 운명을 살아낸 흔적이라는 사태를 성립시키네. 맞네. 흔적이네. 시란 말의 휨 작용이라는 말도 그래서 나오지 않겠나. 휘어지지 않고는 결코 대상의 본질을 알 수 없다는 말도. 나의 시말은 이중으로 휘어져 있다고 말하는 것이 정확할 것이네. 나의 시말은 이제까지 만들어졌다고 생각되는 관념의 바깥쪽에서 욕동하고 있기 때문이고, 언어운동 또한 운명의 함수를 거부하는 새로운 함수운동이거나 함수의 함수를 해체시키는 운동이기 때문이네. 나의 시말은 의도하지 않은 의도이거나 의도된 체계를 넘어서는 지점에서 발화되고 있네. 나의 시말이 내가 아닌 지점에서 쓰이고 있다고 말할 수 있을까.

(박찬일 시인은 시말로서 한 세계가 새롭게 생성될 수 있다고 믿고 있는 것 같았다.)

비평가 : 참 어렵네요. 선생님의 시말이 위치하는 지점은 라캉의 이론적 층위와 비슷한 것 같은데, 꼭 그런 것 같지도 않고.

박찬일 시인 : 시말은 말해진 말들과 본질적으로 성질이 다르네. 시말은 내파이면서 외파이고, 직선운동이면서 곡면 위에서만 기술되는 말할 수 없는 말. 시말은 이해의 한계를 넘어선 지점이 위치하는 양자현상. 시말은 말―한계를 넘어선 말이라고 명명하는 것이 더 옳을지도. 왜냐하면 시말은 본성상 말―사태가 아니기 때문이네. 시말은 말의 외연적 범주를 무한히 미분하여 말할 수 없는 곳으로 휘어지는 운동, 말해진 시말이 말해질 수 없는 영역으로 비상하네. 특히 『모자나무』와 『하느님과 함께 고릴라와 함께 삼손과 데릴라와 함께 나타샤와 함께』는 언어의 이중작용을 육화시켰다고도 말할 수 있지. 아니 이 두 작품집은 언어의 임계점을 초과한 지점에서 욕동하는 시말에 해당하네. 나에게 시말은 말―한계의 함수 안에 결코 갇힐 수 없는 말―자유의 실현이네. 인간학적 사태란 삶―시간―세계라는 막다른 구조가 만든 닫힌 체계의 산물이거나 시지프 신화의 반복 체계 속에 밀봉되어 있네. 그런데 시말은 그 폐쇄된 인간학적 사태를 개방시켜 자유를 만끽하게 하네. 인간학이란 물을 수도 답할 수도 없는 아포리아에 빠져 인간학적 잠에 이를 수밖에 없네. 나의 시말은 그러한 한계상황을 부인하면서 존재론적 근원에 관한 회의 과정으로 휘어진 운동. 적극적 인식에의 의지를 실천하는 것이거나 '모름'을 적극적으로 부정하는 역동성을 띠네. 시말은 가능적 현실을 언어 속에 기입하는 가장 극적인 양식이자, 미래의 욕동이라고 말해야 하나. 설령 시말이 과거지향적일 때조차 그것은 모든 의식적 층위를 미래로 휘어서 현재와 과거를 길항

시키네.

비평가 : 그렇다면 『모자나무』와 『하느님과 함께 고릴라와 함께 삼손과 데릴라와 함께 나타샤와 함께』는 어떤 목적으로 휘어진 미래의 운동입니까?

박찬일 시인 : 소멸에 대한 전면적 긍정이라고 말하는 것이 타당할지 모르네. 아니 나는 그 두 시집에서 이전에 고민했던 인간학적 한계상황을 돌파했다고 생각하네. 그것이 설령 타나토스로 휘어진 운동이기는 하지만 우리는 그 운동 속에서 소멸을 긍정하는 새로운 인간학적 국면을 맞이하게 되네. 맞네. 몰락에의 의지와 유사한 것인지도 모르네. 그리고 휨은 신성불가침의 세계로 뛰어 들어가 신성을 불모의 것으로 만들어버리네. 나의 시말 속에 언표된 미래란 신성의 기만술을 폭로하는 것이자, 신성이 기실 인간학적임을 증명하는 것이기도 하네. 미래란 저차원이 아니라 고차원이네. 마치 4차원 이상의 초공간에서 3차원의 이 우주를 목도하는 것처럼 내 시말은 공간 밖의 공간으로 휘는 무한 운동이네. 내 시말은 현재나 과거가 아니라, 현재나 과거로 치부되었던 인간학적 사태를 미래로 추동하여 공간과 시간 밖으로 위치시키는 휨의 운동이네.

(박찬일 시인의 말이 어렵기는 하지만, 그에게서 확고한 신념 같은 것이 가득 차 있다는 느낌이 들었다. 아니 그는 이 세계에 위치하는 것이 아니라, 이 세계의 바깥에서 이 세계의 안쪽을 주밀하게 살피는 것 같았다. 어찌 인간의 몸으로 그러한 사유를 할 수 있을까. 그는 인간학적 토포스가 아닌 곳에 위치해 있는 것 같다. 놀랍고 경이롭다.)

비평가 : 이제 몇 개의 질문이 남았습니다. 저는 선생님이 이렇게 많은

사유의 여러 층위를 겹겹이 두른 채 시말을 벡터화하는지 몰랐습니다. 물론 선생님의 시가 비범하다는 것은 인정하지만 개인적으로 선생님의 모습은 천진스러움이 지나쳐 어딘지 모르게 어리숙하다는 느낌이 들 때가 있어요. 제가 선생님을 제대로 못 본 건가요?

박찬일 시인 : (빙그레 웃으면서) 그렇게 보이겠지.

（우리는 호탕하게 웃었다. 대담의 말미에 다다르자. 한결 마음에 편해졌다. 우리는 그렇게 한 발짝 더 다가가 나이를 초월한 지기가 되었다. 그는 나보다 선배지만 그렇게 서로를 격려하면서 한 세계를 공유한다. 그는 나의 아름다운 도반이다.）

비평가 : 『모자나무』와 『하느님과 함께 고릴라와 함께 삼손과 데릴라와 함께 나타샤와 함께』 이후 선생님의 시세계가 새롭게 변해가는 것 같은데요. 현재 서 있는 시말길에 대하여 말씀해 주세요. 저의 비평적 관점으로 볼 때 두 시집은 선생님의 시세계에 있어 결정판이 되는 것이어서 새로운 시를 욕동하지 못할 것이라고 생각했습니다. 왜냐하면 이 두 시집은 인간이 발설할 수 없는 그 무엇인가로 치달아 갔고 인간학적 시도 전체를 당혹스럽게 만들었기 때문이지요. 제가 생각하기에 이제 박찬일 시인이 시를 쓴다는 것은 더 이상 불가능할 것이라고 생각했습니다. 틀렸나요?

박찬일 시인 : 틀리지 않네. 사실 두 시집은 내 시말운동에 있어서 꼭지점 단계에 돌입했다고 할 수 있지. 인문학적 사유의 끝막음이라고 해도 과언이 아니네. 그래서, 그래서, 나는 그 모든 상상력의 층위를 자연과학이라는 범주로 확장시키려고 하네. 왜냐하면

그것은 시원에의 탐구이거나 철학적 인간학이 해결하지 못한 문제를 새로운 시선으로 볼 수 있는 돌파구이기 때문이네. 사실 이 돌파구를 찾기까지 나는 많은 철학을 해야만 했네. 3년 전 개성에서 그대가 나에게 더 이상 극한으로 달려가지 말라고 했을 때, 그 말을 받아들였으면 시적 운신이 좀 더 자유로웠겠지만 후회 하지 않네. 억지로 시를 쓸 수 있나, 억지로 시를 어떻게 쓰나. 안 쓰는 게 낫지. 『하느님과 함께 고릴라와 함께 삼손과 데릴라와 함께 나타샤와 함께』는 내 시의 현실적 좌표계이자 새로운 미래를 위한 바로메타였네. 다시 말하지만 과학적 상상력의 세계는 내 시의 새로운 방향타가 될 것일세. 찾아진 길이 아니라, 앞으로 찾아 새로운 시적 비전을 정립하기를 요구하는 길.

(그렇다. 시인의 길이란 항상 고행의 길을 자초하는 수도승처럼 고난의 연속이다. 한 굽이 넘으면 더 높은 산이 있거나 깊은 골짜기에 빠지는 경우가 비일비재하다. 박찬일 시인의 시적 도전이 무모해 보일지도 모르지만, 그가 큰 시인으로 자신의 시적 위상을 변이시켜가고 있다는 사실만은 부인할 수 없다.)

비평가 : 중요한 문제는 아닌데요. 어딘가 모르게 선생님의 시는 염세주의 냄새가 풍기는 듯하다가 이내 그것을 세계시민사상으로 변환시키는 묘한 매력을 발산하고 있는데요. 그것은 어떤 연유에서 그렇습니까?

박찬일 시인 : 염세주의는 존재에 관한 정서적 의식적 태도이고, 세계시민사상은 현실에 대한 정서적 의식적 태도네. 우리는 이상과 현실 사이에서 늘 고민하는 존재이지. 뭐랄까. 이 두 가지 태도

사이의 관념적 거리가 가장 이상적인 우주가 현현되는 장면이 아닐까. 태초의 우주는 불완전하지 않았네. 태초의 우주는 그 자체로 완결된 것이거나 완전을 표상하였네. 그런데 저 대우주의 운동에 인간의 의식이 관여한 순간 우주에 교란이 발생했네. 인간이 우주를 교란시키고, 아니 인간이 인간을 교란시키게 되었지. 불평등과 기만술들은 그 한 부분. 나의 염세주의는 비극적 세계관이 아니라, 그 비극적 세계를 길항시키는 현실인식의 다른 이름일 수 있네. 나의 비극은 나의 비극만을 의미하는 것이 아니라, 너의 비극을 포월한 나의 비극이네. 따라서 염세적 정서는 모순적 현실에 대한 내 나름의 의식적 돌파구이기도 하네. 세계시민사상은 참혹한 현실을 이겨내기 위한 내 나름의 현실적 방법이라는 말이네. 그것의 최대 이념은 평등이네. 인간학의 총합적 의식이 궁극적으로 도달하는 지점, 그것이 바로 세계시민사상이지. 우리는 이 이념을 실현하기 위하여 분투노력했지만 한 번도 완벽해본 적이 없었지.

비평가 : 선생님이 지향하는 세계를 이해하기는 하지만 현실과 이상이 언제나 배리관계에 있는 거 아닌가요? 인간이 욕망하는 존재인 한 우리는 절대로 절대선에 도달할 수 없지요.

박찬일 시인 : 석준 씨 말대로 우리는 욕망하는 존재네. 더 정확하게 말해서 우리는 그 욕망을 통하지 않고는 그야말로 아무것도 이루어낼 수 없는 존재네. 물론 욕망이 이루어내는 그 의미적 함수는 언제나 양가적인 결과로 드러나네. 그 욕망의 형식이 선의일 때조차, 우리는 그것의 실천적 국면에 관하여 늘 경계해야만 하

네. 욕망은 어디로 튈지 모르는 미정형의 순수한 결정체이기 때문이지. 우리는 욕망의 야누스적인 본성을 순치시켜야 하네. 우리는 욕망 저 너머의 세계도 있다는 걸 인정해야만 하네. 「아프리카」 연작시들이 그러한 의식의 연장선상에 있다고 보면 되네. (박찬일 시인과의 대화는 진지했다. 생이 가벼움으로 점점 소거 소멸되어 가는 과정 중에도 그는 자신이 처한 세계 전체를 아름다움으로 승화시키기를 열망하고 있다?)

비평가 : 이제 마지막 한 가지 질문만 남았습니다. 최근에 발표한 작품들은 인간학적인 시원으로 회귀해 들어가 새로운 시말길을 모색하는 것처럼 보입니다. 선생님에게 인류학적 상상력은 어떤 의미이며 무엇을 표상합니까?

박찬일 시인 : 이미 말했지만 다섯 번째 시집 『하느님과 함께 고릴라와 함께 삼손과 데릴라와 함께 나타샤와 함께』는 인간학의 한계지점이거나 인간학적 태도를 넘어선 지점에서 형성된 시말운동이었네. 시련과 도전, 인간의 최후이거나 새로운 인간의 요청이었네. 그것은 인간이 말할 수 있는 말이 아니라, 인간이 말할 수 없는 말에 가까웠네. 그런데 요즘 또 하나의 새로운 사실을 보게 되었지. 뭐랄까. 그래서 내가 지금 모색하는 시말운동은 신기원적 탐구가 아니라, 이미 벌어진 세계를 인류학적으로 고찰하는 것이네. 말하자면 그것은 일종의 시원, 혹은 종말로의 회귀네. 나는 『모자나무』와 『하느님과 함께 고릴라와 함께 삼손과 데릴라와 함께 나타샤와 함께』에서 언표했던 그 모든 사유층위를 전도 역전시켜 가장 약하고 초라했던 존재의 원상을 되짚어 보고 싶네. 왜냐하면 과거의 시간이란 단지 소멸로 휘어진 무질

서도의 증가로서가 아니라, 흔적으로 남아서 이 세계의 세계성을 현시하기 때문이지. 우리가 소멸의 동일성으로 환원된다는 사실은 분명하지만 소멸은 차이의 흔적을 남겨 역사의 역사성을 응시하게 만드네. 다시 말해서 인류학적 상상력은 인류 역사속에 기입된 흔적의 의미적 읽기거나 생명의 시원, 혹은 종말을 인류학적 상상력으로 재고하는 것이네. 물론 이러한 시말운동이 쉽게 성취되리라고는 생각하지 않지. 과학적 상상력과의 결합 없이는 불가능하지. 혹은 신화적 사유의 재건이거나 인간학 전체를 신화로 회귀시키는 운동이라고 볼 수 있을지.

(시인의 삶이란 늘 그렇듯이 지난하다. 미지의 시말길을 찾아서 시인은 운명을 살아낸다. 박찬일 시인의 시적 궤적은 어느 누구도 사유하지 않았던 길이다. 그가 어느 길에 당도할지 잘 모르지만, 그가 시말의 신세계를 찾아 떠돌고 있다는 사실만은 분명하다. 다시, 경이롭고 놀랍다.)

비평가 : 이제 제 글방으로의 초대를 마감할 시간입니다. 정말 즐거운 시간이었습니다. 미진한 부분이 있으시다면 짤막하게 한마디 하시고 없으시면 글방을 닫습니다. 내내 건강하시길 빕니다.

박찬일 시인 : 나는 운명이 아닌 시는 결코 쓴 적이 없네. 늘 인간에 관하여 숙고하고 골몰했지. 그것은 언제나 저주받은 영혼이거나 스스로를 나락으로 떨어트리는 내용이었네. 이런 나의 시갈이 내 삶의 반대사실이라고 인지할 때가 올지 모르지. 건강 잘 보살피시게.

박찬일 시인과의 대화는 이렇게 끝났다. 아쉽기도 하고 편하기도 하다. 헌데 나는 미궁에 빠진다. 글을 쓰면 쓸수록 나는 말의 함정에 빠져 늘 혼돈에 이른다. 나는 무슨 말을 해야만 하는 운명인가. 박찬일 시인은 시말이 자신의 운명을 반대사실로 언표했기를 희망했다. 나의 비평은 어떤 운명의 값을 치를 것인가.

저자 김석준

고려대학교 철학과 졸업
서울대학교 국어국문학과 석사, 박사
현재 백석대학교 강사
1999년 『시와 시학』 시부문 신인상 수상
2001년 『시안』 평론부문 신인상 수상
비평집 『비평의 예술적 지평』(포엠토피아, 2003), 『감히, 시인에게 말을 걸다』(종려나무,
    2010), 『무덤 속의 시말』(종려나무, 2010)
시 집 『기침소리』(우리글, 2007)

시인 박찬일

춘천 출생. 1993년 『현대시사상』에 「무거움」 「갈릴레오」 등을 발표하며 시단에 데뷔.
연세대학교 독문학과 및 같은 대학 대학원 졸업(문학박사), 독일 카셀대학에서 수학. 시
집으로 『화장실에서 욕하는 자들』, 『나비를 보는 고통』, 『나는 푸른 트럭을 탔다』, 『모
자나무』, 『하느님과 함께 고릴라와 함께 삼손과 데릴라와 함께 나타샤와 함께』, 시론집
으로 『해석은 발명이다』, 『사랑, 혹은 에로티즘』, 『근대 : 이항대립체계의 실제』, 『박찬
일의 시간 있는 아침』, 연구서로 『독일 대도시시 연구』, 『시를 말하다』, 『브레히트 시의
이해』 등이 있음. 박인환문학상, 편운문학상, 젊은시인상, 유심작품상 등 수상. 현재 추
계예술대학교 문예창작과 교수.

역락비평신서 20
박찬일 시세계의 본질 : 상징에의 저항

저 자 김석준

인 쇄 2011년 3월 21일
발 행 2011년 3월 31일

펴낸곳 도서출판 역락
등 록 1999년 4월 19일 제303-2002-000014호
펴낸이 이대현
편 집 박선주
디자인 이홍주

주소 서울시 서초구 반포4동 577-25 문창빌딩 2층
전화 02-3409-2058(영업부), 2060(편집부)
팩시밀리 02-3409-2059
e-mail youkrack@hanmail.net

값 17,000원
ISBN 978-89-5556-906-3 93800
잘못된 책은 바꿔 드립니다.